COSIMA

War of Hearts

ROMANTIC THRILL

WAR OF HEARTS
Einzelband

Bildmaterial: Shutterstock
Korrektorat: KoLibri Lektorat

Bestellung und Vertrieb: Nova MD GmbH, Vachendorf

ISBN: 978-3-96698-779-0

PRINT GROUP Sp. z o.o.
ul. Księcia Witolda 7
71-063 Szczecin (Polen)

Federherz Verlag
Süntelstraße 70
31848 Bad Münder
www.federherzverlag.de
Instagram: @federherz.verlag

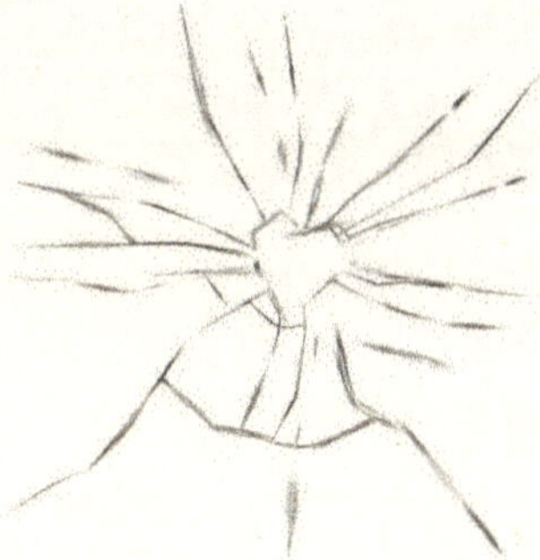

Sie liebte ihn und er liebte sie,
doch so einfach sollte es nicht sein.
Ist es nie.

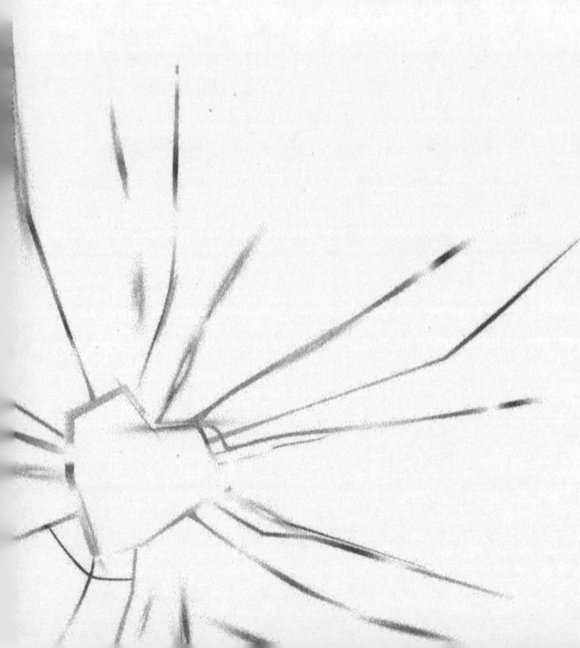

PROLOG

Der beste verdammte Tag meines Lebens. Der. Beste. Tag.

Nicht mehr, denn die Klinge in meiner Hand wog schwer und flüsterte mir mit dem Funkeln der scharfen Spitze ins Ohr, was genau ich zu tun hatte. Das Messer verhielt sich wie eine Sirene, sang mir ein Lied vor, dessen Ende ich nur allzu gut kannte. *Töte sie. Das will er. Töte sie, sobald sie zurückkehrt.*

Wie viel Zeit blieb mir, bis ihr Blut im Teppichboden versickerte, wie viele Monate würde es dauern, den dunklen Fleck zu vergessen, den Ausdruck auf ihrem Gesicht, wenn sie erkannte, dass ich nicht der Junge war, den sie so sehnsüchtig in meinem Blick suchte und doch nie fand. Wenn ich sie ansah, erblickte ich das Mädchen, das mit ihrer Anwesenheit mein gesamtes Leben auf den Kopf gestellt hatte, mir einen Ausweg bot aus einer Zukunft, die meine Familie mir aufbürdete, ohne dass ich darum bat. Wenn sie mich anblickte, sah sie einen Jungen, der nur in ihrer Gegenwart existierte. Mit ihr würde dieser Teil sterben und mein Weg in die Fußstapfen meines Vaters geebnet sein. Ich wollte das nicht und dennoch führte nichts daran vorbei.

Ich würde Selene verlieren. Und mit ihr die Leichtigkeit, die sie mir vermittelte, wenn wir Zeit miteinander verbrachten. Die Gefühle, die sie in mir weckte und die ich nie kennengelernt hatte, weil es im Haushalt meines Vaters verpönt war, Emotionen zu zeigen. Ich tötete sie, weil er es wollte, und zerstörte damit gleichzeitig den einzigen sicheren Ort, den ich jemals gekannt hatte. Aber das war er, der finale Schritt, den es noch brauchte, um die Karriere als Auftragskiller der Familiendynastie zu beginnen, oder nicht? Und darauf arbeitete ich seit Jahren hin ...

Als sie in mein Zimmer zurückkehrte, schenkte sie mir das glücklichste Lächeln, das ich jemals auf ihrem wunderschönen Gesicht gesehen hatte. In meiner Brust breitete sich ein Engegefühl aus, erschwerte mir das Atmen. Ich schluckte hart, streckte die Hand nach ihr aus. Das Messer war mittlerweile in meiner Hosentasche verschwunden, und als sie ihre warmen Finger zwischen meine schob und sie miteinander verschränkte, bemerkte ich endgültig, dass der Teil meines Körpers, der mich am Leben hielt, zu zerbrechen drohte.

Was hielt mich noch zusammen, wenn ich sie nicht mehr in die Arme schließen und alles vergessen konnte?

Selene drehte sich an meiner Hand im Kreis,

bevor sie an mich herantrat. Mein Shirt war viel zu groß für ihren zierlichen Körper und doch gab es nur einen einzigen Anblick, der mich noch unerwarteter erwischt hatte: sie nackt vor mir auf dem Bett zu haben, im weichen Licht der Nachttischlampe, mit diesem Ausdruck auf ihren Gesichtszügen, der mir sagte, die Welt drehe sich nur um uns und es gab nichts, was wichtiger war.

Ich konnte ihr das Leben nicht nehmen.

»Ich muss dir etwas sagen«, murmelte sie an meinem Hals.

Ich schluckte abermals. »Ich dir auch.«

Sie hob den Kopf, diesen fragenden Ausdruck in den dunklen, fast schwarzen Augen. Wurde es einfacher, wenn ich körperlichen Abstand gewann? Ich machte mir selbst etwas vor, als ich die Hände zurück an meine Seiten fallen ließ und sie nicht länger eng umschlungen hielt.

Ihr Blick folgte meiner Geste, während sich eine steile Falte auf ihrer Stirn bildete. Mittlerweile fühlte sich mein Brustkorb an, als hätte ich ein Seil darumgebunden und würde es selber immer fester ziehen, obwohl ich genau wusste, dass ich irgendwann unweigerlich keine Luft mehr bekam, mich verletzte und ...

»Wir müssen damit aufhören«, sagte ich leise, die Augen gen Boden gewandt. Ich hatte erwartet, dass es einfacher wurde, wenn ich sie dabei nicht ansah, doch das Gegenteil war der Fall.

Welche Optionen blieben mir überhaupt? Wenn ich sie nicht tötete, musste ich sie loswerden.

Für immer. Sie durfte nicht mehr an mich denken, mich nicht mehr so ansehen, sie durfte mir überhaupt nicht mehr über den Weg laufen. Selene musste verschwinden, für immer, denn wenn das bedeutete, dass sie lebte und ich mir nicht eigenhändig das Herz herausriss, welches sie für mich gefunden hatte, war ich mehr als bereit, das zu tun.

Obwohl ich sie dafür auf eine Art verletzen musste, von der ich mir gesagt hatte, dass sie sie nie würde durchleben müssen.

»Was meinst du?« Noch klang sie nicht, als realisierte sie die Bedeutung meiner Worte.

»Ich meine, dass ich dich nicht mehr sehen will. Nie wieder. Das war eine schlechte Idee. Ein Fehler. Und obendrein absolut utopisch. Ein Mädchen wie du hat in meiner Welt nichts verloren. Es war dumm, überhaupt mit dir ins Bett zu gehen. Sieh es als bedeutungslos an.« Je mehr ich sagte, desto härter wurde meine Stimme. Nichts davon meinte ich ernst, mit jedem Wort hasste ich mich ein wenig mehr.

Beinahe lachte ich über mich selbst. Bedeutungslos. Es gab keine Person in meinem Leben, die mehr Bedeutung für mich hatte als Selene.

Ich hob den Blick in ihre Augen, studierte den schief gelegten Kopf und die harte Linie, die sich an ihrem Mund gebildet hatte. Der Zorn küsste den Schmerz in ihren Augen, dabei sollte ich es sein, der seine Lippen auf ihren Mund legte und ihr zeigte, was sie wahrhaftig mit mir anstellte.

»Das meinst du nicht wirklich so«, stieß sie erstickt aus. »Das sagst du nur, weil du Angst hast, dass sich alles verändert. Wir kennen uns seit Jahren, ich war immer an deiner Seite, ich ... nein. Das glaube ich dir nicht.«

Ich sah die Wunde, die ich ihr zufügte, hörte sie in dem, was sie sagte und doch gab es keinen Weg zurück.

»Geh einfach.« Lasch hob ich die Hand Richtung Tür. »Verschwinde. Komm nicht mehr hierher, melde dich nicht. Nie wieder.« Um es ihr zu erleichtern, wich ich sogar einen Schritt nach hinten zurück. Es fühlte sich eher nach Taumeln an.

Perplex starrte sie mich an, bewegte sich nicht einen Zentimeter. Ihr Mund öffnete sich leicht und ich bemerkte das Zittern ihrer Unterlippe sowie die Feuchtigkeit, die sich in ihren Augen gesammelt hatte.

Wut stieg in mir auf. »VERSCHWINDE ENDLICH! SELENE, GEH!«

Ich brüllte sie an, einen Schritt auf sie zu machend. Sie stolperte zurück. Schock raste über ihr Gesicht.

»Das meinst du nicht so«, flüsterte sie, bevor sie endlich das Weite suchte.

Und plötzlich war der beste verdammte Tag in meinem Leben gleichzeitig der schlimmste.

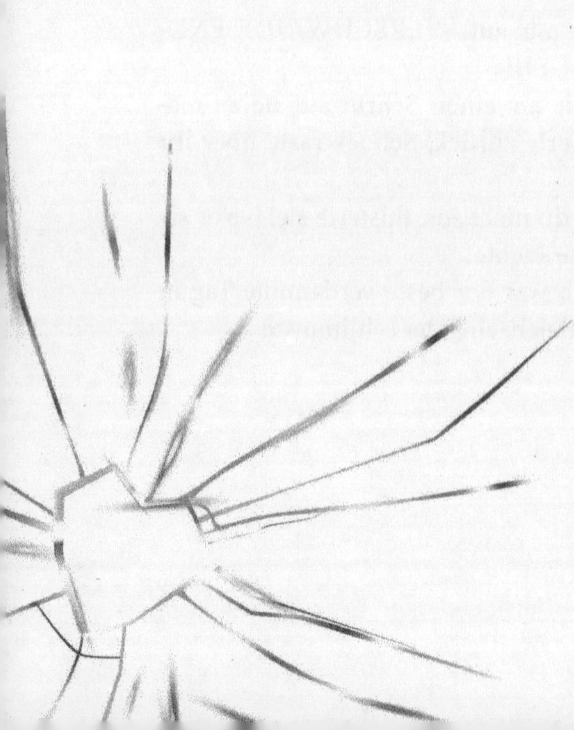

EINS

SELENE

Kannst du noch schnell Tisch drei bedienen?«, rief mein Bruder aus der Küche, als ich mir gerade die Schürze von der Hüfte riss und gedanklich schon aus der Tür war.

Ich verkniff mir das genervte Schnauben, weil ich ihm für den Job in seinem Restaurant wirklich dankbar war, und schob mich an einigen Küchenhelfern vorbei zu der Theke, an der sämtliche Bestellungen bereitstanden.

Er wartete bereits auf mich. »Wenn ich dir sage, dass Kristy nach Hause gegangen ist und du den Laden den Rest des Tages allein schmeißen musst, bleibst du dann?« Colton senkte die Stimme so sehr, dass ich ihn über den Lärm der geschäftigen Küche nur schwer verstand.

»Du weißt genau, dass ich nicht bleiben kann.« Ich verschränkte die Arme und sah ihn direkt an.

Auf seinen Gesichtszügen entdeckte ich die typischen Emotionen, die sich immer abspielten, wenn er wusste, was ich als Nächstes tun würde. Er verspürte Angst, gab sich die Schuld daran, dass ich einer illegalen Arbeit nachging, und wünschte sich, dass er irgendeine Änderung bewirken könnte. Colton hatte mir den Job aus diesem Grund angeboten: Er glaubte, dass er mich mit normaler Arbeit dazu brachte, die Waffen niederzulegen und nicht länger Jagd auf Menschen zu machen, die irgendeinen reichen Schnösel verärgert hatten, der sie infolgedessen nun tot sehen wollte.

»Und du gibst dir nicht mal Mühe, das zu ändern!« Coltons Vorwürfe waren immer die gleichen. Es war eine Sache, meine Profession in der Theorie zu akzeptieren und eben eine gänzlich andere, in der Praxis damit zu leben.

Nicht zum ersten Mal brachte mich seine Haltung dazu, zu überlegen, ob ich das Leben in der Vorstadt nicht hinter mir lassen sollte, um in die Anonymität einer Großstadt einzutauchen. Dort scherte sich niemand darum, was ich tat. Keiner musste sich um mein Wohlbefinden sorgen oder darum, ob ich am nächsten Tag wieder zur Arbeit erschien.

Ich legte eine Hand auf die Schulter meines Bruders und drückte sie fest. Für seine Sorge um mich liebte ich ihn mehr als sonst, doch ihm war es nicht gelungen, mich in den vergangenen Jahren aufzuhalten. Das änderte sich bestimmt nicht, nur weil er es zum tausendsten Mal anbrachte und wieder versuchte, mir ein schlechtes Gewissen zu machen.

»Wir haben darüber schon so oft gesprochen, C. Ich kann nicht aufhören. Der Moment, in dem ich meine Waffe in den Tresor lege und weiß, dass ich sie nicht wieder herausnehmen werde, ist der Moment, in dem alles über mir einstürzt.« Ich biss die Zähne zusammen und schüttelte den Kopf. Nein, es war keine Option, die Auftragsmorde sein zu lassen.

Colton schüttelte meine Hand ab. Er reagierte mit der üblichen Verärgerung, stieß mich emotional von sich und sorgte dafür, dass er eine gewisse Distanz einhielt. Bis zum nächsten Morgen, wenn ich ihm einen Becher Kaffee aus dem kleinen Shop zwei Straßen weiter mitbrachte, den er sich selbst nie gönnen würde.

Mein älterer Bruder besaß eine gute Seele, war ein noch besserer Mann. Den Kampf gegen die Dämonen, die mich weiteratmen ließen, konnte er jedoch nicht gewinnen.

Ich hob die Hände in einer abwehrenden Geste, als er nicht mehr antwortete und es stattdessen bevorzugte, den Boden anzustarren, die Zornesfalte auf seiner Stirn so ausgeprägt, dass ihm die Hilflosigkeit aufgrund seiner begrenzten Optionen aufs Gesicht geschrieben stand.

»Wir sehen uns morgen, C. Hab dich lieb. Und fackel das Restaurant nicht ab.« Ich verzog den Mund zu einem sanften Lächeln und winkte ihm zum Abschied, bevor ich die Küche verließ.

Im Mitarbeiterraum sammelte ich meine Tasche ein, zog mich um und flocht mir die Haare zusammen, bevor ich mir den Helm schnappte und das Restaurant durch den Hintereingang verließ. Sobald ich die frische Luft einatmete, fiel eine unsichtbare Last von meinen Schultern.

Es war jeden Tag das Gleiche. Colton fühlte sich besser, wenn er mich im Auge hatte und dafür sorgen konnte, dass ich einer vernünftigen Beschäftigung nachging. Ich mochte das zusätzliche Cash und dass ich mit ihm Zeit verbringen konnte. Ansonsten gab es nichts Positives an dem Job als Kellnerin. Die meisten Gäste waren frech und regelrecht unverschämt, den Kerlen fiel es bei etlichen Kolleginnen schwer, die Hände bei sich zu lassen. Irgendwann hatte ich aufgehört zu zählen, wie viele Männer ich wegen der Belästigung aus unseren Räumlichkeiten verwiesen hatte. Ich konnte es nicht leiden, wenn man mich herumkommandierte … die Liste der negativen Aspekte des Jobs war so lang, dass ich den restlichen Tag damit hätte fortfahren können.

Meine Ducati XDiavel 1200 S erwartete mich in der Seitengasse. Das schwarze Metall reflektierte das Sonnenlicht und neben den Mülltonnen, den gestapelten Kisten und Kartons und der generellen Unordnung, die herrschte, war sie ein Schatz, den jede Elster sich gerne unter die Krallen gerissen hätte.

Nur aus diesem Grund hatte ich nachträglich ein Metalltor zur Hauptstraße hin installieren lassen, das sich nur öffnen ließ, wenn man eine entsprechende Fernbedienung besaß. Ich saß bereits auf meiner Maschine, als ich den Nierengurt befestigte und die Lederjacke überstreifte. Nachdem ich den Helm übergezogen und das schwarze Visier nach unten geklappt hatte, betätigte ich den Knopf.

Laut rasselnd schob sich das Tor auf und ich startete die Ducati, die mit ihrem tiefen Sound den Asphalt unter meinen Füßen zum Vibrieren brachte. Ich arbeitete mich langsam auf die Straße vor, doch sobald ich mich außer Sichtweite des Restaurants befand und der Verkehr sich lichtete, machte ich Gebrauch von den hundertzweiundsechzig Pferdestärken.

Die Umgebung raste an mir vorbei und ich hatte zum ersten Mal seit heute Morgen die Gelegenheit, mich auf meine eigenen Gedanken zu konzentrieren. Während der Fahrtwind gegen den Helm peitschte und es mich alle Muskeln kostete, um aufrecht auf dem Rad zu bleiben, dachte ich darüber nach, was ich über meinen aktuellen Auftrag wusste.

Ich kannte den Drahtzieher dahinter nicht persönlich, hatte mit ihm nur per Anruf kommuniziert. Er hatte mir einen Ort genannt sowie einen Zeitpunkt und die Marke des Autos der Zielperson, auf die ich angesetzt worden war. Das Kennzeichen war mir ebenso bekannt wie das Gesicht des älteren Mannes. Darüber hinaus waren mir keine Details genannt worden – und das völlig zu Recht. Ich spielte in Angelegenheiten wie diesen nicht die Richterin, sondern einzig und allein die Henkerin. Man gab mir einen Auftrag und ich führte ihn aus, ohne Fragen zu stellen. Mein Preis dafür war hoch und ich behielt es mir trotz allem vor, Einzelfälle abzulehnen, denn meine Prinzipien und Regeln warf ich nicht über Bord, nur weil mir irgendein reicher Arsch das Dreifache zahlen wollte.

Je mehr Zeit ich auf dem Motorrad verbrachte und still vor mich hinfuhr, desto näher kam ich meinem Zielort. Seven Hills wurde zu Silverado Ranch und schließlich zu Green Valley South. Die ersten Schilder mit den Aufschriften ‚Paradise' und ‚Las Vegas' befanden sich bereits an der Straße, als ich abbog und in eine urbane Nachbarschaft fuhr.

Hinter den Vorhängen wartete die ältere Generation sicher bereits darauf, dass sich an einem schwülheißen Tag wie diesem etwas Spannendes ereignete. Irgendetwas – und wenn es nur ein Vogel war, der leblos aus dem Himmel stürzte. Oder eben ein Auftragsmord.

Nur würden sie von diesem idealerweise erst erfahren, wenn das FBI oder die CIA, wer auch immer dafür zuständig war, auf den Plan traten und die Tat untersuchten. Aus ebenjenem Grund bevorzugte ich Orte, an denen niemand etwas sah, hörte oder gar aus nächster Nähe mitbekam. In manchen Fällen hatte man allerdings keine Wahl.

Vor mir eröffnete sich der gut besuchte Parkplatz einer beliebten Supermarktkette. Es dauerte einige Minuten, bis ich den dunkelgrünen Subaru zwischen den anderen Fahrzeugen entdeckte. Wie mein Auftraggeber mir mitgeteilt hatte, wartete der Mann mittleren Alters im Wagen, die aktuelle Tageszeitung auf dem Lenkrad und eine dicke Brille auf der Nase.

Ich nutzte den Sichtschutz eines anderen Autos, zog den Rucksack von meinen Schultern und schraubte den Schalldämpfer auf die Glock. Nachdem mein Motorrad sicher stand und ich die Nummernschilder kurzfristig abgedeckt hatte, stieg ich ab. Den Helm behielt ich auf, die Lederjacke an. Beides verschleierte nicht nur mein Gesicht, sondern auch mein Aussehen so weit, dass es unmöglich war, Rückschlüsse auf meine Person zu ziehen.

Ohne Aufsehen zu erregen, ging ich auf das parkende Fahrzeug zu, die Glock an meiner Seite verborgen. Durch die Hitze der Mittagssonne hielten sich kaum Menschen auf dem Parkplatz auf und niemand befand sich in unmittelbarer Nähe. Die Chancen standen also gut, dass der Auftrag reibungslos verlief.

Ich schlenderte zur Fahrertür, hob die behandschuhte Hand und klopfte gegen die Fensterscheibe, um die Aufmerksamkeit des Mannes zu erlangen. Irritiert sah er von seinem Artikel auf und schüttelte den Kopf. Seine Mundwinkel verrieten, dass er alles andere als begeistert darüber war, dass ich ihn in seiner täglichen Routine unterbrach.

Mit einem verärgerten Ausdruck auf den Gesichtszügen ließ er die Fensterscheibe nach unten. »Was?«, blaffte er. »Verschwinden Sie, oder soll ich vielleicht die Cops rufen?«

Ein Verhalten wie dieses machte es mir einfach, die Glock zu heben und in das Gesicht eines anderen Menschen zu zielen. Eine Sekunde lang sah ich die Angst in seinen Augen aufflackern, doch dann war da kein Leben mehr, dass Emotionen hätte hervorrufen können.

Er starb einen schnellen Tod. Sauber war er nicht – denn nicht nur das Blut aus der hässlichen Schusswunde verteilte sich im Inneren des Wagens. Ich griff nach drinnen, hob die Zeitung über die Reste seines Kopfes und betätigte dann den Schalter, der das Fenster wieder schließen würde.

Ich nahm mir die Zeit, mich kurz umzusehen, dann ging ich zurück zu meiner Ducati, verstaute die entladene Waffe wieder in meinem Rucksack, startete den Motor und fuhr vom Parkplatz zurück auf die Hauptstraße.

Mit den Jahren in dieser Branche wurde es immer einfacher, einem anderen Lebewesen das Licht auszuknipsen. Erfahrungsgemäß gab es immer einen Grund dafür und die meisten waren so driftig, dass ich nicht einmal mit der Wimper zuckte, wenn ich den Abzug drückte. Die ersten Toten waren hart gewesen; an meinem zweiten Mord wäre ich beinahe kaputt gegangen. Nach dreißig hörte man auf zu zählen. Nach siebzig war es ein Job wie jeder andere. Nach dreihundert beschäftigte es einen nur noch, solange man eine Waffe in der Hand trug.

Erst als ich einige Kilometer Abstand zwischen mich und den Tatort gebracht hatte, hielt ich an und fischte das Handy aus meiner Hosentasche. Ein uraltes Nokia, eines der ersten überhaupt. Ich wählte die Nummer meines Kontakts und nach einem Klingeln hörte ich bereits seine Stimme.

»Und? Ist es erledigt?« Er klang so verzerrt, dass es auf der Hand lag, dass er eine Methode nutzte, um seine Stimme unkenntlich zu machen. Solange ich mein Geld pünktlich bekam, störte es mich nicht einmal, wenn er mit einer *Darth-Vader*-Maske herumrannte.

»Es gab keine Komplikationen, Sir. Sie wissen über das weitere Vorgehen Bescheid, ja?« Bevor der Kontakt ein Ende fand, stellte ich immer gerne sicher, dass sich die Klienten an die Vertragsbedingungen erinnerten, denen sie zugestimmt hatten.

Mein Sicherheitsnetz war gut, meine Kontakte noch besser. Sang ein Vögelchen darüber, wer den Mord begangen hatte, würde ebenjenes Vögelchen den nächsten Sonnenaufgang nicht erleben. Dieser Druck war meine Lebensversicherung – der Aspekt, der dafür sorgte, dass ich nicht erwischt und im nächsten Knast eingebuchtet wurde.

»Die Zusammenarbeit war mir wie immer eine Freude, Nyx.« Die Verbindung erlosch und ich kehrte in mein gewöhnliches Leben als Selene zurück.

Auf dem Weg nach Hause hielt ich bei einem kleinen Einkaufsladen, besorgte mir mein Abendessen sowie eine Flasche Bier und zwei Stunden später trieb ich in dem schäbigen, kleinen Pool, der sich hinter dem heruntergekommenen Haus befand, das ich bewohnte.

Die Sonne Nevadas, ein kalter Drink und ein

paar Stücke Wassermelone sorgten dafür, dass ich den Tag vergaß, und das bisschen Glück, das ich mir geschaffen hatte, genoss. Wie auch immer das möglich war, wenn man sein Leben derart an die Wand gefahren hatte wie ich.

ZWEI

NATE

»Nate, in fünfzehn Minuten sind wir live«, informierte mich der Tontechniker, als ich gerade einen Zug aus der Kaffeetasse nahm, die trotz der Uhrzeit bereits mit Hochprozentigem gefüllt war. Wie viele Umdrehungen der selbst gebrannte Mist hatte, wollte ich gar nicht wissen – Hauptsache, er brannte in der Kehle, wenn ich schluckte und wärmte mir den Magen.

»Danke, ich weiß Bescheid«, brummte ich und winkte ab.

Mein Blick glitt zurück nach unten zu dem blonden Haarschopf, der zu meiner Kollegin gehörte … die ihren Morgen damit begann, mir einen zu blasen. Ich spürte ihre Zunge an meinem Schaft und die feuchte Nässe ihres Mundes und doch konnte ich nicht behaupten, dass mich ihre Bemühungen zufriedenstellten.

Das Kribbeln, das durch meinen Körper lief, hätte genauso gut vom Alkohol stammen können, der kontinuierlich durch meine Adern lief und dafür sorgte, dass ich ein halbwegs normal funktionierendes menschliches Wesen war.

Ich verzog den Mund, legte die Hand auf Tessas Hinterkopf und drückte sie ein ganzes Stück weiter nach unten. Erst als ich hörte und fühlte, wie sie würgte und verzweifelt versuchte, nach Luft zu schnappen, während sie die Hände gegen meine Oberschenkel stemmte, machte sich so etwas wie Befriedigung in mir breit.

Indem ich sie im Nacken packte, hielt ich sie an Ort und Stelle, vögelte ihren Mund, bis ich kam. Sie schluckte und ich gab sie frei, schloss den Reißverschluss und lehnte mich zurück.

Tessa richtete sich unterdessen auf, strich ihre Bluse glatt und sah mich mit diesem Ausdruck in den Augen an, der mir ihre Hoffnungen genau verriet. Sie wollte, dass die allmorgendlichen sexuellen Gefälligkeiten mich irgendwann dazu brachten, sie zu einem romantischen Date in einem feinen Restaurant auszuführen. Vermutlich stellte sie sich vor, wie sie an meiner Seite an meinem Arm hing, während sie sich meinen Schwanz in den Rachen schob.

»Braves Mädchen«, murmelte ich, als ich ihr den verschmierten Mascara unter den tränenden Augen mit dem Daumen wegstrich. Zumindest hatte sie inzwischen gelernt, dass wasserfester Lippenstift signifikant dazu beitrug, dass sie im Fernsehen nicht wirkte, als hätte sie gerade wild herumgeknutscht.

»Zwei Minuten«, schaltete Alan sich ein, der gerade zurückkam.

Das gesamte Studio war absolut ahnungslos, dass Tessa jeden Morgen meinen Schwanz im Mund hatte. Seit dem Tag, an dem ich hier begonnen hatte. Und das war mittlerweile fünf Jahre her.

Ich sortierte die Unterlagen, steckte den Knopf in mein Ohr und richtete das Mikrofon an meinem Kragen. Die Lichter dimmten herab, während die Scheinwerfer sich auf uns kalibrierten. Im Hintergrund lief ein Timer herunter, der damit endete, dass die Erkennungsmelodie des Senders eingespielt wurde. Erst danach begann die Nachrichtensendung über die Geschehnisse der vergangenen Nacht in Las Vegas, die ich mit Tessa moderierte.

»Guten Morgen und herzlich willkommen zu einer neuen Sendung L6! Wir informieren Sie in aller Kürze über die Geschehnisse der vergangenen Stunden und bringen Sie auf den neuesten Stand, damit Ihr Start in den Tag bestens informiert stattfindet. Ich bin Tessa Fields und das ist mein Kollege Nathanial Alderidge.« Tessa strahlte die Zuschauer durch den Bildschirm an und wirkte gleichzeitig wie der feuchte Traum aller sechzehnjährigen Teenager, die Memes im Netz nutzten, um sich über die unverkennbare sexuelle Ausstrahlung meiner Kollegin auszulassen.

Ich legte mein bestes Kameralächeln auf und übernahm. »Beginnen wir damit, dass die hiesige Polizeistation weiterhin vor einem Rätsel steht, was den kaltblütigen Mord vor einem Supermarkt in Green Valley South angeht. Falls der tragische Vorfall bisher an Ihnen vorbeigegangen ist, bringen wir Sie mit einem kurzen Einspieler auf den neuesten Stand.«

Die zwanzigminütige Nachrichtensendung zog an mir vorbei, ohne dass ich viel mitbekam. Es fühlte sich an, als befände ich mich unter einer dicken Schicht Schlamm und Dreck, die es mir unmöglich machte, die Informationen richtig aufzunehmen und zu verarbeiten. Ich gab wieder, was man mir einblendete, und kannte meinen Text, aber darüber hinaus war ich für kaum etwas zu gebrauchen.

Tatsächlich war ich erleichtert, als das rote Licht, das unseren Livestatus anzeigte, erlosch und ich mich von dem unbequemen Stuhl erheben konnte. Ich flüchtete in die Umkleide, tauschte den Anzug gegen leichtere Bekleidung und wusch die Schicht Puder aus meinem Gesicht, die sie nutzten, um meine Erscheinung für die Kamera zu perfektionieren. Möglicherweise hatte Paola auch irgendetwas davon gemurmelt, dass meine Augenringe tiefer als der Grand Canyon waren, aber so genau erinnerte ich mich an ihre Beschwerde nicht.

Den Rest meiner Arbeit konnte ich auf den Tag verteilt in meinen eigenen vier Wänden ausüben, also verabschiedete ich mich vom Studioteam und verließ wie immer das Gebäude des Senders um Punkt halb neun.

Die achthundert Meter zum nächsten Hotel

legte ich zu Fuß zurück, obwohl mich die staubige Luft nervte und die Sonne schon um diese Uhrzeit gnadenlos auf den Asphalt knallte.

Ich war froh, als ich die Tür meines Hotelzimmers hinter mir schloss und die Klimaanlage auf höchster Stufe lief, um kühle Luft in den Raum zu pusten. Hier machte ich mir keine Sorgen darüber, wer den Alkoholkonsum mitbekam, und trank direkt aus der Flasche. Ein Schluck, bevor ich unter die Dusche stieg, den zweiten, nachdem ich wieder herauskam. Bis zum Abend würde ich funktionieren, ehe ich noch zwei Schlucke brauchte, um in den Schlaf zu finden.

Gerade, als ich mich zu einem Nickerchen auf die Couch legen wollte, leuchtete eine Nachricht meines Vaters auf dem Display auf. Alderidge Senior hatte wohl mal wieder ein dringendes Anliegen, das unbedingt geklärt werden musste.

Ich rief ihn an, den Unterarm über den Augen. »Was gibt's?«

»Wir treffen uns mit Antonio draußen bei Angel Peak, um sechzehn Uhr.« Der Bariton meines Vaters schob sich unangenehm zwischen meine vernebelten Gedanken.

Bevor ich ihm antworten konnte, musste ich kontrolliert ein- und ausatmen, um die nötige Beherrschung zu erlangen. Es gab keinen Grund, mich zu Treffen mit seinen Kontakten mitzunehmen, außer die reine Schikane – und um sicherzustellen, dass ich das Erbe der gottverdammten Familie auch ja in keiner Sekunde meines Lebens vergaß.

»Wunderbar. Hol mich ab, wenn's losgeht.« Er wusste, dass ich meine Wohnung gegen ein Zimmer in einem mittelklassigen Hotel eingetauscht hatte, um näher an meiner Arbeitsstelle beim Sender zu sein – und um einen gewissen Abstand zwischen mich und besagte Familie zu bringen.

»Du weißt, dass du diese Geschäftsbeziehungen in naher Zukunft übernehmen wirst, Nathanial. Also sorg dafür, dass das keine Blamage wird.« Die Drohung ging an mir vorbei, ebenso wie die Tatsache, dass er unterschwellig schon wieder auf den Krebs anspielte, der ihm die Organe zerfraß.

»Natürlich«, antwortete ich betont gleichgültig und legte auf.

Das Smartphone warf ich so weit von mir, dass es hinter dem Bett auf dem Boden landete. Erst dann konnte ich mich wieder darauf konzentrieren, Ruhe in meinen Körper zu bringen und einen frühmorgendlichen Powernap einzulegen.

Der SUV meines Vaters schob sich nur träge durch den Nachmittagsverkehr von Las Vegas. Es war von Anfang an eine schlechte Idee gewesen, sich mitten am Tag treffen zu wollen, doch diese Kritik behielt ich besser für mich.

Die Wangen von Edmond Alderidge waren eingefallen, seine Haut blass und das weiße Haar auf seinem Kopf so schütter, dass man es kaum erkannte. In den vergangenen Monaten hatte er stark abgebaut. Die Ärzte sprachen oft von Chemo und Bestrahlung, doch die Realität sah nicht so rosig aus, wie man sie ihm verkaufte. Die Wahrscheinlichkeit, dass die aktuellen Behandlungsmethoden mehr als eine Verlängerung seines Lebens waren, lag im unteren zweistelligen Bereich.

Wir brachten das Thema nie auf, weil der Tod in unserer Familie ein verpöntes Gesprächsthema war, und dennoch setzte Ed alles daran, um mich auf die Fußstapfen vorzubereiten, in die ich eines Tages zweifelsohne hineinwachsen musste.

Ares war ein gefürchteter Mann. Er genoss zwar ebenso viel Respekt und Ansehen, aber wer den Decknamen meines Vaters hörte, hatte nicht selten mit dem Reflex zu kämpfen, sich in den eigenen vier Wänden einzuschließen und erst wieder herauszukommen, wenn er den Bundesstaat wieder verlassen hatte.

»Antonio übergibt uns Waren, die wir kurzfristig für ihn zwischenlagern sollen. Es ist sehr wichtig, ihn nicht zu verärgern. Verstehst du?« Die Autorität, die in seiner Stimme mitschwang, löste bei mir schon seit Jahren nicht mehr die Angst aus, die er gerne in meiner Körperhaltung gefunden hätte.

Als Kind hatte ich meinen Vater gefürchtet. Die schrecklichen Taten, die er beging. Die strenge Hand, die er mir gegenüber genutzt hatte. Das Erbe, das auf mich zukam, ob ich es nun wollte oder nicht. Inzwischen akzeptierte ich mein Leben und alles, was damit einherging, auch wenn ich mich vor Jahren in einer Phase befunden hatte, in der ich alles dafür gegeben hätte, um dem negativen, giftigen Umfeld zu entkommen, in dem ich aufgewachsen war.

»Klar. Wir küssen ihm die Füße, verstecken seine Waffen und hoffen, dass er sie nicht nutzt, um uns zu durchlöchern. Der gleiche Scheiß wie immer.« Ich wusste, womit wir unser Geld verdienten, in welchen Gefilden wir uns bewegten und wie viele Menschen diese Familie auf dem Gewissen hatte.

Auftragsmord war ein Geschäft, das seit Jahrhunderten boomte, und die Alderidges mischten genauso lange darin mit. Die Söhne der Familie lernten das Handwerk – brachten es wiederum ihren Söhnen bei. Außer den Müttern gab es keine Frauen in der Familie, keine Schwester oder Tanten väterlicherseits.

Die Dynastie war manngemacht.

»Hüte deine Zunge, Nate.« Eds Stimme war scharf und trotzdem nicht in der Lage, mich zu verletzen. Er erreichte mit seiner Warnung nicht mal die oberste Schicht meiner Schutzwälle.

»Wenn du dich nicht auf das konzentrieren kannst, was in deinem Leben wirklich eine Rolle spielt, sorge ich dafür, dass du diese unnötige Anstellung bei diesem beschissenen Nachrichtensender verlierst. *Dann* hast du einen Grund, dich wie ein ungezogener Junge zu benehmen. Aber auch erst dann.«

Mit einem Brummen gab ich klein bei und war froh, als sich die Straße vor uns allmählich öffnete, ich den Wagen beschleunigen konnte und Angels Peak endlich näher kam. Ab diesem Punkt ging alles schneller. Keine fünfundvierzig Minuten später stieß ich die Tür des Wagens hinter mir zu, setzte die Sonnenbrille auf die Nase und wartete mit verschränkten Armen am Auto lehnend darauf, dass der Geschäftspartner meines Vaters auftauchte und wir diesen Scheiß endlich hinter uns bringen konnten.

Seit der Zurechtweisung hatte ich den Mund nicht mehr geöffnet. Die Diskussion zwischen uns war alt und die Abneigung gegen Ed so tief verwurzelt, dass es unmöglich für ihn war, mir in dieser Hinsicht Vernunft einzubläuen. Ich hasste ihn nicht. Aber genauso wenig empfand ich Liebe für ihn.

In der Nähe wirbelte Staub auf und das Dröhnen eines Motors – vermutlich ein Sportwagen – näherte sich, wurde immer lauter. Kurz darauf schoss ein knallroter Porsche auf den abgelegenen Parkplatz.

Ich rümpfte die Nase. Als Antonio ausstieg, war mein Gesicht allerdings schon wieder so blank wie ein leeres Blatt Papier. Er schlenderte zu meinem Vater, die beiden begrüßten sich mit einem Handschlag und tauschten sich aus. Kurz darauf öffnete der Spanier die Beifahrertür seines

Wagens und hob eine Sporttasche heraus, die gut gefüllt war.

Da es plötzlich in Vergessenheit geraten schien, dass eigentlich ich diese Abwicklung hatte übernehmen sollen, hielt ich mich zurück. Mir war es mehr als recht, wenn ich mich damit nicht weiter beschäftigen musste. Außerdem kannte Antonio mein Gesicht. Wir sahen uns seit Jahren regelmäßig und es gab keinen Grund zur Annahme, dass es irgendwelche Probleme gab, wenn ich die Geschäfte irgendwann übernahm.

»Hol die Tasche«, bellte mein Vater über den Parkplatz, sodass ich mich langsam in Bewegung setzte.

Die trockene Hitze, die in Nevada herrschte, vertrug sich nicht so gut mit dem Konsum von Alkohol. Ich schwitzte, meine Haut fühlte sich zu eng an und mein Kopf viel zu leicht.

Gerade als ich die Tasche über die Schulter geworfen hatte, vernahm ich einen Teil des Gesprächs der beiden. »... dieser Mord in den Nachrichten – geht der auf dein Konto, Ares?«

Ich schnaubte. Mein Vater hatte seit seiner Diagnose keine Waffe mehr in der Hand gehabt. Seine Muskeln zitterten bei der Belastung zu sehr, als dass er einen zielgerichteten Schuss hätte abgeben können. Und ich für meinen Teil hätte niemals einen Menschen am helllichten Tag auf einem Parkplatz hingerichtet.

»War keiner von uns, Antonio«, mischte ich mich ein und zuckte mit den Schultern. Vermutlich hatte er nur Angst darum, dass seinen Waffen und seinem Ruf etwas geschah, wenn wir unerwarteterweise so unvorsichtig und nachlässig wurden.

Ed winkte ab. »Meine Quellen wissen auch nicht viel. Man munkelt den Namen Nyx ... aber ich vermute, damit will man meinen Sohn und mich nur unter Druck setzen.«

Während ich zum Auto zurückging, hob ich die Augenbraue leicht an. Nyx. Der Name einer griechischen Gottheit. In der Familie Alderidge war es seit jeher Tradition, als Decknamen für die Auftragsmorde den Namen einer Gottheit aus der römischen oder griechischen Mythologie anzunehmen. Mein Vater war Ares, ich nutzte den Namen Charon. Mein Großvater war als Zeus bekannt gewesen, fristete den Rest seines Lebens inzwischen aber in einem Pflegeheim in Santa Maria.

Außer uns existierte niemand, der zur Familie gehörte. Irgendwer erlaubte sich also einen verdammt schlechten Scherz oder die Cops hielten uns für dämlich und nahmen an, wir fielen auf einen billigen Trick wie diesen herein.

Ich verstaute die Tasche im Fußraum hinter dem Beifahrersitz und breitete eine Decke über die Sitze aus, um weniger Aufmerksamkeit zu erregen. Für gewöhnlich hatten wir in Polizeikontrollen keine Probleme, doch Vorsicht war immer besser als Nachsicht. Wer verbrachte schon gerne Zeit hinter schwedischen Gardinen?

Kurz darauf raste der Porsche vom Parkplatz, mein Vater stieg zurück in unseren Wagen und ich glitt hinter das Steuer. Wenn er bloß einen Chauffeur gebraucht hatte, wieso hatte er nicht Frank oder Gabe angerufen?

Ich startete den Motor und sorgte dafür, dass wir Angel Peak zügig hinter uns ließen. »Nyx also, ja? Und du bist nicht auf die Idee gekommen, mir *davon* zu erzählen?«

Egal, was nun dahintersteckte, ich verspürte das große Bedürfnis herauszufinden, was es zu bedeuten hatte. Machte uns jemand Vegas streitig? Gab es neue Konkurrenz in Nevada? War es vonnöten, eine Botschaft zu überbringen, die klarmachte, wer hier die Hoheit innehatte?

»Gibt nichts zu erzählen«, brummte Ed. »Weils keine Informationen gibt. Keiner redet, alle tun, als wüssten sie von nichts. Also ist es entweder eine Farce, eine Falle oder ein echtes Problem.«

Ich konnte nicht sagen, welche Option mir davon am wenigsten gefiel. Eine Falle bedeutete besondere Vorsicht, ein echtes Problem führte zu Blutvergießen und eine Farce ... nun ja, das war die Variante, die mir noch am ehesten in den Kram gepasst hätte.

Mit den Fingern trommelte ich auf das Lenkrad. »Willst du, dass ich dem nachgehe?«

Eds Blick schoss in meine Richtung, sein Gesichtsausdruck sprach Bände. »Du hättest vor mir darüber Bescheid wissen müssen. Also *natürlich* beschäftigst du dich damit. Oder soll ich dir den Täter vielleicht auf dem Silbertablett präsentieren? An den Haaren vor deine Nase schleifen?«

Er verfiel in eine Tirade, die ich schon oft gehört hatte. Das übliche Gerede also. Dass er an meiner Loyalität und meinen Beweggründen zweifelte und sich sorgen machte, was erst passierte, wenn er nicht mehr unter den Lebenden weilte. Ob ich überhaupt gedachte, das Familiengeschäft fortzuführen, oder ob ich tatsächlich so nutzlos war, wie es die ganze Zeit über den Anschein machte.

Das meiste davon erreichte mich nicht, denn er hatte absolut keine Grundlage, um an mir zu zweifeln. Ich hatte immer getan, was er wollte. Ich vertraute seinen Befehlen blind, obwohl ich manchmal eine differenzierte Meinung zu bestimmten Themen vertrat.

Nur ein einziges Mal hatte ich ihn belogen und davon ahnte er nichts. Was bewegte ihn also dazu, mir all diese Dinge immer wieder vorzuhalten? Nicht jeder konnte der gefühlskalte Soldat sein, den er mimte. Auch wenn er versucht hatte, mich dazu zu erziehen ... am Ende war es ihm nicht gelungen.

Ich trug ihn zur Schau für ihn, ja. Sobald ich jedoch allein war, verlor ich mich in Alkohol und Sex, um das Level meiner Empfindungen so gering wie möglich zu halten. Auch davon ahnte er nichts.

»Ich kümmere mich darum, keine Sorge.«

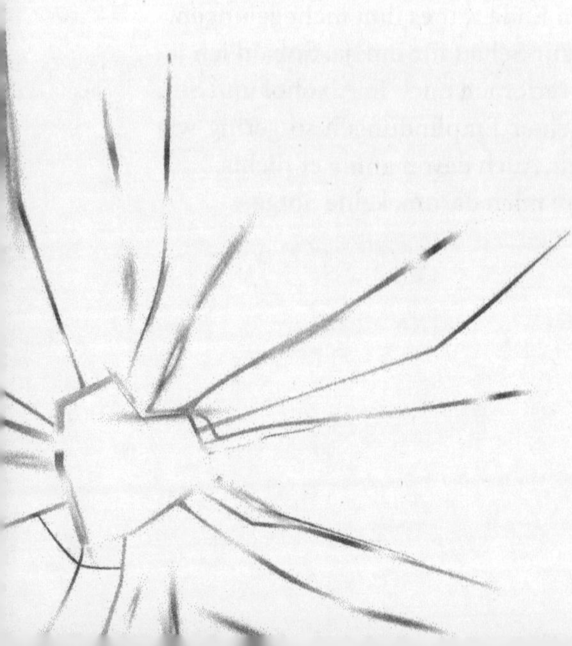

DREI

SELENE

Ich traf mich nie persönlich mit Auftraggebern. Keine Ausnahmen. Niemals. Diesmal jedoch kam ich nicht drum herum, Informationen an einem öffentlichen Ort abzuholen. Man hatte eine Akte mit Informationen im Springs Preserve für mich hinterlegt und momentan sah ich mich nicht in der Lage, einen Auftrag abzulehnen, der mir dermaßen viel Kohle einbrachte.

Ich achtete darauf, dass mich im Park niemand beobachtete, drehte danach einige Runden über die Highways der Stadt und als ich schließlich die Haustür hinter mir zuwarf, war es beinahe Mitternacht.

Mit einem Bier in der Hand schmiss ich mich auf die Couch, die ihre besten Tage bereits lange hinter sich hatte und packte den dicken Umschlag aus. Die Akte selbst war dünn, keine zehn Blätter, der Rest war die Anzahlung, um die ich gebeten hatte.

Obenauf lag ein Bild. Ein einziges Bild mit

einem Gesicht, das ich jede Nacht in meinen Träumen sah. Ich verschluckte mich derart heftig am Bier, dass mir die Tränen in die Augen schossen und die Akte zu Boden fiel, weil ich so husten musste.

Erst nach fünf Minuten traute ich mich wieder, die Blätter aufzusammeln und einen weiteren Blick darauf zu werfen. *Nathanial Alderidge, 31 Jahre, Nachrichtenmoderator. Vögelt seit fünf Jahren die Frau des Auftraggebers. Vermutlich unwissend über ihren Beziehungsstatus.*

Es gab Informationen über alles. Seine Arbeitsstelle, das Gebäude und das Studio. Seine Kollegen. Sein aktueller Wohnort, seine Gewohnheiten. Einfach *alles*. Ich hätte mich nicht gewundert, auch einen Kommentar über das kleine Muttermal links von seinem Bauchnabel zu finden.

Eigentlich war der Zeitpunkt nach dem Lesen der Akte der, an dem ich meinen Auftraggeber anrief, ein paar Rückfragen stellte und schließlich zustimmte, den Mord auszuführen, doch dazu fühlte ich mich nicht im Geringsten in der Lage. Tatsächlich war das, was ich gerade fühlte, alles einnehmende Leere.

Verschwinde. Komm nicht mehr hierher, melde dich nicht. Nie wieder.

Ich erinnerte mich gut an diese Nacht, aber noch viel deutlicher war die Erinnerung daran, was einige Wochen später geschehen war. Nate spielte dabei zwar keine Rolle, aber … ich wartete seit

Jahren darauf, dass sich mir eine Gelegenheit wie diese bot.

Es gab eine unbeglichene Rechnung. Eine Sache, die ich zu erledigen hatte und die schlussendlich dafür verantwortlich war, dass ich mich überhaupt dazu herabgelassen hatte, die Drecksarbeit für andere Menschen zu machen.

Normalerweise hatte ich den Zorn, den ich gegenüber Edmond Alderidge empfand, strikt unter Kontrolle. Je länger ich nun aber das Bild seines Sohnes anstarrte, je mehr Erinnerungen in mir zum Leben erwachten, desto größer wurde das Verlangen, ihn in die Finger zu bekommen und dafür zu sorgen, dass er für alles bezahlte, was er in meinem Leben zerstört hatte.

Ich riss das Handy aus meiner Hosentasche, stimmte dem Auftrag zu und verbrachte den Rest der Nacht auf der Couch, die schlechte Fotografie von Nate in der Hand und das schreckliche Bedürfnis im Leib, Blut fließen zu sehen. Nicht seins, nein. Viel eher meines, weil es die einzige Möglichkeit war, um mit den aufsteigenden Gefühlen zurechtzukommen. Für gewöhnlich waren sie tief begraben.

Doch der Schmerz kam zurück. Er kam immer zurück.

Mit der anderen Hand fuhr ich unter mein Shirt und über die hervorstehende Narbe zwischen der fünften und sechsten Rippe. Ich brauchte sie nicht sehen, um zu wissen, dass sie noch genauso hässlich war wie vor zwei Monaten, als ich sie im Spiegel fixiert hatte, während die Rasierklinge über meine Oberschenkel geglitten war.

Obwohl sie der Beweis dafür war, dass ich dem Tod von der Schippe gesprungen war und *lebte*, fühlte es sich an den wenigsten Tagen so an.

Kurz vor sechs Uhr stellte ich den Fernseher an, erleichtert, mich nicht länger in der Vergangenheit verlieren zu müssen. Als die Glocke der nahe gelegenen Kirche die volle Stunde schlug, begann auch die Nachrichtensendung auf L6.

Zunächst zeigte die Kamera das Gesicht einer zierlichen Blondine, die die Zuschauer quirlig ansprach. Mein Blick rutschte zu ihren Brüsten, die ihr fast aus dem Ausschnitt fielen. Als das Bild letztendlich zu Nate schwenkte, stockte mir der Atem. Ein Muskel in meiner linken Gesichtshälfte begann zu zucken.

Nach allem hatte ich nicht erwartet, ihn jemals wiederzusehen – und wenn es nur auf einer Mattscheibe war, ohne dass er sich bewusst war, dass ich ihm in eben diesem Moment zusah.

Ich gönnte mir mehr Bier, die Finger so fest in die Oberschenkel gekrallt, dass ich Schmerz fühlte und Blut spürte. Was er sagte, ging komplett an mir vorbei. Mein Blick war auf sein Gesicht fixiert, während in meinem Kopf ein altbekannter Film ablief.

Die Worte taten genauso weh, wie sie mich an ebenjenem Abend verletzt hatten. Mein Herz verlor seinen Takt, als ich mich daran erinnerte, dass er mich fortgeschickt und mein Vertrauen gebrochen hatte, anstatt mich zu töten, wie er es eigentlich hätte tun sollen.

Lange Zeit bemerkte ich überhaupt gar nicht, dass die Nachrichtensendung vorüber war. Erst als der Wecker klingelte und mir freudig mitteilte, dass ein neuer Tag begann und ich mich für die Arbeit im Restaurant fertig machen musste, erwachte ich aus meiner Starre. In den letzten Stunden war mir jegliche Motivation, überhaupt aufzustehen, abhandengekommen und ich spielte ernsthaft mit dem Gedanken, Colton zu schreiben und zu behaupten, ich könnte aufgrund von Migräne nicht ins Restaurant kommen.

Eine halbe Stunde später saß ich auf meinem Bike und war auf dem Weg nach Seven Hills. Nicht ganz nüchtern, aber auch nicht unfähig, das Motorrad zu bedienen. Dass es verantwortungslos war, brauchte mir niemand zu erzählen – denn letztendlich verdankte ich es an diesem Morgen dem Fahrtwind, dass ich den roten Faden in meinem Leben nicht verlor und auf der Spur blieb. Insofern das für jemanden wie mich eben möglich war.

Trotz der Tatsache, dass es tiefste Nacht war, leuchtete Vegas heller als die Scheißsonne. Überall blinkten Reklameschilder, die Straßenbeleuchtung und selbst das Hotelgebäude, das ich seit drei

Stunden anstarrte, leuchtete in den verschiedensten Farben. Ich fragte mich, ob die Bewohner Schlafmasken brauchten, denn die Glasfront wies keinerlei Vorhänge auf, die man hätte zuziehen können.

Eigentlich war es lächerlich, mich mit dem Beobachten des Hotels aufzuhalten. Es würde nichts passieren, bevor ich nicht den Fuß über die verdammte Schwelle setzte und das tat, wozu ich hierhergekommen war.

Heute Abend fiel es mir besonders schwer, Selene zurückzulassen und mich in Nyx, im übertragenen Sinne die Göttin der Nacht, zu verwandeln. Zwar hatte ich meine Waffe bereits geladen in der Handtasche, das sündig rote Kleid schrie das Wort Nutte so laut, dass es vermutlich noch in New York zu hören war und im Großen und Ganzen gab es auch nichts mehr, worüber ich noch hätte nachdenken müssen.

Wenn ich der Rezeptionistin erzählte, dass Mr. Alderidge sich eine Hure bestellt hatte und das damit belegen konnte, dass ich seine Zimmer- und Telefonnummer kannte, würde sie sich mir nicht in den Weg stellen.

Woher kam also das Zögern, das ich verspürte, seit ich das von meinem Bruder geliehene Auto geparkt hatte? Ich wusste es, doch ich erlaubte mir nicht, näher darüber nachzudenken.

Mit einem Ruck öffnete ich die Fahrertür, stieg aus und ging zielstrebig auf den Eingang des Hotels zu. Es besaß so viele Stockwerke, das ich den Kopf in den Nacken legen musste, um die Spitze des Gebäudes zu sehen.

In der Lobby herrschte emsiges Treiben, trotz der späten Uhrzeit. Angestellte liefen umher, Gäste lümmelten in den verschiedenen Loungemöbeln. An der Rezeption versuchte ein junger Mann, noch ein Zimmer zu erhalten.

Ich nutzte die Gelegenheit, die sich mir bot, und ging geradewegs zu den Aufzügen. Nachdem ich das richtige Stockwerk gefunden und gewählt hatte, raste er in die Höhe.

Alles in diesem Hotel wirkte nobel, war in Wahrheit aber nur eine Fassade. Reichtum für Menschen der Mittelklasse sozusagen. Wer ahnte schon, dass die goldenen Handläufe nicht wirklich mit Gold überzogen, sondern einfach nur angemalt waren?

Den Blick in die große Spiegelwand zu meiner rechten vermied ich vehement. Ich ärgerte mich noch immer darüber, dass ich die Lederkluft und den Helm gegen ein knappes Kleid, hohe Schuhe und einen Style tauschen musste, den ich normalerweise aus Bequemlichkeitsgründen vermied. Allerdings fiel eine Prostituierte in einem Hotel wie diesem nicht weiter auf – eine Frau in Motorradkleidung hingegen schon.

Der Aufzug gab ein leises Geräusch von sich, als ich das angestrebte Stockwerk erreichte. Ich trat heraus auf den mit Teppich ausgelegten Gang und suchte im schummrigen Licht nach der richtigen

Zimmertür. Mein Puls schnellte in die Höhe, je näher ich der Erfüllung des Auftrags kam.

728.

Ich starrte die Zahl eine ganze Weile an, bis ich mich daran erinnerte, dass sich die Tür nicht von allein öffnen würde. Das Erste, was ich heute Mittag recherchiert hatte, war gewesen, ob das Hotel Schlüssel nutzte oder Karten. Zu meinem Glück waren sie in dieser Hinsicht noch nicht auf dem neuesten Stand und ich konnte mich mit meinen Werkzeugen leise an dem Schloss zu schaffen machen.

Unbewusst biss ich mir auf die Unterlippe. Mir wurde heißer, je länger es dauerte, das verdammte Teil zu knacken, doch irgendwann gab es nach. Die Tür sprang einen Spalt auf und ich holte tief Luft.

Hatte er mitbekommen, dass jemand versuchte, in sein Zimmer einzudringen? Erwartete er mich mit vorgehaltener Waffe? Schoss er, auch wenn er mein Gesicht erkannte? Oder kam ich ihm zuvor – und verpasste dann die Gelegenheit, an seinen Vater zu kommen?

Zentimeter für Zentimeter schob ich die Tür auf. Meine Augen gewöhnten sich nur langsam an die Dunkelheit, die herrschte und als ich die Tür hinter mir wieder schloss, war ich so angespannt, dass ich spürte, wie meine Nerven flatterten.

Ein lautes Schnarchen durchbrach die Stille. Erleichterung schoss durch meinen Körper, dicht gefolgt von dem Drang, laut aufzulachen. Die Zeiten, in denen ich einen tiefen Schlaf gehabt hatte, waren lange vorbei. Ich schlief so leicht, dass ich von dem Knarren der Fensterrahmen im Wind aufwachte. Selbstschutz, wenn man es so wollte.

Und Nate? Der bekam offensichtlich nicht einmal mit, wenn jemand in sein Hotelzimmer eindrang mit dem Auftrag, ihm eine Kugel in den Kopf zu jagen. Wunderbar.

Leise und bedacht schob ich mich weiter in den relativ großen Raum hinein. Seitlich ging das Bad ab und etwas, das aussah wie ein Ankleidezimmer, anschließend eröffnete sich Schlafzimmer, Wohnzimmer und Küche in einem.

Ein rascher Blick auf die Couch verriet mir, dass sich Nate im Bett befand. Genau dort erspähte ich ihn schließlich. Die dunklen Umrisse zeigten, dass er auf dem Rücken lag. Die Beine halb auf dem Boden und die Arme ausgestreckt.

Es wäre einfach gewesen, ihm ein Kissen auf den Kopf zu legen und den Abzug zu drücken. Stattdessen beschloss ich, ihm wenigstens eine Chance einzuräumen. Ob es eine Sache der Ehre war, oder aber mein Unterbewusstsein, das sich weigerte, ausgerechnet ihn zu töten …

Ich trat vor ihn, den Lauf der Glock auf sein Gesicht gerichtet. Dann trat ich ihm mit Nachdruck gegen das Schienbein.

Prompt fuhr Nate fluchend nach oben – und blickte auf die Waffe, die unmissverständlich auf ihn zeigte. »Mach jetzt bloß keinen Fehler.«

Dass ich damit nicht nur ihn meinte, sondern zeitgleich auch mich, musste er nicht wissen. Vermutlich war es schon ein Fehler gewesen, ihn nicht direkt umzubringen. Was erhoffte ich mir denn? Dass wir uns auf die Couch setzten, über alles sprachen, was geschehen war, und am Ende wieder zu dem zurückkehrten, was uns einst verbunden hatte? Ich musste dem jungen Mädchen, das ihren besten Freund über alles liebte, dringend eine Schelle verpassen. Nach allem wusste ich es doch besser, als auf diese alte Schwäche hereinzufallen.

Und trotzdem – aus Nyx wurde wieder Selene und ich ahnte, dass die für ihn bestimmte Kugel nicht den Weg in sein Hirn finden würde. Nicht heute Nacht. Nicht durch mich.

VIER

NATE

Jemand will dich tot sehen. Genauer gesagt der Ehemann der Frau, die du seit einem halben Jahrzehnt vögelst. Klingelt da was?«

Ich war mir nicht sicher, was mich mehr ablenkte. Die Waffe, die auf mein Gesicht gerichtet war oder die Stimme. Diese Stimme, die mir so bekannt vorkam und die ich dennoch nicht zuordnen konnte.

Sämtliche Muskeln in meinem Körper spannten sich an, als ich mich darauf vorbereitete, diese Situation unter meine Kontrolle zu bringen. Die Frau senkte die Pistole nur einige Millimeter, aber bot mir damit die Gelegenheit, die ich brauchte.

Die Trunkenheit vom Schlaf war in der Sekunde verflogen, in der ich aufgeschreckt war, dementsprechend präzise schnellte ich nach vorne, ergriff ihr Handgelenk. Ich entriss ihr die Waffe, und packte gleichzeitig ihren Körper. Schleuderte sie auf das Bett und fixierte sie mit meinem Körper.

Die Mündung der Glock drückte in die dünne Haut unter ihrem Kiefer.

Ich spürte, wie sie schluckte und das Herz gegen ihren Brustkorb hämmerte.

»Du hättest schießen sollen, als du die Gelegenheit hattest. Und jetzt verrate mir doch mal -« Mein Mund war plötzlich staubtrocken.

Diese Augen ... ich *kannte* sie. Meine Finger um die Pistole lockerten sich, sie glitt mir aus der Hand und schließlich zu Boden.

Als ich mich aufrichten und sie von mir schleudern wollte, um Abstand zwischen uns zu bringen, merkte ich, dass mein Körper mir nicht länger gehorchte. Der Blick in ihr Gesicht hielt mich gefangen, meine Gedanken verstummten vollends ...

Ihre Hand schob sich sanft meinen Arm nach oben, ruhte an meiner Schulter. Die andere drückte so fest gegen meinen Brustkorb, dass ich nicht nur ihren Herzschlag spüren konnte, sondern auch meinen eigenen.

»*Du* ...«, stieß ich aus.

»Ich.« Sie reckte das Kinn.

Was hatte sie an meinen Worten nicht verstanden? Sie sollte mir nicht mehr unter die Augen treten, mich nicht besuchen, suchen, Kontakt aufnehmen ... *nichts*, was bedeutete, dass ich auf irgendeine Weise mit ihr zu tun hatte.

Plötzlich fand ich die Kontrolle wieder, riss mich von ihr los und brachte den Abstand zwischen uns, den ich so dringend benötigte. Mein Körper rebellierte, redete mir ein, dass er die Berührung brauchte und ich nicht so dumm sein sollte, sie von mir zu stoßen, wenn ich sie doch auf wundersame Weise wieder in meiner Nähe hatte.

Selene richtete sich auf und ich machte das Licht an. Als ich mich wieder zu ihr drehte, stockte mir der Atem. *Himmel und Hölle.* Sie sah aus wie eine verdammte Göttin. Immer noch. In meiner Erinnerung war sie jünger, trug diese Macht weniger nach außen, aber jetzt gerade ... die vollen Lippen, die dunklen Augen, der Blick, der mich taxierte – ihr Körper. Bei allen Göttern, wieso war sie hier, um mich zu töten, wenn es doch viel passender gewesen wäre, hätte sie vorgehabt, mir den Verstand zu rauben und mich dazu zu bewegen, ihr zu Füßen zu liegen?

Inzwischen ruhte die Glock wieder in ihrer Hand, ihre Augen jedoch weiterhin auf mir. Glaubte sie, dass ich ebenfalls eine Waffe zog?

Ich breitete die Arme aus. »Du bist hier, um mir den Tod zu bringen? Tu dir keinen Zwang an.«

Es war nur fair, wenn ich durch ihre Hand starb. Damals hatte ich mit dem Gedanken gespielt, sie zu töten, weil mein Vater mir genau das befohlen hatte, um endlich einen Abschluss an meine jahrelange Ausbildung zu hängen. Letztendlich hatte ich es nicht getan, aber allein, dass ich darüber nachgedacht hatte, war Hochverrat gewesen.

Irritation mischte sich auf den sonst blanken Gesichtsausdruck von Selene. »Du willst, dass ich dich töte?«

»Das würde vieles einfacher machen«, erwiderte ich.

Selene erhob sich, die Waffe verschwand in ihrer Handtasche. Sie schüttelte den Kopf. »Ich kann das nicht. Kümmere dich einfach um die Angelegenheit mit diesem Kerl.«

Welcher Kerl? Als spielte es gerade eine Rolle, dass Tessas Ehemann auf die Idee gekommen war, mir irgendwen zu schicken, der mich tötete. Scheiße, wir hatten uns seit über zehn Jahren nicht gesehen und mehr gab es nicht zu sagen?

Ich senkte den Kopf, unfähig, sie weiter anzusehen. »Es tut mir leid, Gems.«

»Ich weiß. Mir auch.« Ihre Schritte stoppten für einen Moment und ihre Stimme klang seltsam erstickt.

»Du bist Nyx, nicht wahr?«, schob ich schnell hinterher, als mir bewusst wurde, dass sie dabei war, wieder aus meinem Leben zu verschwinden. Eigentlich kannte ich die Antwort darauf bereits, seit ich erkannt hatte, dass es Selene war, die unter mir lag.

Über die Schulter hinweg sah sie mich an. In ihren Augen blitzte etwas auf, das ich nicht zu deuten vermochte. »Gut erkannt, Charon.«

Im nächsten Augenblick war sie an der Tür und hatte sie geöffnet, diesmal ohne zurückzusehen.

Verzweiflung stieg in mir auf. Ich kam nicht damit klar, dass sie in mein Leben spazierte, nur um es Minuten später wieder zu verlassen, als wäre nichts gewesen. Als wäre es ihr absolut gleichgültig.

»Ich bin abends manchmal im *Golden Hours.*« Zumindest würde ich dort von morgen an jeden Abend sein, bis sie auftauchte, denn ich konnte nicht zulassen, dass die Person, die mich einst in jedem Bereich zusammengehalten hatte, wieder ging, ohne einmal richtig mit mir gesprochen zu haben.

Ich wusste, dass ich Selene gegenüber keine Forderungen zu stellen hatte. Die Schuld lag einzig und allein bei mir. Trotzdem kostete es mich alles, ihr nicht hinterherzurennen, als sie mein Hotelzimmer verließ, sie mir über die Schulter zu werfen und zurückzuholen, um etwas in Ordnung zu bringen, was so nachhaltig zerstört war, dass ... nun ja, eigentlich war es egal.

Sobald mein Vater erfuhr, dass ich sie an jenem Tag nicht getötet hatte, würde nicht nur sie sterben.

Selbst wenn ich die Augen öffnete und auf die weiße Decke des Hotelzimmers starrte, sah ich ihr Gesicht vor mir. Nicht nur das – ich durchlebte Flashbacks des letzten Abends, den wir miteinander verbracht hatten.

Zunächst der Teil, der unsere Beziehung zueinander auf eine andere Ebene gehoben hatte. Und dann ...

Selene hatte das Bett erst vor einer Minute verlassen

und dennoch hörte ich, wie die Tür aufflog. Ruckartig erhob ich mich. Als ich meinen Vater im Türrahmen erkannte, riss ich die Decke über mich, obwohl es viel zu warm dafür war.

Perplex starrte ich ihn an. Er sollte nicht hier sein. Wusste er, dass Selene ...?

»Schaut aus, als würdest du dir die letzte Aufgabe deiner Ausbildung einfach machen.« Er warf etwas in meine Richtung.

Das Springmesser landete auf dem Bett und ich nahm es an mich aus Angst, dass Selene es gleich entdecken könnte. Fragend sah ich in die Richtung meines Vaters, nicht ganz verstehend, was er überhaupt von mir wollte.

»Einfach machen?«

Ihm entfuhr ein genervter Seufzer. Mit verschränkten Armen musterte er mich, das Bett, den Boden. Selenes Kleidung lag im ganzen Raum verstreut. Ich biss die Zähne zusammen. Spürte, wie eine böse Vorahnung meinen Rücken hinaufkroch und sich einen Weg in meine Gedanken suchen wollte.

»In unserem Leben gibt es keine Schwäche. Und genau das ist sie. Also wirst du beweisen, dass du deinem Erbe würdig bist. Stell dich nicht so an und töte die Kleine. Zeig mir, was in dir steckt.« Der boshafte Ausdruck in seinen Augen ließ mich das Messer fester umschließen.

»Nein«, brachte ich hervor. Es klang matt, als wäre meine Gegenwehr bereits geschmolzen, als sich seine Worte in meinen Kopf gebohrt hatten.

Was er verlangte, war unmöglich. Es war nicht fair.

Wann würde ich mich jemals in der Lage befinden, ein Familienmitglied zu töten? Wir hatten nicht mal eine! Es gab meinen Vater und mich – den Namen meiner Mutter kannte ich nicht einmal.

Wusste er, was geschah, wenn sie aus meinem Leben verschwand? Ich nämlich kannte dieses Szenario viel zu gut. Alle meine Albträume handelten davon.

»Nein?« Er lachte. »Soll ich sie mir schnappen, wenn sie gleich aus dem Bad zurückkommt? Was hältst du davon, wenn wir einen kleinen Ausflug in den Keller machen und ich ein paar Freunde einlade? Ich wette, sie würden gutes Geld bezahlen, um dir dabei zuzusehen, wie du deine letzte Prüfung ablegst.« Während in mir Ekel aufstieg, schien meinem Vater die Vorstellung noch viel besser zu gefallen.

Ich spürte die Verzweiflung in mir aufsteigen und den Wunsch, Selene in meine ganze Misere einzuweihen, damit ich ihr endlich vorschlagen konnte, mit mir davonzulaufen. Ans andere Ende der Welt, irgendeinen Ort, an dem er uns nicht fand und ich lernen konnte, ein gewöhnliches, stinklangweiliges Leben zu führen. Mit ihr.

Doch je öfter sich seine Worte in meinem Geist wiederholten, desto klarer wurde mir, dass es nicht passieren würde. Dass ich keine Wahl hatte, als das zu tun, was man von mir verlangte, wenn ich nicht wollte, dass sie ein sehr viel schlimmeres Schicksal ereilte als ohnehin schon.

Der Schmerz in meiner Brust wurde heftiger, als ich nickte. »Schön«, knurrte ich. »Ich mache es. Aber nur, wenn du, verdammt noch mal, verschwindest.«

Ich rechnete nicht damit, dass er tatsächlich ging, doch als ich kurz darauf hörte, wie der Motor seines Autos aufheulte und er die Kiesauffahrt davonraste, wusste ich wenigstens, dass ich mir ein kleines bisschen Zeit gekauft hatte.

Alles danach war so tief in meine Knochen eingebrannt, dass ich es selbst nach meinem Tod nicht wieder vergessen würde. Ich fügte andauernd Schmerz zu, nahm Leben, aber sie fortzuschicken und glauben zu lassen, dass sie mir weniger als nichts bedeutete, hatte mich im Gegensatz zu all den anderen Dingen alles gekostet.

Blind angelte ich nach der Flasche auf meinem Nachttisch, warf die braune Papiertüte davon und schraubte den Deckel auf. Der flog ebenfalls in den Raum, denn ich würde ihn sicher nicht mehr brauchen.

Der Gin hatte sechzig Umdrehungen und hinterließ einen bitteren Geschmack auf meiner Zunge, nachdem ich die halbe Flasche in einem Zug geleert hatte.

Selene hielt sich in der gleichen Stadt auf wie ich. Selene war in meinem Hotelzimmer gewesen, hatte mich angesehen und war gegangen, ohne das zu tun, weswegen sie eigentlich hergekommen war. Selene ... war Nyx.

Meine Gedanken zu sortieren, fühlte sich an, als würde ich durch zähflüssigen Schlamm waten. Ihr Auftauchen hier, die Tatsache, dass sie mich hatte umbringen wollen und von einem Auftraggeber gesprochen hatte, ihr Name ... Langsam machte sich die Frage in mir breit, was das alles zu bedeuten hatte.

Schließlich gab ich mir den Rest der Flasche, um meine Sinne zu betäuben und in einen unruhigen Schlaf zu finden, der mich ausknockte, bis der Wecker einige Stunden später ertönte.

Bevor ich ins Studio schlenderte, gab es ein anderes Problem, um das ich mich dringend kümmern musste. Tessas Ehemann, der es auf meinen Kopf abgesehen hatte, obwohl mir bis gestern Nacht nicht einmal bewusst gewesen war, dass meine Kollegin verheiratet war.

Wie ging man mit Menschen um, die einen tot sehen wollten? Richtig. Man kam ihnen zuvor.

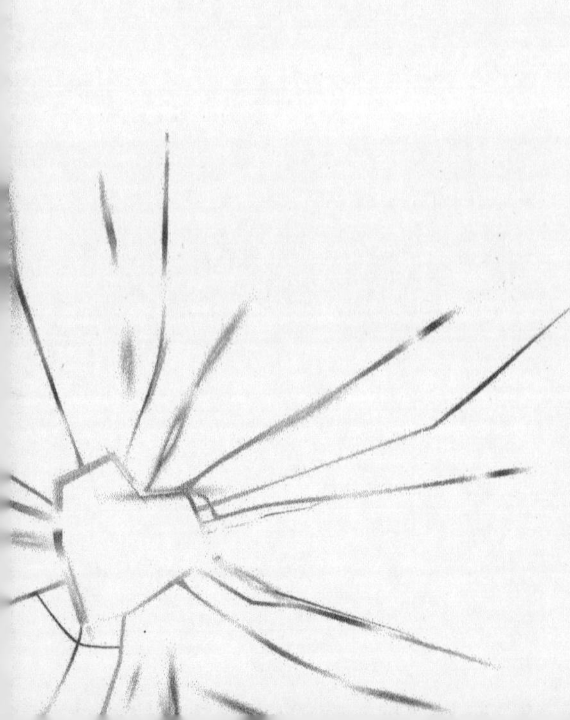

FÜNF

SELENE

Ich hatte angenommen, mein Leben halbwegs im Griff zu haben. Immerhin besaß ich die Kontrolle über meine beiden Jobs – den legalen wie den illegalen –, ich lebte nicht auf der Straße, meine Psyche hielt ich in Schach und ich sorgte dafür, dass ich nicht in Situationen geriet, die mir gefährlich wurden.

Dass ich mir damit nur selbst etwas vorgemacht hatte, wusste ich spätestens seit letzter Nacht, als ich Nate gegenübergestanden und gemerkt hatte, dass ich nicht dazu in der Lage war, diesen Mann zu töten, obwohl ich dafür Geld genommen hatte.

Plötzlich spielte es nämlich keine Rolle mehr, ob ich über ihn an seinen Mistkerl von Vater kam, sondern lediglich, dass ich ihm nicht das Leben nehmen konnte. Er hatte mir meines einst geschenkt – auch wenn ich das erst Wochen später erkannt hatte und bis dahin in einem tiefen, hässlichen Loch gesteckt hatte, in das er mich so selbstverständlich und skrupellos gestoßen hatte.

Alles hatte sich von einem Moment auf den anderen geändert und selbst zehn Jahre später kam ich mit den Konsequenzen, die daraus resultiert hatten, noch immer nicht klar. Nicht zum ersten Mal seit dem gestrigen Flop beschimpfte ich mich gedanklich selbst. Warum hatte ich diesen Auftrag überhaupt angenommen? Um mich selbst zu bestrafen? Einem Teil von mir war durchaus bewusst, dass es andere Mittel und Wege gab, um an Edmond Alderidge heranzukommen. Dafür brauchte ich Nate nicht und trotzdem hatte ich all die Jahre abgewartet, bis sich eine Möglichkeit bot, die gleichzeitig dazu führte, ihm wieder gegenüberzustehen?

Was erhoffte ich mir von ihm? Glaubte die leise Stimme in meinem Hinterkopf wirklich, dass er sich dieses Mal auf meine Seite stellte und demjenigen die Stirn bot, der uns damals nicht nur auseinandergerissen hatte, sondern im Nachgang auch noch für mein persönliches Treffen mit Gevatterchen Tod gesorgt hatte?

Oder lag es sogar im Bereich des Möglichen, dass Nate davon wusste – und er das gemeint hatte, als er sagte, dass es ihm leidtäte? Letztendlich spielte es keine Rolle. Oder?

Mein Körper lachte mich aus. Die Stellen, an denen sich unsere nackte Haut berührt hatte, kribbelten noch immer. Wenn ich auf dem Rücken lag und die Augen geschlossen hielt, spürte ich das Gewicht seines Körpers auf mir, hörte seine Stimme in meinem Ohr und fühlte, wie sein Blick auf mir lag.

Scheiße. Wie konnte er nach allem noch immer diese Macht über mich besitzen, die ihm eigentlich in der Sekunde abgesprochen worden war, da er mich fortgeschickt hatte – für immer.

Ich ließ mir die unausgesprochene Einladung immer wieder auf der Zunge zergehen. Das *Golden Hours* lag in der Nähe seines Hotels. Eine eher schlecht besuchte Bar, für Vegas ziemlich heruntergekommen und das Klientel so zwielichtig, dass man das gesamte Gebäude besser in einem riesigen Bogen umging.

Also genau der richtige Ort für mich. Und anscheinend auch für Nate, wenn er sich sogar täglich dort aufhielt.

Ich biss die Zähne zusammen. Was gab es zu besprechen? Ich war die letzten Jahre darum herumgekommen, ein Gespräch mit ihm zu wollen. Wieso sollte ich ausgerechnet jetzt meine Meinung ändern und etwas tun, von dem ich genau wusste, dass es am Ende nur dazu führte, dass ich nachts wach lag und mir seine Arme um meinen zerstörten Körper wünschte?

Weil du eine Last mit dir herumträgst, die du nicht länger allein aushältst, flüsterte die Stimme in meinem Hinterkopf. Mein Unterbewusstsein war genauso aktiv wie meine eigentlichen Gedanken und mischte sich nicht selten in das ein, was gerade in mir vorging. Ich kannte mich gut. Gut genug, um zu wissen, dass ich mich zu Nate hingezogen fühlte, obwohl zwischen uns nichts als braches Land und verbrannte Erde lag.

Ich konnte mich so oft ermahnen, wie ich wollte, nicht in diese Bar zu gehen. Am Ende würde ich dem drängenden Bedürfnis nachgeben und das Gebäude aufsuchen, mit welchen Intentionen auch immer. Es könnte in zwei Jahren sein. In sechs Monaten. In elf Wochen. Oder in den nächsten achtundvierzig Stunden, um dieses nagende Gefühl in meiner Brust unter Kontrolle zu bringen und einen Weg zu finden, um normal weiterzumachen.

Hinterher war man bekannterweise immer schlauer – und so war ich mir inzwischen sicher, dass ich die Akte mit den Informationen über Nate einfach im Grill auf meiner Terrasse hätte verbrennen sollen, anstatt sie mir länger als die zwei Sekunden anzusehen, die ich gebraucht hatte, um ihn zu erkennen.

Colton zog mich in die kleine Küche, weg vom Rest der Familie. Schlau, mich von den anderen zu separieren, um mir unangenehme Fragen zu stellen, die er besser für sich behalten hätte.

Sein Blick war eindringlich, als er den Mund öffnete. Nur, um ihn sofort wieder zu schließen, weil er doch nicht wusste, wie er beginnen sollte. Dabei hatte ich längst erkannt, was er von mir wissen wollte.

Ich ließ den Kopf in den Nacken fallen, knallte

gegen eine der oberen Schranktüren und verdrehte die Augen über meinen Bruder, der seine Nase immer wieder in Angelegenheiten steckte, die ihn rein gar nichts angingen. Es geschah aus Sorge, machte unser beider Leben dadurch aber nicht einfacher.

Ich wuschelte ihm durch die dunkelbraunen Haare und hielt sein Kinn fest, damit er meinem Blick nicht länger ausweichen konnte. »Stell keine Fragen, auf deren Antworten du nicht vorbereitet bist, C.«

Bevor ich mich von der Anrichte abstieß, tätschelte ich ihm die Wange. Colton war zwar einige Jahre älter als ich und hatte sein Leben eindeutig besser im Griff, als ich meines jemals haben würde, doch das bedeutete nicht, dass ich ihm gegenüber keinen ausgeprägten Beschützerinstinkt besaß. Am liebsten wäre es mir sogar gewesen, wenn er einfach niemals von Nate und allem, was damit einherging, erfahren hätte.

Das kein Weg daran vorbeiführte, war mir damals bewusst gewesen und auch jetzt führte ich es mir wieder vor Augen. Colton wusste Bescheid und das hatte sich im Laufe der Jahre mehr als einmal als gut herausgestellt. Immer dann, wenn ich mit meinen Gedanken nicht mehr klarkam und Hilfe brauchte, jemanden, der mir sagte, dass ich kein schlechter Mensch war, nur weil ich schlechte Menschen auf dem Gewissen hatte, ging ich zu ihm.

Es half schon, wenn er mich mit einer Tasse Eiskaffee und einem Film auf Netflix erwartete, die

Lichter gedimmt und die Klimaanlage auf der höchsten Stufe. Alles darüber hinaus war nur der fette Bonus, der Colton zum besten großen Bruder machte, den man sich wünschen konnte.

»Tu nicht immer so, als wäre ich zartbesaitet«, murrte er und versperrte mir den Weg.

Sehnsüchtig sah ich zu seiner Tochter und seiner Frau, die sich nicht gerade in einem unangenehmen Gespräch befanden wie ich.

Mit verschränkten Armen drehte ich mich wieder in seine Richtung. »Ich schütze dich. Falls irgendwann mal etwas ist, ist es für dich besser, wenn du nichts weißt.«

Das Geräusch, das er von sich gab, ließ sich am ehesten als beleidigt interpretieren. »Der Mann, der auf dem Supermarktparkplatz gestorben ist. Das warst du, oder nicht?«

Ich rollte mit den Augen, wieder einmal, und bezog erneut Stellung an der Anrichte. Irgendwie hatte ich im Gefühl, dass das keine Unterhaltung war, die in den nächsten fünf Minuten ein Ende fand.

»Wusstest du, dass er eine Tochter in Lunas Alter hatte? Und eine Frau, der man androht, bald auf der Straße zu sitzen, weil sie die Rechnungen nicht begleichen kann?« Sein Gesichtsausdruck war vollkommen leer, seine Stimme aber ernst genug, um mir zu sagen, dass er dieses Gespräch wirklich führen wollte.

Ich nicht – denn sobald ich anfing, mich mit den familiären Hintergründen meiner Zielpersonen zu beschäftigen, gab es keine Arbeit mehr, die ich verrichten konnte. Fast jeder Mensch hatte Familie, und wenn es nur eine Schwester oder ein Onkel waren. Das jedoch machte entsprechende Leute nicht weniger schlecht.

»Und du weißt genau, dass die Moralapostel-Schiene bei mir nicht zieht. Du kennst jedes verschissene Detail, das dazu geführt hat, dass ich heute genau hier stehe. Maß dir nicht an, mir zu sagen, dass es falsch ist, was ich mache. Oder wäre es dir lieber, wäre ich tot und deine Familie non-existent, C.? Ich glaube nicht.« Ich hasste mich für die Worte, die ich aussprach, und dennoch waren sie bitter nötig.

Colton hatte diese Phasen – in denen er glaubte, im Recht zu sein und mir andichten zu können, dass ich ein schlechter Mensch und kein Opfer der Umstände sei, in die ich unfreiwillig geraten war. Ich fürchtete mich nicht davor, ihm vor Augen zu führen, was die Alternative zu meiner Profession wäre. Was es bedeutete, wenn er sich wünschte, dass ich diesem Beruf nicht nachginge.

»Das Einzige, was mich die ganzen Jahre über am Leben gehalten hat, war dieser Job. Geh zu deiner Frau, nimm sie in den Arm und gib deiner Tochter einen Kuss auf die Stirn und dann sei, verdammt noch mal, froh darüber, dass es so gelaufen ist und nicht anders.« Kapitulierend warf ich die Hände in die Luft und ließ ihn anschließend einfach in der Küche stehen in der Hoffnung, dass niemand unseren kleinen Disput gehört hatte. Die

Geheimnisse, die wir gemeinsam hüteten, sollten genau das bleiben – gut behütete Geheimnisse.

Die gesamte Wohnung zeigte den weiblichen Einfluss in Coltons Leben. Claire, eine der Frauen, der man ihre französische Herkunft auf den ersten Blick ansah. Schon ihre Haltung spiegelte ihre Vorfahren wider und der leichte Akzent, der sich in ihr Englisch mischte, verriet sie am Ende immer, egal, wie viel Mühe sie sich gab, zwischen all den Amerikanern nicht aufzufallen.

Die hellen Möbel wurden durch dunklere Akzente an den Wänden in Szene gesetzt und verliehen dem weiträumigen Apartment die richtige Atmosphäre von einem Heim. Ich schaffte es auf den Balkon, ohne von meinem Bruder aufgehalten zu werden, und stützte mich auf dem Handlauf ab, den Blick in die Tiefe gerichtet, bevor ich die Augen schloss und tief durchatmete.

Erst als die heiße Luft meine Lungen füllte, bemerkte ich, wie schwer es mir drinnen auf einmal gefallen war, zu atmen. Mit jeder Minute, die ich ruhig und einsam auf dem Balkon stand, wurde das enge Gefühl in meiner Brust besser. Ich wusste, dass Colton es nicht böse meinte, im Gegenteil. Er wollte nur das Beste für seine einzige Schwester, doch das änderte nichts daran, dass ich am Ende des Tages in einem Kreislauf gefangen war, der mich zum einen am Leben hielt und zum anderen dafür sorgte, dass ich überhaupt etwas empfand.

Die Auftragsmorde und das Adrenalin waren ein fester Bestandteil meines Lebens geworden und ich ahnte, was mit mir passierte, sobald ich es aufgab. Ich brauchte den Nervenkitzel, den Kick der Gefahr, ebenso, wie ich das Ziel vor Augen brauchte. Eines Tages würde ich Edmond Alderidge nämlich in die Finger bekommen und dann bezahlte er für alles, was er mir angetan hatte.

Nate und mir.

Genau diese Korrektur war es, die mich letztendlich erkennen ließ, dass ich auf keinen Fall um einen Besuch im *Golden Hours* herumkam.

Ich drehte den Kopf, als ich hörte, wie die Balkontür aufgeschoben wurde. Luna hüpfte in meine Richtung.

Ich breitete einen Arm aus und legte ihn um ihre Schulter, sobald sie neben mir an der Brüstung des Balkons stand. Inzwischen konnte man nicht mehr davon reden, dass sie klein und jung war – denn ihren zwölften Geburtstag hatte sie vor zwei Wochen gefeiert und es fehlten auch nur noch ein paar Zentimeter, bis sie mir bis zur Schulter ging.

»Bleibst du zum Essen?«

Ich strich ihr durch die dunklen Haare, dachte einen Moment darüber nach, abzulehnen. Leider war ich nicht dazu in der Lage, ihr überhaupt irgendeinen Wunsch abzuschlagen, also nickte ich schließlich.

»Habt ihr euch gestritten? Mama meinte, ihr diskutiert bloß.« Sie rollte mit den Augen und sah mich von der Seite an, schmunzelnd. »Als wäre ich ein Kleinkind, das keine Ahnung hat.«

Es gelang mir nicht, mir das Lachen zu verkneifen. Ich nickte, die Lippen zusammengepresst. »Du hast recht, wir haben uns gestritten. Aber das kommt vor und in zwanzig Minuten vertragen wir uns wieder.«

So war es bei Colton und mir schon immer gewesen. Wir stritten uns, manchmal sogar so heftig, dass etwas zu Bruch ging, aber am Ende versöhnten wir uns immer. Die Option, dass jemals Hass oder irgendetwas anderes als Liebe zwischen uns herrschte, existierte einfach nicht.

»Wie läuft die Schule? Das Training? Gibt's irgendwelche Neuigkeiten, die ich noch nicht mitbekommen habe? Was machen deine Freundinnen? Ihr könntet euch in den Ferien für einen Ausflug nach Florida treffen. Ich bin mir sicher, dein Dad spielt den Aufpasser, wenn du ihn ganz nett fragst ... und ich ihm anbiete, in der Zeit auf das Restaurant aufzupassen.« Der Themenwechsel, den ich anschlug, kam selbst für mich plötzlich und war nichtsdestotrotz vonnöten.

Ich plante nicht, Luna in die Reibereien einzuweihen, die manchmal zwischen ihrem Vater und mir herrschten. Überhaupt gab es keinen Grund, dafür zu sorgen – absichtlich oder unabsichtlich –, dass sie sich mehr Sorgen machte, als in ihrem Alter notwendig waren.

Sie lachte. »Das würde er niemals tun. Er hat Angst, dass du irgendwas auf dem Herd vergisst und dann alles abfackelst.«

»Klar. Er hat dir also davon erzählt, dass er mal zu faul war, seiner kleinen Schwester Mittagessen zu kochen, und die sich dann selber drum kümmern musste? Da war ich sieben! Meine Güte, dass er sich immer noch darüber aufregt ... Hat er dir auch erzählt, dass er eigentlich keine scharfen Messer benutzen darf? Einmal hätte er sich beinahe den halben Zeigefinger abgeschnitten ... weil er damit beschäftigt war, seiner Klassenkameradin seine wahnsinnig tollen Skills vorzuführen.« Ich konnte mir das Schmunzeln nicht verkneifen und fing sogar breit an zu grinsen, als ich das Räuspern hinter uns vernahm.

Luna fuhr herum und sah ihren Vater belustigt an. »Stimmt das? Falls ja, bin ich dafür, dass ich ab sofort das große Messer benutzen darf.«

Obwohl Colton nicht darauf einging, eilte sie an ihm vorbei und Richtung Küche.

»Wirklich, Sel? Du erzählst dem Kind davon?« Er klang anklagend, doch sein Gesicht verriet, dass er es nicht ernst meinte.

Ich hob die Schultern. »Du kannst sie ja nicht für immer von den gefährlichen Dingen fernhalten, die sich in einem Haushalt so befinden.«

Colton winkte ab und ich ahnte, dass der nächste Themenwechsel bevorstand. Er stellte sich neben mich, sodass sich unsere Schultern berührten. Sein Blick glitt ebenfalls in die Ferne und ich wartete darauf, dass er aussprach, was ihm durch den Kopf ging.

Es dauerte eine Weile, aber schließlich redete er. »Hör zu. Ich werde niemals damit aufhören, mir Sorgen um dich zu machen. Selbst wenn du für irgendeine offizielle Behörde tätig wärst – ich würde mir ständig Sorgen darum machen, wie es dir geht und ob dir nicht irgendwann doch etwas passiert. Aber mir ist auch bewusst ... dass es nicht viel schlimmer sein kann als das, was schon passiert ist. Also nimm es mir nicht übel, wenn ich manchmal den großen Bruder raushängen lasse. Ich bin Koch und besitze ein Restaurant ... diese illegalen Gefilde sind kein Gewässer, in dem ich mich bewegen will.«

Ich stieß den angehaltenen Atem aus und legte den Kopf auf seiner Schulter ab. »Ich weiß. Und deswegen kann ich dir auch sagen, dass ... Ich hab Nate wiedergesehen. Und ich glaube, ich muss mich noch einmal mit ihm treffen.«

Mit der Stille, die daraufhin entstand, hatte ich bereits gerechnet und nahm sie Colton dementsprechend auch nicht übel. Zwar war es mir nie gelungen, seine Meinung über ihn einzuschätzen, doch es war mir wichtig, dass er gewisse Details aus meinem Leben kannte. Ihn außen vor zu lassen, war einfach keine Option.

Schließlich nickte er. »Wenn du wen zum Reden brauchst, sag Bescheid. Du weißt ja, wo du mich findest.«

»Werde ich«, entgegnete ich. »Danke, C.«

»Immer. Und jetzt lass uns reingehen, bevor Claire mir den Kopf abreißt, weil das Essen kalt wird.«

Die Ducati vibrierte unter mir, während die hell leuchtenden Straßenlaternen mit großer Geschwindigkeit an mir vorbeizogen. Es herrschten noch immer fast zwanzig Grad und trotzdem peitschte mir der Fahrtwind angenehm kühl entgegen. Der Verkehr war in den letzten Stunden fast komplett zum Erliegen gekommen. Machte ich mich nicht auf zum Strip, lief ich keine Gefahr, in einen Stau zu geraten oder mit irgendwelchen Verzögerungen rechnen zu müssen.

Trotz allem konnte ich mich nicht dazu bringen, die Abfahrt zu nehmen, die mich nach Hause leiten würde. Ich verpasste eine, dann die nächste und noch drei weitere, bevor ich mir vor Augen hielt, dass es vollkommen sinnlos war, vermeintlich ziellos durch die Nacht zu fahren, wenn ich doch tief drinnen schon wusste, wo mein Weg mich hinführen sollte.

Ich beschleunigte die Diavel und fuhr Richtung Spring Valley, anstatt weiterhin durch die verschiedenen Nachbarschaften in ganz Vegas zu cruisen und mich vor dem Unvermeidbaren zu drücken. Wenn ich heute Abend nicht ins *Golden Hours* ging, würde ich fortan jeden Abend ruhelos durch die Gegend fahren, immer einen großen Bogen um diese eine Bar und dieses eine Viertel machen, obwohl ich genau wusste, dass es keinen Ort gab, an dem ich eher hätte sein sollen.

Ich befand mich viel zu schnell in der Nähe meines Ziels und spürte, wie die Nervosität meine Gliedmaßen nach oben kroch und mich lähmte.

Dass ich Angst verspürte, war nicht zu leugnen. Wie sollten Nate und ich ein Gespräch beginnen, wenn so viel Ungesagtes zwischen uns lag, so viel geschehen war, ohne, dass einer von uns die Finger im Spiel gehabt hatte?

Hätte ich damals gewusst, was Nates Familie tat, hätte ich mich niemals mit ihm angefreundet. Wäre ihm niemals so nahegekommen und hätte niemals diese Zielscheibe auf meinem Rücken gehabt, die dazu geführt hatte, dass man von Nate verlangt hatte, mich zu töten. Und wofür? Was bewies er damit? Dass er ein kaltblütiger Mörder war? Jede einzelne Faser in mir wusste, dass er das nicht war und niemals sein würde.

Dennoch war es ein naiver Gedanke, dass mein jüngeres Ich sich nicht mit ihm angefreundet hatte. Ich erinnerte mich daran, wie wir uns in der Schule darüber gestritten hatten, wer welchen Platz in der letzten Reihe bekam und wer wann die Hausaufgaben machte, damit sich einer von uns die Arbeit sparen konnte. Die meiste Zeit über machte am Ende ich mir die Mühe, damit er die unterschiedlichen Kurse und Klassen überhaupt bestand. Ich wusste mit absoluter Sicherheit, dass ich ihm, auch wenn mir bewusst gewesen wäre, dass sein Vater Menschen für Geld tötete, die Hand entgegengestreckt und die Finger um seine geschlossen hätte, als mir das erste Mal klar geworden war, dass in seinem Leben etwas nicht stimmte.

Ich starrte die schäbige Leuchtreklame seit zwei Minuten unentwegt an. Bislang war genau eine

Person herausgekommen, und das eher torkelnd als wirklich gehend. Der Gehsteig vor der Bar war vermüllt, ich erspähte einige Obdachlose, die in den Mülltonnen in den Seitenstraßen wühlten und sich nicht darum scherten, dass der Geruch des Mülls darauf hindeutete, dass nichts von dem, was sie darin finden würden, noch essbar war.

Ich verzog das Gesicht. Nicht, weil ich angewidert war, sondern weil ich nicht glaubte, dass Nate jeden Abend hier verbrachte. Freiwillig. Was fand man an einem Schuppen wie diesem? Wer sagte mir, dass hinter der Theke die Ratten nicht Tango tanzten und in den Fässern unter den Zapfhähnen nicht irgendwelche tierischen Leichen schwammen? Genau so wirkte diese sogenannte Bar nämlich.

Unsanft riss ich mir den Helm vom Kopf und zog die Lederjacke aus. Ersteren klemmte ich mir unter den Arm, während ich mir die Jacke über die Schulter warf. Ich fasste meinen Mut zusammen und ging geradewegs durch die Tür.

Der Geruch von schalem Bier schlug mir entgegen, gemischt mit dem Duft von altem Schweiß, Tabak und etwas, das man nur als »seit Jahren nicht geputzt« bezeichnen konnte. Mein Geruchssinn fühlte sich nach allen Regeln der Kunst angegriffen und hätte ich in eben jener Sekunde nicht Nate in einer kleinen Nische am Ende des Raumes entdeckt, hätte ich auf dem Absatz kehrtgemacht und mich nicht darum geprügelt, das *Golden Hours* in diesem Leben noch einmal zu betreten.

Kopfschüttelnd und mit hochgezogenen Augenbrauen schob ich mich durch die Räumlichkeit, bis ich vor Nates Tisch stand.

Ich spürte die Blicke, die mir gefolgt waren, denn außer mir war nicht eine andere Frau anwesend. Fehlte neben dem Eingang nur noch das Schild ‚Frauen bleiben draußen'. Ich nahm mir einen Moment und musterte Nate. Aus der Entfernung hatte ich es mir nicht erlaubt, aus Angst, ich könnte ins Stocken geraten und in den nächsten komischen Typ stolpern.

Nate sah aus, als wäre er direkt einem alten Schwarz-Weiß-Film entsprungen. Er trug diese Aura zur Schau, die einem sagte, dass man es mit einem richtigen Mann zu tun hatte, nicht mit einem Typen, der nur einer sein wollte. Er sah gut aus; nicht auf die klassische Art, die es auf eine riesige Werbeleinwand in Hollywood geschafft hätte, inklusive Vertrag als Unterwäschemodel. Eher so, dass man nie genau wusste, was den Blick nun angezogen hatte, aber trotzdem das Gefühl hatte, einem wahnsinnig attraktiven Menschen gegenüberzustehen. Möglicherweise war das auch nur meine persönliche Empfindung, aber sie sorgte dennoch für einen Moment der Stille.

Im grellen Licht des Hotelzimmers, als ich zu verwirrt gewesen war, um wirklich zu begreifen, was vor sich gegangen war, hatte ich es nicht erkannt. Dafür stach es gerade besonders heraus. Die dunklen Schatten unter seinen Augen waren nicht zu übersehen, ebenso wenig die verkrampften

Hände, die um das Glas geschlossen waren wie ein Schraubstock.

Ich glitt auf die andere Sitzbank, verschränkte die Hände auf dem Tisch. Meine Beine konnte ich kaum stillhalten, so sehr brachte es mich aus dem Konzept, dass er nun die Gelegenheit nutzte und mich musterte.

»Ich war mir nicht sicher, ob du jemals auftauchst«, murmelte er.

Es trennte uns kein Meter und dennoch fühlte es sich an, als wären wir Hunderte Kilometer voneinander entfernt.

Mir fiel es schwer, darauf eine Erwiderung zu finden, die nicht zickig klang. Letztendlich hob ich die Hand, um mir durch die Haare zu fahren, und atmete tief ein und aus, bevor ich irgendetwas sagte. »Ich war mir da auch nicht so sicher. Aber hier bin ich.«

Heute Morgen war durch alle Nachrichten gegangen, dass ein Mann mittleren Alters auf brutale Weise in seinem eigenen Haus gestorben war. Der Mann von Tessa Fields, der bekannten Nachrichtensprecherin des Senders L6. Ich brauchte kein Diplom, um eins und eins zusammenzuzählen und zu wissen, dass Nate sich postwendend für die Frechheit gerächt hatte, dass man jemanden dafür bezahlt hatte, ihn zu töten.

»Muss ich mich fürchten, genauso wie Fields zu enden?« Gerade als ich den Satz ausgesprochen hatte, merkte ich, wie bescheuert das klang. Ich biss mir auf die Lippe.

Klasse, Selene. Charmant mit Kopfsprung in den ersten Fettnapf.

Nate blickte mich verstört aus seinen stürmischen Augen an. »Ich würde nicht ... Ich *habe* nicht ...«, stammelte er perplex.

Ich winkte ab. »Ich ... ignorier das einfach. Ich weiß nicht, was ich sagen soll, oder wie ich mich am besten verhalte.«

Tatsächlich verspürte ich regelrecht Angst, dass das hier nicht so lief, wie es sollte. Allerdings ließ sich auch nicht sagen, wie unser erstes richtiges Wiedersehen am besten vonstatten gehen sollte. Schrieben wir die Vergangenheit ab und machten weiter, als wäre nie etwas geschehen? Das war wohl kaum möglich, wenn ich daran dachte, was geschehen war.

»Der Deckname, der von einer griechischen Gottheit übernommen ist. Die Tatsache, dass du mich umbringen solltest. ... Wie lange schon?« Nate starrte seine kräftigen Hände an.

Ihm musste irgendwann eingeleuchtet haben, dass ich ihm nicht so unähnlich war. Wie schnell war er darauf gekommen, nachdem ich das Hotelzimmer hinter mir gelassen hatte?

Die eigentliche Frage, die ich mir jedoch zu stellen hatte, war, wie viel ich ihm wirklich sagen sollte. Erzählte ich ihm davon, dass sein Vater versucht hatte, mich umzubringen, als ich auf der Suche nach Nate zurückgekommen war, obwohl es mich so wahnsinnig viel Überwindung gekostet hatte? Wie viel Wahrheit schenkte ich ihm und welche Grenzen besaß mein Vertrauen nach allem?

»Ähm«, sagte ich ziemlich geistreich und wand ihm das Glas aus den Händen, um einen Schluck der klaren Flüssigkeit zu nehmen.

Als sie meine Kehle hinabrann, hustete ich. Geschockt sah ich ihn an. »Das schmeckt, als würdest du puren Spiritus trinken!«

Angeekelt gab ich ihm das Glas zurück. Nate zuckte nur mit den Schultern, als hätte er das entweder nicht bemerkt oder es störte ihn einfach nicht.

»Tja, was soll ich sagen. Nachdem du mich so brutal aus deinem Leben gekickt hast, habe ich sehr lange nicht verstanden, was das Problem war. Ich dachte, du meldest dich irgendwann ... aber das war nicht der Fall. Also habe ich nach Antworten gesucht ... und herausgefunden, was an dem Abend wirklich in deinem Kopf vorging.« Wow. Ich kaufte mir die Worte selbst kaum ab. Doch Nate schien sich nicht an den offensichtlichen Lücken in meiner Aussage zu stören, also fuhr ich fort. »Ich habe herausgefunden, was dein Vater tut. Was du tust. Was du mit mir anstellen solltest. Irgendwann habe ich auch die Sache mit den griechischen Gottheiten herausgefunden und irgendwie bin ich in die ganze Sache hineingerutscht, ohne es wirklich zu merken. Es ist gutes Geld, es lenkt einen ab. Und beides sind Dinge, die ich brauche.«

Gelang es mir tatsächlich, fast neunzig Prozent der gesamten Geschichte unter den Teppich zu kehren und Nate das Blaue vom Himmel herabzulügen, ohne, dass er etwas bemerkte?

»Du weißt also, dass mein Vater mir befohlen hatte, dich zu töten?«, fragte er monoton, ohne den Blick zu heben.

Am liebsten hätte ich nur genickt, aber das sah er nicht. »Ja.« Irgendetwas in mir schrie, dass ich das so nicht stehen lassen konnte. »Aber du hast es nicht getan. Du wolltest es nicht tun. Und ich konnte nicht zurückkommen und dir erzählen, dass ich alles weiß und dir verzeihe. Das hätte nur ...«

Ich unterbrach mich selbst, ballte eine Hand zur Faust und öffnete sie wieder, weiße Abdrücke von meinen Fingernägeln auf der Handinnenfläche.

Nate taxierte mich mit seinen Augen. »Was hätte das?«, bohrte er nach. Wie ein Drogenspürhund war er auf den einen Fehler gestoßen, der mir bei meiner Antwort unterlaufen war.

Ich schickte ein Stoßgebet an das Universum und schüttelte den Kopf. »Du solltest mich töten, aber hast es nicht getan. Glaubst du wirklich, dass dein Vater mir dabei zugesehen hätte, wie ich lebendig in euer Haus spaziere und dir Hallo sage?«

Nachdem ich den Satz beendet hatte, schluckte ich. Hart. Er klang so harmlos, fast wie ein Witz, und trotzdem war er keine Eventualität. Ich war dort gewesen, um Nate zu sehen, und geradewegs in die Arme des älteren Alderidges spaziert. Zunächst war alles gut gewesen, ein bisschen seltsam vielleicht. Ich hatte es darauf geschoben, dass wir uns länger nicht gesehen hatten und Nate ihm gegenüber vielleicht auch nicht erwähnt hatte, warum der Kontakt so plötzlich abgebrochen war.

Bis seine Klinge zwischen meine Rippen gefahren und mich beinahe getötet hatte. Ich erinnerte mich, wie ich auf dem Boden vor der Notaufnahme kurz zu mir gekommen war, eine schreiende Frau über mir. Danach war mein Gedächtnis eine ganze Zeit lang nur gefüllt vom Piepen etlicher Maschinen, einem Herzschlag und der Gewissheit, dass er versucht hatte, mich umzubringen – und gescheitert war, weil es den Ärzten entgegen seiner Erwartung gelungen war, mich zu retten.

Colton hatte mich noch während der Genesungsphase ans andere Ende des Landes verlegen lassen, nachdem ich mich ihm gegenüber geöffnet hatte. Und nun saß ich hier und log Nate an, obwohl ich mir nichts mehr wünschte, als Edmond Alderidge den Gefallen zu erweisen und endlich dafür zu sorgen, dass er diese Welt verließ.

»Das ist die Story? Du hast es herausgefunden und dann beschlossen, dass das genau dein Ding ist und es nachgemacht?« Die tiefe Falte auf Nates Stirn zeigte deutlich, dass er doch nicht ganz glaubte, was ich ihm gerade aufgetischt hatte.

»Das ist die Story«, wiederholte ich und bestätigte damit, was ich soeben gesagt hatte.

Am Anfang hatte ich nicht gewusst, was ich ihm sagen sollte und letztendlich den Worten einfach freien Lauf gelassen. Hätte ich ihm wirklich von der Tortur erzählen wollen, die ich seinetwegen durchgemacht hatte, hätte ich es getan. Doch so war mir klar, dass ich nicht dazu bereit war, ihn in irgendetwas einzuweihen und ihm auf dem Silbertablett zu servieren, was geschehen war, nachdem er mich davongejagt hatte.

Ich zweifelte nicht daran, dass es eines der schwersten Dinge gewesen war, die er jemals hatte tun müssen, denn ich war mir dessen, was damals zwischen uns existiert hatte, sehr wohl bewusst. Doch das änderte nichts daran, dass ich Jahre damit zugebracht hatte, meine Psyche und meine Gedanken unter Kontrolle zu bringen und zu einem halbwegs funktionalen Menschen zu werden.

Er ging nicht noch einmal darauf ein, sondern widmete sich stattdessen seinem Drink – wenn man das Gesöff in seinem Glas als solches bezeichnen konnte.

Ich trommelte mit den Fingern auf die Holzplatte des Tisches. »Wieso hast du mir gesagt, dass du hier bist?«

»Wieso hast du den Auftrag angenommen, mich zu töten, und es dann doch nicht getan?« Nate sah mich direkt an, als er diese Gegenfrage stellte und ich wusste, dass seine Antwort die gleiche war wie meine.

Ich verzog den Mund zu einem bitteren Schmunzeln und stieß die Luft in einem halben Lachen aus. Hier saßen wir also, zwei Menschen, die auf das Leben des jeweils anderen zu viel Einfluss genommen hatten und nun nicht wussten, wie sie damit umzugehen hatten. Gab es das Schicksal?

Hatte es seine Finger im Spiel gehabt, als mir der Auftrag zu Teil geworden war, weil es genau wusste, dass ich nicht widerstehen können würde, wenn man mir die Gelegenheit in den Schoß fallen ließ?

»Dachte ich mir«, sagte Nate schließlich trocken und stellte das inzwischen leere Glas vor sich ab. »Es tut mir wirklich leid, wie es damals abgelaufen ist, und ich wünschte, ich hätte dir etwas sagen können. Ich wollte dich nie verletzen, aber mir blieb keine andere Wahl.«

So traurig es auch war, das war nichts Neues für mich. Ich hatte Nate gut genug gekannt, um zu wissen, dass das nicht seine Intention hinter seinem Verhalten gewesen war. Selbstverständlich nicht, denn das, was wir wenige Minuten zuvor miteinander geteilt hatten, war mehr als nur Sex gewesen.

»Immer, wenn wir Zeit miteinander verbracht haben, hat mich das vergessen lassen, was mein Vater von mir verlangte. Dich an meiner Seite zu haben – das war, als hätte ich ein Schutzschild gegen die ganze verdammte Scheißwelt. Aus meinem Vater ist ein gefühlstoter Soldat geworden, weil er das nicht hatte. Ich erinnere mich daran, wie sich Freude anfühlt. Glück. Und das liegt an dir, an niemandem sonst. Also, Gems, ich denke, das kannst du als offizielles Dankeschön dafür ansehen, dass wir uns kennen.« Ich hörte die Emotionen aus seinen Worten, nicht jedoch aus seiner Stimme.

Dafür fühlte ich sie umso mehr, blinzelte gegen die Tränen an, die verbotener Weise in meine Augen aufgestiegen waren. Ich erinnerte mich nicht daran, jemals etwas dieser Art von ihm gehört zu haben, aber ich hatte es gespürt. In jeder Berührung, jeder Umarmung, jedem Kuss – in jeder Sekunde, die wir an diesem Abend miteinander verbracht hatten, bis zu dem Zeitpunkt, an dem die Schneekugel, in der wir uns immer befunden hatten, ohne Vorwarnung auf dem Boden zerschellt war.

Ich schob die Hände über den Tisch und griff nach seinen Fingern. Statt zu antworten, blieb mir gar nichts anderes übrig, als sie fest zu drücken. Ich fürchtete, nicht einen vernünftigen Satz hervorzubekommen, ohne in Tränen auszubrechen, die absolut ungerechtfertigt waren.

Es war nicht fair, dass er sich mir gegenüber derart öffnete und ich es nicht einmal übers Herz brachte, ihm die Wahrheit zu erzählen. Seine Aussage ging tiefer, als ich es für möglich gehalten hatte. Allein das Wissen, dass er unsere Freundschaft – denn zu Beginn war es nur das gewesen – als so wertvoll empfunden hatte, dass es das Licht in dieser dunklen Welt gewesen war, in der er gefangen war, brach mir beinahe das Herz. Ich verstand es – auf so vielen Ebenen, dass es mir schwerfiel, etwas dazu zu sagen, das nicht verriet, was ich durchgemacht hatte, nachdem wir auseinandergegangen waren.

Doch im Gegensatz zu ihm hatte ich Colton gehabt – und er ... nur einen Vater, der grausam genug war, seinem Sohn nehmen zu wollen, was ihn glücklich gemacht hatte.

Ich schüttelte den Kopf, unfähig, irgendetwas dazu zu sagen. Mit meiner freien Hand fuhr ich mir über den Nacken und sehnte mir eine Flasche Alkohol herbei. Nicht, dass der ein gesunder Umgangsmechanismus war oder dabei half, irgendetwas zu verarbeiten. Er sorgte einfach nur dafür, dass die Gefühle, die in mir herumwirbelten wie ein Tornado, gedämpft wurden und für eine Weile in den Hintergrund rückten. Außerdem spürte ich dann das Kribbeln meiner Haut nicht, die mich dazu einlud, mein chaotisches Inneres mit anderen Mitteln zu beruhigen.

»Zu viel Ehrlichkeit für das erste Wiedersehen?«, hakte Nate leise nach.

Ich öffnete den Mund, schloss ihn jedoch sofort wieder. Was sollte ich dazu sagen? Wenn ich in sein niedergeschlagenes Gesicht blickte, hätte ich am liebsten die Arme ausgebreitet und ihn festgehalten, bis alle Probleme sich in Luft auflösten und wir uns in einer anderen Welt befanden. Das würde bloß nicht passieren.

»Nein.« Angestrengt atmete ich aus. »Ich weiß nur nicht, was ich dazu sagen soll. Ich weiß überhaupt nicht, was ich tun soll.«

Nate in meiner unmittelbaren Nähe zu wissen, fühlte sich an, als wäre ich dabei, nach Hause zu kommen. Wäre da nicht das Hindernis von zehn Jahren, die zwischen unseren jüngeren Versionen und unseren jetzigen Persönlichkeiten lagen. Und so, so viele Geschehnisse, die alles verändert hatten.

Eines stand trotzdem fest. Ich konnte Nate nicht

zurück in mein Leben lassen, wenn ich plante, seinen Vater irgendwann in die Finger zu bekommen. Ganz egal, wie seine Beziehung zu ihm war, er stellte gleichzeitig die einzige Familie dar, die er hatte. Wer war ich, dass ich ihm das Paradies vorgaukelte, und hinter seinem Rücken die Hölle plante? Nicht einmal Nate war dazu in der Lage, sich zwischen mich und mein Vorhaben zu stellen – also durfte ich ihn gar nicht erst in Versuchung führen, auf diese Idee zu kommen.

»Er sollte nicht herausfinden, dass du ihn angelogen hast, Nate.« Ich traute mich gar nicht, mehr auszusprechen. Dieser eine Satz deutete alles an, was es zu sagen gab und war doch zu unpräzise, um mich auf einen einzelnen Teil festzunageln. »Ich ... war gut, dich wiederzusehen, Nate. Ich hoffe, dir geht es weiterhin gut. Aber ich muss los.«

Es kostete mich meine komplette Willenskraft, meine Hand von seiner loszureißen und aufzustehen. Das hier durfte nicht eskalieren oder eine Richtung einschlagen, die wir beide im Nachhinein bereuten. Eigentlich gab es keine Sache, die meine Aufmerksamkeit in naher Zukunft forderte. Ich hielt es nur nicht länger aus, ihn anzusehen, während all diese Erinnerungen in meinem Kopf aufflammten und versuchten, mich zu bezirzen.

»Du weißt, wo du mich findest.« Das war das Einzige, was Nate zum Abschied sagte.

Auch als ich mich herumdrehte und wirklich ging, obwohl es Überwindung brauchte, machte er keine Anstalten, noch etwas zu sagen.

Die kühle Nachtluft, die mich in Empfang nahm, war das Einzige, was mich davon abhielt, zu schreien, bis meine Lungen brannten. Denn irgendein Ventil brauchte ich nach dieser Begegnung. Dringend.

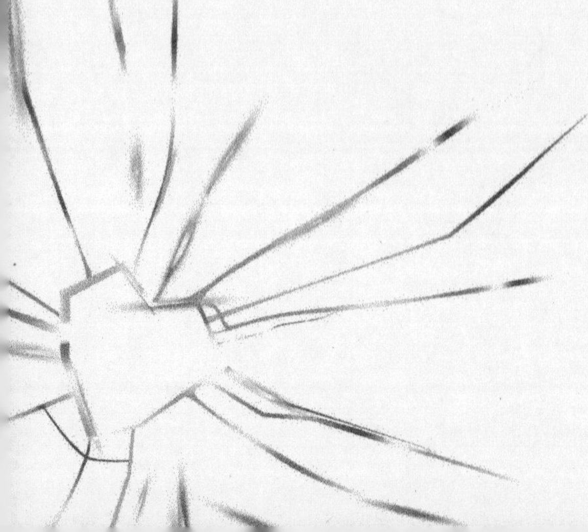

SECHS

NATE

Ich konnte nicht einmal genau benennen, was ich von Selene erwartet hatte, und dennoch machte sich auch Stunden später noch Enttäuschung in mir breit, wenn ich daran dachte, dass sie durch die Tür der Bar spaziert war, ohne noch einmal einen Blick zurückzuwerfen. Reichte meine Entschuldigung nicht aus, um den einzigen Fehler, den ich ihr gegenüber jemals begangen hatte, wieder halbwegs in Ordnung zu bringen?

Ich brauchte mich nicht länger als diese zwanzig Minuten mit ihr unterhalten, um zu wissen, dass sie sich verändert hatte. So gravierend, dass sie mir gegenüber plötzlich kalt war und nicht länger darauf zu reagieren schien, wenn ich ihr im übertragenen Sinn die Hand entgegenstreckte. Für diese Gedanken schimpfte ich mich zwar selbst aus, denn eigentlich befand ich mich in keiner Position, um von ihr irgendetwas zu erwarten, und trotzdem hasste ich den Fakt, dass es ihr scheinbar so leichtfiel, den Abstand zu wahren und die Fassade aufrechtzuerhalten. Mir wurde schlecht, wenn ich nur daran dachte, dass der Grund dafür mein eigener Vater war. Dass dieses Dilemma, in dem ich mich seit Jahren befand, seine Schuld war.

Ich lebte in einem konstanten Zwiespalt. Einerseits verspürte ich ein Pflichtgefühl meiner Familie gegenüber, einen Drang, alles für sie zu tun, was nötig war, um unser Erbe aufrechtzuerhalten. Es änderte sich auch nichts daran, wenn ich mir vor Augen führte, dass man es mir schon im Kindesalter anerzogen hatte. Auf der anderen Seite dieses Zwiespalts stand der Mensch Nate – nicht der Killer. Jener Mann, der wusste, dass es nicht spurlos an einem vorbeiging, wenn man jemanden umbrachte. Jener Mann, der sich in ein tiefes Loch gestürzt hatte, nachdem Selene verschwunden war, weil – und das hatte ich absolut ernst gemeint – sie diejenige gewesen war, die mich die Last auf meinen Schultern vergessen ließ. Jetzt passierte das nur noch, wenn ich Alkohol in rauen Mengen zu mir nahm und mich in Sex mit irgendwelchen Frauen stürzte, deren Gesicht ich am nächsten Morgen längst wieder vergessen hatte.

Würde es körperlich nicht hohe Schäden anrichten und sofort auffallen, hätte ich mich inzwischen sicher auch Drogen zugeneigt gefühlt, doch das Risiko war schlichtweg zu groß, dass Ed mitbekam, wenn ich mich auf einem Trip befand. Und eine der wichtigsten Regeln im Job war es, nüchtern zu bleiben. Über Drogen hätte ich nicht einmal nachdenken sollen, wenn es nach meinem Vater ging.

Ich brachte mich dazu, meinen Fokus zurück auf Selene zu lenken. Während ich immer wieder mein Glas vollschenkte, versuchte ich herauszufinden, was mich am heutigen Abend so aus der Bahn geworfen hatte, denn ich war mir absolut sicher, dass es nicht nur an ihrer Erscheinung lag und daran, dass sie aufgetaucht war.

Es war ihre Geschichte, die für mich keinen Sinn ergab. Der normale Bewohner in Vegas fand nicht einfach so heraus, dass der Nachbar sich als Auftragskiller verdingte und Blut an den Händen kleben hatte. Wie sollte es Selene also gelungen sein, auf diese Informationen zu stoßen und daraus so viel Wissen zu ziehen, dass sie sich selbst ein zweites Gesicht schuf, im Abbild der Familie, die sie hatte tot sehen wollen? Irgendetwas machte keinen Sinn. Nur welcher Teil davon war es, der mich so störte?

In meinem Kopf ratterte es, was unter dem Einfluss des Alkohols sehr viel langsamer vonstattenging, als ich es für möglich gehalten hatte.

Gut. Offensichtlicher Nachteil von diesen Getränken.

Letztendlich kam ich auf die glorreiche Idee, dass das Hotelzimmer nicht der richtige Ort war, um über diese Angelegenheit nachzudenken. Ich taumelte, als ich es hinter mir ließ und mich auf den Weg zum Haus meines Vaters machte, doch das spielte keine Rolle. Was ich mir in den Kopf gesetzt hatte, bekam ich auch – und wenn es mitten in der Nacht war und ich mir vermutlich eher das Genick brach, als an einem Stück dort anzukommen.

Auf einmal spielte es nicht mal mehr eine Rolle, dass ich schon seit gut zwei Jahren nicht mehr zu Hause gewesen war. Ich brauchte den Tapetenwechsel, diese andere Umgebung, um endlich einen Faden in meinen Gedanken zu finden, der mich zu dem führte, was ich eigentlich herausfinden wollte.

Der Himmel verfärbte sich bereits rosa, als ich am Ende der Kiesauffahrt stand. Ich ließ die Glasflasche in meiner Hand zu Boden fallen, tippte mit zittrigen Fingern den Code in die Sicherheitsanlage ein und schleppte mich dann nach oben bis vor die Haustür. Während ich meinen Schlüssel herauskramte, kniff ich ein Auge zusammen.

Ich war noch immer sturzbetrunken und lief Gefahr, meinem Vater direkt in die Arme zu rennen, doch mein gesunder Menschenverstand war abgetreten, als ich das erste Glas Gin geleert hatte in der Hoffnung, über Selenes plötzliches Verschwinden aus der Bar hinwegzukommen.

Die Tür öffnete sich zum Foyer hin mit den großen, dunklen Schieferfliesen. Alles lag noch im Halbdunkeln des frühen Morgens und an meine Ohren drang nicht ein Geräusch, das darauf hingewiesen hätte, dass Ed bereits wach war. Ich knallte die Haustür zu – unbeabsichtigt – und fluchte laut.

Ich merkte selbst, dass mir die Kontrolle über mein Verhalten entglitten war, ebenso wie die Gewalt über meinen Körper. Ich schaffte es gerade so, in Richtung der Treppe zu schlurfen, die ins obere Stockwerk führte, dann musste ich mich am Handlauf festhalten. Der erste Treppenabsatz sah genauso unbezwingbar aus wie der Mount Everest. Ich kniff die Augen zusammen. In meinem Magen grummelte es gefährlich.

Schön. Nicht der erste Stock.

Ich entschloss mich, stattdessen die Küche aufzusuchen. Mich in der Nähe eines Waschbeckens zu positionieren, schien mir aus strategischen Gründen gar nicht so verkehrt. Auf dem Weg dorthin schwankte das gesamte Foyer beachtlich. Ich nahm den Türrahmen mit, stieß gegen die Arbeitsplatte der Kücheninsel in der Mitte des Raumes und als ich endlich das Waschbecken erreichte, schaffte ich es gerade noch so, die Hände um die Kante zu klammern, bevor meine Beine mich glauben ließen, aus geschmolzener Butter zu bestehen.

Da hing ich also in der Küche, körperlich absolut elend und geistig so durcheinander, dass ich es für eine gute Idee gehalten hatte, hier aufzutauchen in der Hoffnung, einen Geistesblitz zu erfahren und aus dem Rätsel, das Selenes Geschichte darstellte, eine Lösung zu ziehen.

Ich hustete und ließ mich vollends zu Boden gleiten. Erst als meine Wange auf den kühlen Fliesen ruhte und ich die Augen schließen konnte, fühlte ich mich minimal besser. Für einen Moment fragte ich mich, wie viel Alkohol ich vernichtet hatte. Die Antwort darauf würde ich allerdings nur in meinem Hotelzimmer erfahren, wenn ich die leeren Flaschen zählte ... also vergaß ich diesen Gedanken schnell wieder. Was spielte es überhaupt für eine Rolle? Dass ich übertrieben hatte, lag doch auf der Hand. Ansonsten würde ich mich in meinem Bett befinden und nicht auf dem Küchenboden meines Vaters, der mein lautstarkes Auftauchen sicher mitbekommen hatte.

Ich kam mir absolut Elend vor und kaum dazu in der Lage, ihm gegenüberzutreten und zu erklären, was mit mir nun schon wieder schiefgelaufen war. Laut ihm zog sich das ja durch die letzten Jahre wie ein roter Faden. Ein Wunder, dass er noch nicht von allein darauf gekommen war, wo dieses Problem begraben lag.

Das Lachen, das mir ungewollt entwischte, führte mir noch einmal vor Augen, dass ich mich wahrhaftig in Schwierigkeiten befand. Für gewöhnlich hatte ich keine Probleme, mich zurückzuhalten und zu schweigen, auch wenn es Dinge gab, die ich nur allzu gerne aussprechen wollte. Am heutigen Morgen war eines absolut klar: Wenn Alderidge Senior durch die Tür spazierte und mir vorhielt, was für ein Versager ich doch war, würde ich mich nicht beherrschen können.

Solange die Stille anhielt, genoss ich sie, doch irgendwann hörte ich die ersten Lebenszeichen aus dem oberen Stockwerk und wusste, dass es nicht mehr lange dauern würde, bis er in der Küche stand und seine Pillen zusammen mit Kaffee einwarf. Auf dem Boden würde er seinen Sohn vorfinden, der sturzbetrunken war und keine Ahnung hatte, wie er diese Tatsache verschleiern sollte.

Ich rollte mich auf den Rücken, hob den Arm über meine Augen. Ich erinnerte mich vage daran, dass ich um diese Uhrzeit längst im Studio hätte sein müssen und schaffte es gerade so, mein Smartphone hervorzuziehen und auszustellen, bevor es mit Anrufen explodieren würde. Heute war also der Tag, an dem ich das erste Mal überhaupt nicht zur Arbeit auftauchte. Hätte das irgendetwas in mir auslösen sollen? Tja, vielleicht. Aber das blieb aus.

Ich vernahm Schritte auf der Treppe, das Deckenlicht wurde angeknipst. Er näherte sich ahnungslos und doch erkannte ich die Sekunde genau, in der er bemerkte, dass er nicht allein war. Ich hörte, wie er nach Luft schnappte, dicht gefolgt von einem Fluchen. Vermutlich glitt sein Blick gerade auf der Suche nach Verletzungen über meinen Körper. Es dauerte nicht lange, bis er bemerkte, dass es keine gab.

»Bin nur betrunken«, brummte ich. So viel zu dem Vorhaben, das vor ihm zu verbergen.

Ich fiel mir selbst in den Rücken? Wunderbar.

»Betrunken«, wiederholte Ed und klang dabei gefährlich gleichgültig.

Zu meinem eigenen Glück waren die Zeiten lange vorbei, in denen er mich im Nacken packen und in seinen Folterkeller schleifen konnte, um mir den Ungehorsam aus dem Leib zu prügeln. Was hatte er noch in der Hand? Er war schwach geworden, sein Körper baute unter dem konstanten Kampf gegen den Krebs ab. Verbal konnte er mir nichts anhaben, denn er war es gewesen, der mir beigebracht hatte, wie Worte an einem abprallten, ohne einen Schaden zu hinterlassen. Würde er mir eine Kugel in den Kopf jagen? Unwahrscheinlich, denn mit mir starb das, was von der Familie noch übrig war. Es gab keinen Back-up-Plan oder eine Alternative und das oberste Gebot war es doch, die Dynastie am Leben zu erhalten.

Ich war so sicher, wie man nur sein konnte, wenn man den Zorn von Ed Alderidge auf sich gezogen hatte.

»Jap«, antwortete ich, den Arm noch immer über die Augen gelegt. Das ersparte mir den Blick in sein zweifelsohne enttäuschtes Gesicht. Vielleicht wurde es auch von Zorn verzerrt, so genau ließ sich das nie sagen.

Ich hörte, wie er sich bewegte. Obwohl meine Alarmglocken schrillten – ein Wunder, dass sie in diesem Zustand noch funktionierten –, blieb ich still liegen. Ich hatte ja bereits festgestellt, dass er mir nichts antun würde, was sein Lebenswerk zerstören würde. Es gefiel ihm vermutlich nicht, aber im Endeffekt war ich genau das.

»Und darf man erfahren, was der Grund dafür ist, dass du meinst, deinen Körper auf diese Art zerstören zu müssen?« Der unterschwellig drohende Ton in seiner Stimme zeigte endlich die Missbilligung, die ich die ganze Zeit über vermisst hatte.

Abermals musste ich husten, vermutlich, weil es

mir nicht bekam, auf dem Rücken zu liegen. Eine wirklich gute Frage, auf die es eine ebenso einfache Antwort gab. Blieb nur offen, ob er diese hören wollte – und ob ich damit nicht irgendeine unsichtbare Grenze überschritt, von deren Existenz ich zwar wusste, die ich in meiner aktuellen Verfassung jedoch nicht akzeptieren konnte. Oder wollte.

»Tja«, sagte ich vage. »Ich weiß auch nicht. Scheint seit Jahren das Einzige zu sein, was dabei hilft, dass ich mich einigermaßen wohl in meiner Haut fühle.«

In meinem Geist klangen die Worte noch klar und deutlich, sobald sie allerdings meine Zunge verließen, fügte sich das leichte Lallen hinzu, dass der Alkohol mir verpasst hatte. Meine Aussage war denkbar oberflächlich und ich rechnete nicht damit, dass er überhaupt eine Bedeutung daraus würde ziehen können.

Wer sich nicht für seine Mitmenschen interessierte, erkannte auch nicht, was diese wirklich bewegte. Demnach war es keine Überraschung, dass es für Ed vollkommen unerwartet kam, von meinem regelmäßigen Alkoholkonsum zu erfahren.

Das abfällige Geräusch, das den Raum für eine Sekunde füllte, kam von ihm. »Wie lange geht das schon?«

Ich zuckte mit den Schultern, wohlwissend, dass er das mit großer Wahrscheinlichkeit nicht sah. Normalerweise hatte ich keine Probleme damit, den Aufenthaltsort einer Person in einem geschlossenen Zimmer fast fehlerfrei zu bestimmen.

Gerade zweifelte ich sogar daran, dass er sich überhaupt noch in meiner Nähe befand.

»Zwölf Jahre, dreizehn? Keine Ahnung, wann hast du mich noch mal dazu gezwungen, sie zu töten?«

Es war sein verärgertes Schnauben, das mich dazu bewegte, mich auf den Bauch zu rollen und mich auf alle viere und schließlich in eine halbwegs aufrechte Position zu kämpfen. Er äußerte sich nicht dazu.

»Oder ... weißt du vielleicht sogar, dass ich nichts dergleichen getan habe, und sie lebt?« Ich biss mir auf die Zunge, schmeckte Blut. Fuck. Ein Schritt zu weit, als ich eigentlich hatte gehen wollen.

Plötzlich stand er vor mir, packte mich am Shirt. Unsere Nasen berührten sich beinahe, als er mir in die Augen starrte. Ich roch, wie die Krankheit an ihm haftete und ihn von innen heraus zerstörte.

»Sie. Lebt?« Die beiden Worte kamen abgehackt aus seinem Mund und so voller Wut, dass ich automatisch die Schultern in einer abwehrenden Haltung nach oben zog.

Änderte es noch etwas, wenn ich jetzt Nein sagte? Ich verkniff mir eine Antwort darauf, aus purer Angst, etwas Falsches zu sagen.

Ruckartig ließ er mich los und ich geriet ins Taumeln. Die Arbeitsplatte rettete mich davor, auf den Boden zu knallen.

Aufbrausend warf Ed die Hände in die Luft. Ich spürte, wie die Wut sein gesamtes Wesen durchsetzte. »Du dummer, dummer Junge. Verschwinde. Verschwinde und tritt mir nicht wieder unter die Augen, solange du besoffen bist! Und dann reden wir darüber, was das zu bedeuten hat.«

Mein Kopf kippte leicht zur Seite, als ich versuchte, seine Antwort zu verstehen. Bedeutete das, er hatte nichts davon gewusst und ich hatte gerade ein Geheimnis offengelegt, dass ich über ein Jahrzehnt lang erfolgreich verborgen hatte? Scheiße. Noch weniger gefiel mir allerdings die Variante, in der er davon gewusst hatte. Mir gelang es nicht zu erkennen, was nun der Fall war und was sich mein betrunkenes Hirn nur vorstellte.

Unter größter Anstrengung schaffte ich es letztendlich, mich zurück zur Haustür zu schleppen, den Schlüssel wieder im Schloss zu drehen und nach draußen zu treten. In dem Moment rebellierte mein Magen dann auch endgültig und ich beglückte den Kaktus neben dem Treppenaufgang mit meiner Kotze.

Nachdem ich mir den Mund abgewischt und tief durchgeatmet hatte, stieg ich die Treppen nach unten und schleppte mich die Auffahrt nach hinunter. Als ich an der lang gezogenen Straße stand, konnte ich mich schon nicht mehr erinnern, wie ich zu Beginn überhaupt hierher gekommen war. Es kam mir unmöglich vor, dass ich den gesamten Weg zu Fuß zurückgelegt hatte. Andererseits schob sich die Sonne bereits über den Horizont und unaufhaltsam nach oben. Vielleicht war ich zu Fuß gekommen ...

Ich zog das Smartphone aus meiner Tasche, schaltete es ein und ignorierte die ganzen Nachrichten, die sich vibrierend ankündigten. Stattdessen suchte ich nach der Uber-App, bestellte mir einen Wagen und hoffte, dass man mich aufsammelte, bevor die Sonne anfing, mir den Schweiß aus den Poren zu treiben. Übermäßiger Alkoholkonsum und Anstrengung vertrugen sich nicht so gut.

Während ich wartete, ließ ich mich auf dem Bordstein nieder und schloss die Augen, den Kopf zwischen die Knie geklemmt. Wie konnte man mit wenigen Sätzen so viel Schaden anrichten? Über Jahre hinweg war es mir gelungen, den Mund zu halten und nicht offenzulegen, dass ich Selene kein Haar gekrümmt hatte. Schaute ich einmal zu tief ins Glas und tauchte daraufhin verloren bei meinem Vater zu Hause auf, gab ich Dinge von mir, die mich im schlimmsten Fall mehr kosteten, als ich mir gerade vorzustellen vermochte.

Der Fahrer tauchte auf und sammelte mich ein, auch wenn er Bedenken wegen meines körperlichen Zustands hatte. Ich versicherte ihm, wenig glaubwürdig, dass es mir bestens ging und dass er mich einfach zu meinem Hotel bringen sollte. Ein paar Stunden Schlaf und ein gutes Frühstück und ich würde so gut wie neu sein.

Ich öffnete die Notizenapp auf meinem Handy und stellte eine Erinnerung ein, damit ich nicht vergaß, den Schaden zu begrenzen, den ich in betrunkenem Zustand verursacht hatte. Ich glaubte nicht, dass er den Vorfall einfach fallen ließ. Er würde versuchen, dem auf den Grund zu gehen, mich befragen, andere Leute zurate ziehen ... um entweder sicherzustellen, dass ich gelogen hatte oder nichts als Wahrheit über meine Lippen gekommen war.

Es dauerte eine ganze Weile, bis wir an meinem Hotel ankamen. Ich war mir sicher, dass ich dem Fahrer zu viel bezahlte, bevor ich aus dem Wagen stolperte und das Hotel betrat. Wie ich es in den Fahrstuhl schaffte und dass ich mich überhaupt noch an meine Etage erinnerte, war mir ein Rätsel. Als ich letztendlich die Tür hinter mir schloss und mich auf das Bett fallen ließ, fühlte ich mich zumindest ein wenig erleichtert.

Dafür gab es zwar keinen Grund, aber allein die Tatsache, dass ich es nach so einem Auftritt lebend aus dem Haus meines Vaters geschafft hatte, war es doch wert, dass mir etwas unsichtbare Last von den Schultern gehoben wurde.

Ich schloss die Augen, ohne mir vorher die Mühe zu machen, mir die Kleidung auszuziehen. Die Klimaanlage sorgte für eine angenehme Temperatur, eine Decke brauchte ich nicht und ich fürchtete, dass ich mich noch einmal übergab, wenn ich mich auch nur einen Zentimeter aus meiner aktuellen Position herausbewegte.

Während ich langsam in den Schlaf glitt, sah ich Selene vor meinem inneren Auge. Nicht die Frau, die ich im *Golden Hours* getroffen hatte, sondern die, die sie geworden wäre, wenn wir damals ans andere Ende der Welt geflohen wären, um unser eigenes Leben fernab von Gewalt und Tod aufzubauen. An ihrer Seite sah ich mich, die beste Version von mir, die nur existierte und möglich war, weil es sie gab.

Es war später Nachmittag, als ich ein Klopfen an der Zimmertür vernahm. Mein verschlafenes Hirn glaubte aus irgendeinem Grund, dass ich vor der Tür Selene entdecken würde, und reagierte umso enttäuschter, als ich die blonden Haare und das verheulte Gesicht von Tessa entdeckte, die sich zittrig an einem Taschentuch festhielt und mich mit runden Augen anstarrte.

Sie unterbrach ihr Schniefen für einen kurzen Moment. »Geht's dir gut?«

Irritiert fuhr sie fort, mich zu mustern, doch mir fehlte der Nerv, um darauf einzugehen. Mir ging es nicht gut. Merkte man das nicht schon daran, dass an meinem Shirt Kotze klebte? Sah ich außerdem so aus, wie ich mich gerade fühlte, bedeutete das, dass ein Truck über mich gefahren war. Dreimal. Mindestens.

»Was willst du hier, Tessa?« Ich bemühte mich, den genervten Unterton aus meiner Stimme herauszuhalten, doch es wollte mir nicht so ganz gelingen.

Diese Frau hatte im Umkreis des Hotels nichts verloren – und schon gar nicht vor meinem Zimmer. Es gab einen Grund, warum sie meine Arbeitskollegin war und nicht mehr als genau das.

Sie nahm ihr Schniefen wieder auf und ich bemerkte, wie sich ihre Augen langsam mit Flüssigkeit füllten und drohten, überzulaufen. Der verschmierte Mascara verriet, dass sie schon auf dem Weg hierher geheult haben musste. Aber wie kam sie auf die Idee, dass ich die richtige Person war, um ihre Tränen zu trocken? Mein Interesse an den Gründen dafür hätte nicht geringer ausfallen können.

»Ich wollte mich vergewissern, dass es dir gut geht. Du warst heute Morgen nicht bei der Arbeit. Und … auf dem Weg hierher musste ich daran denken, was passiert ist …« Sie schluchzte auf.

Spielte sie auf ihren Mann an? Den Typen, den sie mir fünf Jahre verschwiegen hatte, während sie mir freudig jeden Tag einen blies und darauf aus war, ein Date mit mir zu ergattern? Den Typen, den ich umgebracht hatte, weil er einen Auftragsmörder auf mich angesetzt hatte, nachdem er offenbar von der Affäre seiner Frau erfahren hatte?

Es gab eine Million Orte, an denen Tessa sich jetzt besser hätte aufhalten sollen, als in diesem Hotel vor meiner Tür. Wenn man ihr folgte, sie beobachtete in der Hoffnung, einen entscheidenden Hinweis zu finden, und sie führte die Polizei direkt vor meine Haustür, wo ich doch so lange etwas mit ihr am Laufen gehabt hatte … Ich war drauf und dran, ihr die Tür vor der Nase zuzuknallen.

»Das tut mir wirklich leid, Tessa, aber ich habe

keine Zeit. Geh zu deinen Eltern oder Freundinnen, aber ich ... kann mir nicht ansehen, wie du dir deswegen die Augen ausheulst.« Mochte sein, dass ich oft etwas mit Frauen anfing. Doch es war eine Sache, wenn man Sex ohne Verpflichtungen genoss und eine andere, wenn man seinen Mann betrog und wohlwissend hinterging. Vielleicht war es scheinheilig von mir, ausgerechnet bei diesem Punkt eine Grenze zu ziehen, doch Tessa hatte mir eine essenzielle Information verschwiegen – die dazu geführt hätte, dass ich sie nicht einmal mit spitzen Fingern angefasst, geschweige denn an mich herangelassen hätte.

Sie hatte den Mund leicht geöffnet, offenbar aus Schock über meine Abweisung, sagte jedoch nichts dazu.

Für mich war das Thema damit geklärt und ich machte Anstalten, die Tür tatsächlich zu schließen, woraufhin sie aus ihrer Starre erwachte und den Fuß zwischen Rahmen und Tür stellte, um mir mein Vorhaben unmöglich zu machen.

»Du kannst mich doch nicht einfach davonschicken, Nate! Ich bitte dich. Sag mir nicht, dass dir die letzten fünf Jahre nichts bedeutet haben. Du weißt genauso gut wie ich, dass wir schon immer eine Verbindung hatten und du es einfach nur nicht zugeben wolltest, weil du Angst hast!« Das Flehen in ihrer Stimme schickte einen eisigen Schauer über meinen Rücken.

Wovon träumte sie nachts?

Seufzend öffnete ich die Tür wieder ein Stück

mehr, fühlte, wie sich die Genervtheit zu Ärger entwickelte. »Es war nichts mehr als bedeutungsloser Oralsex. Ich wollte nie mehr und werde auch nie mehr wollen. Das ist die Realität, die dir durchaus bekannt war. Also verschwinde und lass mich in Ruhe.«

Ich musste wohl nicht betonen, dass ich damit nicht nur die aktuelle Situation meinte. Mit ihrem Auftauchen hatte sie bewiesen, dass es keinen Sinn machte, die Vereinbarung mit ihr aufrechtzuerhalten. Keine morgendlichen Blowjobs mehr, kurz bevor die Kamera live ging und unsere Sendung an Hunderttausende Menschen übertrug.

Diesmal stellte sie sich mir nicht in den Weg, als ich versuchte, die Tür zu schließen. Ich lehnte mich von innen dagegen, schloss die Augen und seufzte lautstark, um die Anspannung aus meinem Körper zu verscheuchen. Ich wünschte mir Selene vor meiner Tür und alles, was ich bekam, war Tessa mit ihren Vorwürfen und Forderungen, die direkt aus ihrer rosaroten Brille entsprangen, von deren Existenz ich bisher nichts geahnt hatte. Ich musste sie wirklich auf Abstand halten, wenn ich nicht in die Aufmerksamkeit der Polizei geraten wollte.

Obwohl ich es zurück ins Bett schaffte, diesmal sogar ohne Kleidung, fiel es mir schwer, wieder in den Schlaf zu finden. Ich brauchte ihn, mein Körper schrie geradezu danach und doch fand ich den Weg ins Land der Träume nur holprig und mühselig.

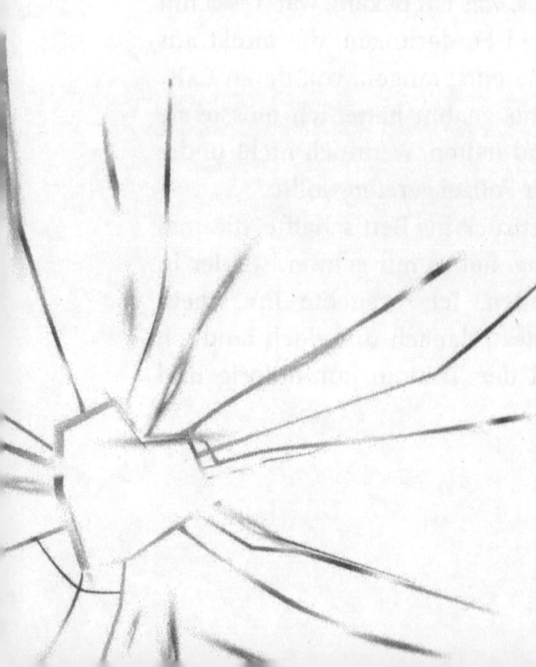

SIEBEN

SELENE

Ich schreckte aus meinem ohnehin schon leichten Schlaf auf – schweißnass, nach Atem ringend und mit einem seltsamen Gefühl in der Magengegend, welches ich nicht ganz benennen konnte. Erschöpft fiel ich zurück auf das feuchte Kissen und versuchte, zu Atem zu kommen. Obwohl ich mich anstrengte, mich daran zu erinnern, was ich zuletzt geträumt hatte, wollte es mir nicht mehr einfallen. War es wieder einer der Albträume gewesen, die mich regelmäßig heimsuchten? Für gewöhnlich erinnerte ich mich dann aber daran, hatte die schrecklichen Bilder noch Stunden später vor Augen und kam kaum davon los.

Meine Finger glitten über die halbmondförmigen Kratzer auf meinem Oberschenkel, fühlten die kleinen Erhebungen. Ich war versucht, die Wunden aufzureißen, um mich daran zu erinnern, dass ich noch immer lebte und atmete und überdies hinaus auch zu beidem fähig war.

Aus dem Wohnzimmer drang ein Geräusch an

meine Ohren. Sofort saß ich wieder aufrecht im Bett, in absolute Alarmbereitschaft versetzt. Meine Hand glitt zum Nachttisch, auf dem die Glock lag. Ich entsicherte sie so leise, wie es mir nur möglich war, und warf gleichzeitig einen Blick zum Fenster. Durch die winzigen Spalten in den Jalousien drang Mondlicht herein und zeichnete seltsame Muster auf dem Bett und dem Boden. Es schien gerade hell genug zu sein, um die Umrisse des Zimmers zu sehen.

Angestrengt versuchte ich, in der Stille noch etwas zu hören. War es nur der alte Holzboden gewesen, der wegen der verschiedenen Temperaturen manchmal seltsame Geräusche von sich gab, wenn er sich ausdehnte und zusammenzog? Ich hoffte es wirklich inständig, denn es gab nicht eine Alternative, die mir auf irgendeine Weise gefiel.

Mein Herz schlug so heftig, dass ich sehen konnte, wie mein Brustkorb sich unter der Anstrengung im Takt hob und senkte. Für einen Moment hielt ich den Atem an, um mich selbst zu beruhigen, war mir aber meiner feuchten Finger bewusst, denen es kaum gelang, die Waffe ordentlich festzuhalten.

Ich stieß einen tonlosen Fluch aus und schob mich langsam aus dem Bett, darauf bedacht, keinen Lärm zu machen. Beinahe schwebte ich über die Holzdielen, bis ich seitlich von der Tür an der Wand lehnte, den Kopf im Nacken und tief durchatmend, um meinen Körper wieder halbwegs unter Kontrolle zu bekommen.

Scheiße, wieso machte es mich so fertig, dass mein Hirn mir suggerierte, es könnte jemand in mein Haus eingedrungen sein? Ich war bewaffnet, verdammt noch mal! Wenn es darauf ankam, jagte ich dem Einbrecher eine Kugel in den Körper, rief die Cops und erfreute mich anschließend meines Erfolges.

Doch diese Art der Paranoia war mir nicht unbekannt, im Gegenteil. Als ich damals Monate im Krankenhaus verbracht hatte, war ich nachts nie zum Schlafen gekommen. Letztendlich hatten die Schwestern mich dazu überredet, Schlaftabletten zu schlucken, aber davor hatte ich konstant damit gerechnet, dass Edmond Alderidge durch die Tür spazierte und zu Ende brachte, was er angefangen hatte.

Nate hatte jahrelang gewusst, dass ich lebte. Sein Vater glaubte, ich sei tot. Lag es im Bereich des Möglichen, dass …?

Vor der Tür meines Schlafzimmers hörte ich das Flüstern eines Mannes.

Ich schloss die Augen. Lag meine Intuition richtig, bewies mein Bauchgefühl gerade wieder, dass es immer recht hatte? Zwar gab ich mir redlich Mühe, Ruhe zu bewahren und weiterhin absolut still an der Wand zu lehnen, doch je mehr Zeit verstrich, desto angespannter wurde ich.

Was gab es da draußen zu diskutieren? Am liebsten hätte ich die Tür aufgerissen und den Idioten gezeigt, dass sie einen gravierenden Fehler begangen hatten. Es mussten mindestens zwei sein, aber demnach bedeutete eine Aktion wie diese auch, dass ich ein unnötiges Risiko einging. Sie passten nicht alle gleichzeitig durch den Türrahmen, also befand ich mich im Vorteil, solange ich hier drinnen blieb.

Nach einer quälend langen Ewigkeit sah ich, wie der Türknauf sich langsam drehte. Mit der Waffe im Anschlag wartete ich darauf, dass sie sie aufstießen und hereinkamen, nur um festzustellen, dass das Bett leer und ich ihnen zuvorgekommen war. Noch war ich mir nicht sicher, ob ich sie einfach töten sollte oder ob ich damit möglicherweise eine Grenze überschritt und mich zu tief in die Scheiße ritt. Was, wenn es sich tatsächlich nur um einfache Einbrecher handelte? In dem Fall wettete ich sogar darauf, dass sie das Weite suchten, sobald sie die geladene und einsatzbereite Glock in meiner Hand erspähten.

Wenn mein Bauchgefühl jedoch recht behielt ...

Mit einem leisen Quietschen öffnete sich die Tür und aus meiner Position heraus erkannte ich den ersten Kerl. Und die Maschinenpistole in seiner Hand. Mein Hirn schrie: Keine Einbrecher!

Ehe ich michs versah, drückte ich den Abzug. Die Kugel krachte durch seinen Schädel, er sackte zu Boden. Ich nutzte das Überraschungsmoment, bevor er verflogen war, wirbelte herum und vor die offene Tür. Überraschung zuckte über das Gesicht des zweiten Typen, bevor er gegen die Wand in seinem Rücken gerissen wurde, die Kugel zwischen den Augen.

Adrenalin peitschte durch meinen Körper, sodass ich über die beiden toten Männer hinwegstieg und mich vergewisserte, dass sich kein dritter in meinem Haus verbarg. In der Sekunde, in der ich realisierte, dass dem nicht so war, begann das Zittern in meinen Händen.

Ich ließ die Glock aufs Sofa fallen, schaffte es gerade noch so, mich abzustützen, und sank zu Boden, die Stirn gegen die Holzdielen gepresst. Mein Atem kam abgehackt, ich fühlte, wie etwas in meiner Brust zum Zerreißen angespannt war. Tränen stachen in meinen Augen, mein Puls raste, mein Körper wollte. Mir. Nicht. Gehorchen.

Ich presste die Augen zusammen, ballte die Hände zu Fäusten und donnerte sie gegen das Holz. Schmerz schoss meine Arme nach oben. Nicht genug, um mich in die Realität zurückkehren zu lassen. Erst als ich spürte, dass meine Hände wegen der blutigen Verletzungen zitterten, ließ ich von der mechanischen Bewegung ab.

Luft strömte zurück in meine Lunge, die Enge in meinem Kopf verschwand, während jene in meiner Brust blieb. Ich wusste, dass es nicht vorüber war. Nur eine Verschnaufpause für meinen Körper, bevor mein Hirn mich in den nächsten Abgrund zog und mir demonstrierte, welche Macht es über mich besaß.

Irgendwie gelang es mir, mich aufzurichten und zurück in den Flur zu stolpern. Blut verteilte sich auf dem Holz, sickerte langsam ein. Flecken wie diese würde ich nie wieder loswerden – *apropos los-*

werden, rief ich mir in Erinnerung. Wie sollte ich die beiden Männer loswerden? Denn das sie nicht hier gewesen waren, um meinen schäbigen, fünf Jahre alten Flachbildfernseher mitgehen zu lassen und nach ein bisschen Schmuck zu suchen, war klar. Kein gewöhnlicher Einbrecher spazierte mit einer Maschinenpistole in schäbige Häuser und glaubte ernsthaft, dort die fette Beute zu machen.

Nein, diese Männer waren gezielt auf der Suche nach jemandem gewesen.

Zunächst verstaute ich die beiden Waffen in einer freien Schublade in meiner Kommode, dann suchte ich nach Anhaltspunkten, wer die beiden überhaupt waren. Natürlich trugen sie keine Ausweise bei sich. Wer das tat, wenn er vorhatte, einen Menschen umzubringen, war einfach selten dämlich. Ich fand Armeemesser und zwei Pistolen, aber keinen Hinweis darauf, für wen sie arbeiteten. Ich verstaute die Gegenstände bei den beiden anderen in der Schublade.

Und dann stand ich da. Starrte die beiden Leichen in meinem Haus an. Fragte mich, was das zu bedeuten hatte und wie ich sie wieder loswurde. Wem traute ich genug, um nach Hilfe zu bitten?

Ich suchte mein Handy auf dem Nachttisch, hackte eine Nummer ins Display ein und lauschte dem Klingeln. Ich brauchte keine Hilfe, sondern einen professionellen Cleaner, der für genug Geld Leichen restlos vom Erdboden tilgte.

Fünf Minuten später hatte ich Gallagher die Situation geschildert, mit ihm vereinbart, dass ich das

Haus für die nächsten achtundvierzig Stunden verließ und er in dieser Zeit seiner Arbeit nachging. Ich würde ihm eine große Summe Geld im Wandschrank hinterlassen und mich in drei Wochen noch einmal mit ihm treffen, um die zweite Hälfte zu übergeben.

Aus besagtem Wandschrank riss ich eine Sporttasche, warf die wichtigsten Dinge hinein und machte dann, dass ich aus dem Haus kam, bevor mich meine Psyche ein zweites Mal erwischte und dafür sorgte, dass ich mir noch weiter wehtat.

Bevor ich auf die Ducati stieg, warf ich einen kurzen Blick auf meine Hände. Die Knöchel waren aufgeplatzt und blutig. Ein Großteil der Haut hing in Fetzen und ich war mir nicht sicher, ob ich mir nicht sogar eine der Kapseln an den Fingern zertrümmert hatte. Falls dem so war, spürte ich den Schmerz bis auf ein leichtes Brennen nicht.

Ich schaffte es gerade so, mir den Helm über den Kopf zu ziehen. Eigentlich war es lächerlich – ich hatte mich nicht umgezogen, trug immer noch das kurze Top und die Shorts, die ich zum Schlafen angezogen hatte. Falls ich mich heute Nacht also auf den Asphalt legte, würde es sich richtig lohnen. Es war dumm, leichtsinnig sogar, doch ich kam gar nicht schnell genug davon und fühlte mich erst sicher, als ich die ersten großen Lichter der Stadt vor mir erspähte.

Einbrecher. Das auch nur für eine Sekunde zu glauben, gemessen daran, wie abgelegen ich wohnte, war mehr als dumm von mir gewesen.

Eigentlich hätte ich geradewegs zu Colton fahren sollen, um ihn darum zu bitten, mir ein paar Tage Unterschlupf zu gewähren. Stattdessen fand ich mich auf der Straße wieder, die mich zu dem Hotel brachte, in dem Nate scheinbar dauerhaft lebte. Mich ließ die Frage nicht los, ob er seinem Vater gegenüber nicht erwähnt hatte, dass er mich getroffen hatte, ohne daran zu denken, dass ich offiziell eigentlich tot war. Die Tatsache, dass ich etliche Jahre in anderen Bundesstaaten verbracht und den Kopf eingezogen hatte, war wohl das Einzige, was mich davor bewahrt hatte, dass Edmond Alderidge darauf aufmerksam wurde, dass ich noch sehr lebendig war, anstatt unter der Erde zu verrotten, wie er es vorgesehen hatte.

Obwohl mir die Frage so auf der Zunge brannte, wusste ich nicht, wie ich sie stellen sollte, ohne ihn gleichzeitig zu beleidigen. Ich wollte nicht ins Fettnäpfchen treten, indem ich geradeheraus fragte: »Ist es möglich, dass dein Vater mir zwei Killer auf den Hals gehetzt hat?«

Tatsächlich fiel mir auf der gesamten Fahrt niemand sonst ein, der Interesse daran hätte, mich zu töten. So kurz, nachdem ich Nate wieder über den Weg gelaufen war. Meine Kunden waren zufrieden, kannten weder meinen privaten Namen, noch wussten sie, wo ich lebte und die meisten von ihnen waren nicht einmal mächtig genug, um an Informationen wie diese zu kommen. Geschweige denn hatten sie die Kontakte dafür. Warum sonst gaben sie sich mit einer Frau zufrieden, die die Hälfte des üblichen Preises nahm? Allein wegen meines Geschlechts traute man mir nicht zu, einen simplen Mord auszuführen. Und eine militärische, Jahrzehnte lange Ausbildung beim Militär hatte ich auch nicht genossen. Warum die Alderidges dazu in der Lage waren, das Fünffache meines Satzes zu verlangen, und teilweise sogar mehr, war mir bis heute absolut unerklärlich.

Ich fühlte mich nicht wohl, als ich das Hotel erreichte. Körperlich wie geistig. Umso schwerer fiel es mir, die Blicke in der Lobby zu ertragen, die mir so offensichtlich folgten. Zwar hatte ich meine blutigen Hände an meinem Shirt abgewischt, aber das machte es nur geringfügig besser.

Als ich in den Fahrstuhl stieg, entwickelte ich einen regelrechten Hass gegen mich selbst. Ein gewisses Unverständnis, weil ich mir vorgestern noch geschworen hatte, mit meinem Leben fortzufahren wie vor der Nacht, in der ich einfach in Nates Hotelzimmer spaziert war. Jetzt ging ich freiwillig dorthin zurück in der Hoffnung, irgendeine Antwort zu erhalten, die mir erklärte, warum man offensichtlich versucht hatte, mich umzubringen.

Meine Berufswahl brachte gewisse Risiken mit sich, doch dass zwei bewaffnete Männer in meinem Haus auftauchten, war mir in den letzten zehn Jahren nicht passiert. Ich glaubte kaum daran, dass es sich um einen seltsamen Zufall handelte. Alles hatte einen Zusammenhang und ich rechnete fest damit, dass ich den Zusammenhang zu diesem Vorkommnis bei Nate finden würde.

Diesmal ließ ich mich nicht selbstständig in sein Zimmer, sondern blieb vor der Tür stehen und klopfte. Dass ich mir dabei schon wieder dumm vorkam, bestätigte sich nur damit, dass ich in den Sekunden, bis ich drinnen etwas hörte, knapp ein halbes Dutzend Mal mit dem Gedanken spielte, schnell wieder zu gehen, nur um mich am Ende doch dafür zu entscheiden, wie angewurzelt stehen zu bleiben.

Ich hörte, wie sich schlurfende Schritte näherten. Nate klang verärgert, dabei hatte er die Tür noch nicht einmal geöffnet, ahnte noch nichts von seinem Glück. Ich grinste über meinen eigenen gedanklichen Witz.

Noch während Nate die Tür öffnete, hörte ich ihn schimpfen. »Tessa, ich hab dir gesagt, dass du mich in Ruhe lassen sollst …«

Mit hochgezogenen Augenbrauen sah ich mein Gegenüber an, verzog den Mund. »Nicht Tessa, sorry.«

Verlegen hob Nate die Hand an seinen Nacken und fuhr sich darüber, während sich auf seinem Gesicht eine leichte Röte ausbreitete. Mein Blick blieb dort allerdings nicht hängen, als ich feststellte, dass er außer Boxershorts nichts trug. Ich schluckte, fuhr mit der Zunge innen an meinen Zähnen entlang und versuchte krampfhaft, den Moment zu überspielen.

»Hm«, stieß er aus. »Das sehe ich.«

Nates Blick wiederum blieb auf den Blutflecken auf meinem Top hängen, wanderte anschließend zu meinen Händen, die ich vergeblich an meinen Seiten zu verbergen versuchte.

»Ich –«, fing ich an.

»Willst du –«, fiel er mir ins Wort.

Ich presste die Lippen aufeinander und legte den Kopf schief.

Er räusperte sich. »Willst du vielleicht reinkommen?«

Mit einem Nicken stimmte ich zu. Ich hatte jedenfalls nicht vor, mich im Flur des Hotels mit ihm darüber zu unterhalten, was geschehen war.

Nate trat beiseite und gab den Weg in den Raum frei, den ich vom letzten Mal bereits kannte. Außer der Nachttischlampe brannte kein Licht und ich machte keine Anstalten, diesen Umstand zu ändern. Mir war es lieber, wenn er keinen allzu genauen Blick auf meine Verfassung warf.

Ich ließ meine Tasche in dem kleinen Flur auf den Boden sinken und nahm dann die Couch in Beschlag. Er blieb in gut zwei Metern Entfernung stehen, gegen die Wand gelehnt.

»Was ist mit deinen Händen passiert?« Er fragte ruhig und gelassen. Ich bekam nicht das Gefühl, dass er mich zu einer Antwort drängen würde, wenn ich ihn jetzt anlog und nichts sagte.

Inspizierend hob ich sie vor mein Gesicht, knickte die Finger probeweise ab. Während der Fahrt auf dem Motorrad waren sie so kalt geworden, dass das Gefühl darin verschwunden war. Kribbelnd kehrte es jetzt zurück und mit dem Gefühl auch das Brennen. Neue Blutstropfen bildeten sich an den Knöcheln. Das war nicht gut. Und ganz sicher auch keine Verletzung, die ein Nichts als Antwort rechtfertigte.

»Ich weiß nicht, wie ich dich das fragen soll, ohne dass es paranoid klingt.« Statt ihn anzusehen, wandte ich den Blick gen Decke und ignorierte das, was er gesagt hatte, zunächst vollkommen.

Dennoch spürte ich seinen Blick auf mir. Er hielt sich zurück, sagte nichts. Wartete ab, bis ich mir im Klaren war, wie ich mein Anliegen vorbrachte. Es gelang mir nicht.

»Du tauchst hier auf mit blutigen Händen und siehst aus, als wärst du geradewegs aus deinem Bett gefallen. Ich gehe nicht davon aus, dass es Zufall war, dass du ausgerechnet vor meiner Tür stehst, Selene. Also, warum bist du hier?« Wie konnte es auch Zufall sein, wenn wir uns erst diese Woche wiedergefunden hatten.

Ich schüttelte den Kopf. »Du musst mir sagen, ob dein Vater herausgefunden hat, dass ich nicht tot bin.«

Sobald ich das wusste, konnte ich meine Sachen schnappen und zu Colton fahren und irgendwie versuchen, die Sache zu regeln, ohne dabei eine ganze Familie in Gefahr zu bringen. War das der Zeitpunkt, an dem ich mich Nates Vater stellen musste? Wusste er, dass ich am Leben war, war er automatisch auch vorgewarnt. Rechnete womöglich damit, dass ich es auf ihn abgesehen hatte.

Der Ausdruck, der sich auf Nates Gesicht abspielte, sagte mir alles, was ich wissen musste. Er hatte einen Fehler gemacht. Einen so gravierenden, dass es mich beinahe das Leben gekostet hatte.

»Sag nichts«, stieß ich aus, bevor er überhaupt dazu kam, den Mund zu öffnen. »Als ich vorhin aufgewacht bin, waren zwei Männer in meinem Haus. Bewaffnete Männer, deren Ziel es wohl war, mich zu beseitigen. Sie sind tot. Aber wenn dein Vater dahintersteckt, dann wird es nicht dabei bleiben, sobald er erfährt, dass die ersten beiden nicht erfolgreich waren.«

Und bei allem, was mir lieb war, ich wusste genau, dass dieser Mann nicht eher ruhte, bevor er nicht mit Sicherheit sagen konnte, dass ich unter der Erde lag, meinen letzten Atemzug längst ausgestoßen. Mit dem Wissen, dass ich am Leben war, war ihm nicht nur bewusst, dass sein erster Versuch, mir das Leben zu nehmen, fehlgeschlagen war, nein. Es würde ihn auch vor die Frage stellen, ob mit mir noch etwas anderes überlebt hatte.

Plötzlich spürte ich den Druck in meiner Brust wieder, der nicht einmal dadurch eingedämmt wurde, dass Nate mich geschockt anstarrte. Und so dreckig fluchte, wie es normalerweise nur der Kapitän eines alten Seefrachters tat.

»Ich war betrunken und vollkommen durch ... habe etwas Falsches gesagt. Ich dachte nicht, dass er sofort handeln würde. Er wollte mit mir reden. Ich hatte angenommen, dass er versuchen würde, mich dazu zu zwingen, es jetzt einfach nachzuholen.« Er redete vor sich hin, stieß sich letztlich von der Wand ab und saß auf einmal neben mir auf der Couch.

Seine Worte allerdings erfasste ich kaum. Was spielte es für eine Rolle, was er gedacht hatte? Sein Vater wusste, dass ich lebte! Der Mann, der versucht hatte, mich zu töten, wusste, dass ihm ein Fehler unterlaufen war!

»Spielt keine Rolle«, murmelte ich, den Blick auf meine Hände gerichtet.

Die Nervosität, die von ihm abstrahlte, machte mein inneres Gefühlschaos nicht besser. Im Gegenteil, ich fühlte mich noch aufgekratzter, verspürte noch heftiger das Bedürfnis, mein eigenes Blut fließen zu sehen.

Nate fuhr sich über das Gesicht, mehrfach. Als ich eine Ahnung seines Aftershaves roch, schloss ich gequält die Augen. Je länger ich hier saß, desto schwerer fiel es mir, zu atmen.

»Bist du dir sicher? Warum sollte er das tun ... das macht keinen Sinn. Er müsste mich dafür bestrafen. Nicht dich.«

Ich kniff die Augen zusammen. Wie sollte ich ihm sagen, dass es eine einfache Erklärung dafür gab und es Sinn machte, dass er genau das versucht hatte? Ich sprang auf, getrieben von dem Gefühl, von hier verschwinden zu müssen.

Bevor ich mich selbst davon abhalten konnte, kamen mir die Worte, die ich eigentlich nicht hatte aussprechen wollen, über die Lippen. »Er hat das schon mal versucht, Nate. Er hat schon mal versucht, mich umzubringen. Er wusste bloß nicht, dass es ihm nicht gelungen ist.«

Unkontrolliert schossen mir die Tränen in die Augen, meine Hand wanderte wie ferngesteuert zu der Narbe, die mich jeden Tag daran erinnerte, wie einfach es war, einen Menschen beinahe tödlich zu verletzen.

Obwohl ich mit meinem eigenen Chaos beschäftigt waren, traf mich Nates Ausbruch hart. Noch nie zuvor hatte ich Wut diesen Ausmaßes auf seinem Gesicht gesehen, während roher Schmerz in seinen Augen tanzte. Seine Hände glitten hilflos in meine Richtung, suchten nach Halt, den ich ihm nicht geben konnte, weil ich ihn selber dringend gebraucht hätte.

Ich biss auf meine Unterlippe, schüttelte vermehrt den Kopf in der Hoffnung, dass er einfach Abstand hielt und das alles nicht noch qualvoller gestaltete, als es ohnehin schon war.

»Er hat *was*?« Die Nachfrage war so präzise formuliert, dass ich hätte schwören können, Eis in seiner Stimme klirren zu hören.

Das Gefühl, in meiner eigenen Haut gefangen zu sein, stieg in mir auf. Mir war heiß, obwohl die Temperatur im Zimmer angenehm war. Ich schwitzte, obwohl mein Puls verräterisch ruhig schlug und ich mich körperlich nicht anstrengte.

Bevor ich einen klaren Gedanken fassen konnte, hatte mein Herz bereits entschieden, ihm diese Geschichte zu erzählen, auch wenn es keine rationale Erklärung dafür gab, genau das zu tun. »Ein paar Wochen nach diesem Abend bin ich zurückgekommen. Ich musste dich sehen. Mit dir reden. Stattdessen bin ich ihm in die Arme gelaufen und zuerst war alles in Ordnung, doch dann ...«

Ich verdrehte die Augen in der Hoffnung, dass das stechende Gefühl dahinter verschwand und mich nicht dazu brachte, vor Nate zu weinen. »Er hatte ein Messer. Und ich hab nicht gecheckt, dass irgendetwas nicht stimmt. Das Nächste, woran ich mich erinnere, sind die Ärzte im Krankenhaus. Ich schätze, er wollte nicht, dass man es ihm in die Schuhe schieben kann, also hat er mich vor die Notaufnahme gebracht. Ich war fast tot. Die Ärzte haben nicht damit gerechnet, dass es ihnen gelingt, mich zu retten.«

Es schmerzte mich mehr, ihm davon zu erzählen, als ich gerne zugegeben hätte. Zumal auch das nur die Hälfte der Geschichte war. Nur ein Teil des gesamten Bildes.

Nates Schweigen wurde von meiner heftigen Atmung untermalt, die ich kaum zu beruhigen vermochte. Ich begann, die Finger zu dehnen, und genoss den Schmerz, der sich daraufhin in meinen Händen ausbreitete. Die frischen Wunden platzten wieder auf, bluteten, brannten, erinnerten mich daran, dass ich. Verdammt. Noch mal. Lebte.

Das Zittern in meinen Armen weckte Nates Aufmerksamkeit, der noch immer schweigend in meine

Richtung starrte und versetzte ihn in Bewegung. »Ich ... lass mich das verbinden.«

Abwehrend schüttelte ich den Kopf. »Nicht nötig. Ich muss duschen, bevor ich mich darum kümmern kann.«

Also ließ er sich wieder auf das Sofa fallen, den Schock noch immer im Gesicht. »Ich weiß nicht, was ich dazu sagen soll, Gems. Hätte ich geahnt, dass ... es tut mir so leid.«

Ich wünschte mir, dass das irgendetwas an dem geändert hätte, was vorgefallen war, doch diese Macht besaßen Worte nicht. Es war geschehen und die Nachwirkungen dessen verfolgten mich bis in den heutigen Tag hinein, würden diese Macht vermutlich besitzen, bis ich irgendwann starb.

»Was hättest du tun sollen?« Ich konnte mir das bittere Lachen nicht verkneifen. »Ich bin doch selbst schuld. Ich kam zurück, obwohl du mir gesagt hast, ich soll nie wieder auftauchen. Das war dumm.«

»Ich hätte dir sagen sollen, was Sache ist. Das hätte ich tun sollen. Damit so etwas nicht passiert. ... Er wird nicht damit aufhören. Er wird es immer wieder versuchen.« Es erschreckte mich, mit welcher Heftigkeit er das aussprach. Überraschte ihn die Erkenntnis oder ahnte er, dass es keine Möglichkeit gab, aus diesem Schlamassel herauszukommen?

Schließlich hielt ich es nicht länger aus. Mit Nate, mit mir selbst, mit dem seltsamen Gefühl in meiner Brust, das nur eine Linderung kannte.

»Ich … entschuldige. Ich brauche ein paar Minuten allein. Darf ich dein Bad nutzen?«

Er nickte und ich stürzte fluchtartig in die entsprechende Richtung davon. Ich wurde die Empfindung nicht los, dass wir uns aufführten wie Kinder. Eigentlich hätten wir darüber reden müssen wie Erwachsene und doch erschien es mir unmöglich, dieses Gespräch losgelöst von all den Emotionen zu führen, die schon immer zwischen uns geherrscht hatten.

Das Licht im Bad ging von selbst an und schon die erste Sekunde, nach der ich die Tür geschlossen hatte, fühlte ich mich befreiter.

Ich warf einen Blick auf die Dusche und im Anschluss auf die ebenfalls vorhandene Badewanne und entschied mich für letztere. Nachdem ich den Wasserhahn aufgedreht hatte und das Wasser sich in die Wanne ergoss, setzte ich mich für einen Moment auf den Rand, die Hände auf den Knien abgestützt und den Kopf gesenkt. Ich konzentrierte mich auf meinen Atem und versuchte, mich halbwegs unter Kontrolle zu bringen.

Ich rief mir ins Gedächtnis, dass ich nicht allein war, doch auch dieser Gedanke hielt mich nicht davon ab, die Sehnsucht nach einer Klinge zu verspüren. So war es seit Jahren. Genauer gesagt, seit die Klinge von Edmond mich beinahe das Leben gekostet hatte. Ich brauchte das Gefühl des kalten Stahls auf meiner Haut, den Schmerz und das Blut, um mich daran zu erinnern, dass ich nicht gestorben war. Im Gegenteil, ich war sogar sehr lebendig. Manchmal war der Gesang eben jener Klingen so betörend, dass ich gar nicht davon ablassen konnte.

Im alltäglichen Leben hielt ich dieses Bedürfnis eisern unter Kontrolle, doch in Ausnahmesituationen glitt sie mir durch die Finger und ging verloren. So wie jetzt.

Ich stürzte zum Waschbeckenrand und zog die oberste Schublade auf. Begann zu wühlen, auf der Suche nach irgendetwas, das spitz genug war, um meine Haut zu durchbrechen und mir das Gefühl zu geben, das ich so dringend spüren musste. In der allerletzten Schublade wurde ich fündig: eine verstaubte Nagelschere. Ich hielt sie unters Wasser, ehe ich mich wie ferngesteuert auf dem Boden vor der Wanne niederließ, die Beine ausgestreckt. Auf meinen Oberschenkeln fanden sich zahlreiche weiße, feine Linien. Sie stachen aufgrund der leicht gebräunten Haut deutlich hervor. Zu meinem Glück besaß ich keine Shorts, die kurz genug waren, um sie öffentlich freizulegen.

Ich ließ die Seite mit den frischeren Verletzungen in Ruhe und widmete mich stattdessen dem anderen Bein. Eigentlich nutzte ich scharfe Küchenmesser, die die Haut schon verletzten, wenn man die Klinge nur leicht dagegen drückte. Heute Nacht musste es die Nagelschere tun, also spannte ich die Haut und zog die scharfe Seite darüber.

Sobald sich ein dünnes Rinnsal Blut zeigte, sank die Anspannung in meinem Inneren. Das Kribbeln und die Unruhe wurden weniger und wurden stattdessen zu Entspannung. Ich schloss die Augen, als ich die Bewegung wiederholte. Diesmal kostete ich den Schmerz aus, der sich brennend in meinen Körper fraß. Es dauerte einige Minuten und brauchte einige Schnitte mehr, bis meine Schultern nach unten sackten und ich mit Sicherheit sagen konnte, dass mein Ventil all das rausgelassen hatte, was sich die letzten Stunden über immer weiter angestaut hatte.

Schließlich ließ ich die Nagelschere neben mir auf den Boden fallen, nutzte Toilettenpapier, um das Blut fortzuwischen, und zog die Shorts wieder nach unten. Vermutlich würde der Stoff an den frischen Wunden festkleben, aber darüber machte ich mir Gedanken, wenn ich sie ausziehen musste. Es stellte mich eher vor ein größeres Problem, wenn das Blut den Stoff durchweichte, also betete ich, es würde nicht passieren.

Ich schaltete den Wasserhahn aus, der eine reine Vorsichtsmaßnahme gewesen war und richtete mich auf. Ich war zwar alles andere als bereit, mich Nate noch einmal zu stellen, aber es führte kein Weg daran vorbei. Sein Vater hatte versucht, mich töten zu lassen, zum wiederholten Male und dieses Mal befand ich mich in einer Position, in der es nicht nur mich etwas anging, sondern auch Nate.

Ich brauchte eine Sekunde, um meinen Mut zusammenzufassen und das Badezimmer wieder zu verlassen. Obwohl ich ein Ventil für meinen inneren Druck gefunden hatte, wusste ich sehr wohl, dass es damit nicht getan war. Es würde neue Anspannung entstehen, ich würde mich weiter über das ärgern, was passiert war. Nate in meiner unmittelbaren Nähe zu wissen, während so viel zwischen uns stand, machte es nicht besser. Noch immer war ich mir nicht im Klaren darüber, wie ich am ehesten mit ihm umging. Ob ich ihm wirklich vertraute, oder ob es einfach ein Überbleibsel unserer damaligen Beziehung war und eigentlich überdacht werden sollte.

Wenn ich eins gelernt hatte, so war es wohl, dass man auf dieser Welt nur wenigen Menschen wirklich trauen konnte. Früher hätte ich ohne mit der Wimper zu zucken behauptet, dass Nate der eine Mensch war, dem ich blind vertraute, doch dann hatte ich erfahren, dass er in Versuchung geraten war, mir ein Messer ins Herz zu stoßen, weil sein Vater es so von ihm verlangt hatte.

Als ich zurück in das Hotelzimmer trat, fuhr ich mir durch die Haare. Nate saß noch immer auf der Couch, das Gesicht in den Händen vergraben. Eigentlich wollte ich nicht hinsehen, doch die Muskeln unter seiner gebräunten Haut führten ein eindrucksvolles Spiel auf, wann immer er ein- und ausatmete. Er war schon immer kräftig gewesen, doch in den letzten Jahren musste er mehr Zeit darauf verwendet haben, seinen Körper zu stehlen. Der Beruf? Oder die Ablenkung?

»Mach dir keine Sorgen«, sagte ich, was auch für mich unerwartet kam. »Zumindest nicht darum, was er da versucht. Ich glaube, die Chancen stehen ziemlich gut, dass er einfach immer wieder scheitert. Und solange er nicht weiß, wo ich mich aufhalte …«

Dementsprechend war es vielleicht eine schlechte Idee, bei Colton Unterschlupf zu suchen. Wenn ich Edmond dorthin führte, zu Luna und den anderen, brachte das alle in Gefahr. Übelkeit stieg in mir auf, wenn ich daran dachte, dass im Schutz der Dunkelheit jemand einbrechen konnte oder – noch schlimmer –, man lauerte Luna vor der Schule auf.

Zähneknirschend schob ich mich durch den Raum und auf Nate zu. Am besten, ich nahm mir auch gleich ein Zimmer in einem Hotel. Oder einem schäbigen Motel irgendwo in der Wüste, dann fühlte ich mich wenigstens zu Hause.

»Hast du im Bad deine Rationalität wiedergefunden, oder was?« Nate fuhr mich aus dem Nichts heraus an. Aufbrausend und zornig, aber dieser richtete sich eindeutig nicht gegen mich.

Verblüfft sah ich ihn an. »Wie sollte ich sonst reagieren? Was glaubst du, was mich die letzten Jahre angetrieben hat? Ich habe mir immer vorgenommen, irgendwann über seinem leblosen Körper zu stehen. Rache für das zu nehmen, was er mir angetan hat.«

Ich bewegte mich auf gefährlichem Terrain, ihm davon zu erzählen, doch letztlich machte es auch keinen Unterschied mehr. Nate kannte mich eigentlich gut genug, um zu wissen, dass ich das nicht mit einem Schulterzucken abtat. Ich wäre gern einer dieser Menschen gewesen, dem etwas Schreckliches passierte und der im Anschluss einfach weitermachen konnte, als wäre nichts geschehen. Ein Mensch, der verzeihen konnte.

Doch was man mir angetan hatte, war unverzeihlich.

Nate wandte mir den Kopf zu. Auf seinem Gesicht spiegelte sich nicht die Ablehnung, die ich erwartet hatte. »Du musst dich beeilen, wenn du dem Krebs zuvorkommen willst.«

Ich hob eine Augenbraue. Krebs? Sollte es tatsächlich möglich sein, dass das Karma sich längst um seine Vergehen kümmerte und ihn dafür bestrafte, was er getan hatte? »Leidet er?«, fragte ich atemlos.

Vielleicht machte mich diese Frage zu einer schlechten Person, denn ich hoffte regelrecht darauf, dass die Antwort ein Ja war. Ich hoffte, dass Edmond litt und elendig zugrunde ging, während der Krebs sich Zeit ließ und ihn von innen heraus zerfraß, ohne Rücksicht auf irgendetwas zu nehmen. Er verdiente es. Er verdiente jeden verdammten Schmerz, der ihm durch diese Krankheit zugefügt wurde.

Seine Augenbrauen zogen sich zusammen und er hob die Schultern an. »Keine Ahnung. Ich vermeide es, zu viel Kontakt zu ihm zu haben. Was du mir da erzählt hast ... gibt mir im Übrigen nur recht damit.«

Abermals tauchte dieser Ausdruck auf seinem Gesicht auf. Als kämpfte er wirklich damit, was geschehen war. Aus einem alten Reflex heraus schob ich den Arm unter seinem durch und fuhr mit der Hand an der Unterseite entlang, bis sich unsere Fingerspitzen trafen und unsere Hände übereinanderlagen.

Zögernd hob ich den Blick, doch noch bevor ich ihm in die Augen sehen konnte, glitten seine Finger bereits zwischen meine. Ein Teil von mir schrie *Nicht gut!*, während der andere jubelte.

»Du solltest hierbleiben. Damit ich auf dich aufpassen kann«, fuhr er fort und meinte es vollkommen ernst.

Ich spürte, wie sich ein sanftes Lächeln auf meinen Lippen ausbreitete. Inzwischen war ich aus der Lage heraus, in der ich einen guten Schutzengel hätte brauchen können. Ich hatte gelernt, auf mich selbst Acht zu geben, mich zu verteidigen und am Leben zu bleiben. Da brauchte es keinen Nate, der schützend seine Hand über mich hielt.

Ganz abgesehen davon, dass es wahrlich keine gute Idee war, in seiner Nähe zu bleiben. Ich spürte die Anziehung zwischen uns, wann immer ich es zuließ. Interpretierte ich seine offene Art richtig, ging es ihm ähnlich.

Ich schüttelte abwehrend den Kopf. »Ich komm klar. Bin ich immer schon.«

Bevor Nate mich für schwach hielt, stellte ich mich den Männern seines Vaters lieber allein gegenüber. Er durfte in mir nicht das junge Mädchen sehen, das er einst gekannt hatte, denn dieses Mädchen existierte nicht mehr.

»Gut, lass mich das anders formulieren: Du

wirst hierbleiben. Das steht nicht zur Diskussion. Noch einmal begehe ich den Fehler nicht, das kannst du mir glauben.« Die plötzliche Vehemenz in seiner Stimme brachte mich beinahe dazu, ohne Widerworte einzulenken. Er entschied etwas – und ich folgte blind.

Als mir genau das wenige Sekunden später bewusst wurde, lehnte ich mich zurück. Zwar entzog ich ihm meine Hand nicht, doch die Ablehnung war deutlich. »Nate. Ich bin erwachsen. Ich habe genug Menschen umgebracht, um zu wissen, was ich tue. Er muss mehr auffahren, wenn er mich loswerden will.«

»Glaubst du, das wird er nicht? Sobald er weiß, dass die ersten beiden Männer gescheitert sind, kommen die nächsten. Ich bezweifle, dass er aufhören wird, bevor er nicht das hat, was er will.« Für ihn schien die einzige Möglichkeit in dieser Angelegenheit zu sein, mich vor seinem Vater zu schützen. Doch wie lange? Bis er am Krebs verreckte? Die einfachste Lösung war es doch, ihn aufzusuchen, und ihm die verdammte Kugel ins Gehirn zu jagen, die seit Jahren seinen Namen trug.

Doch ich merkte, dass das trotz allem noch keine Option für Nate war. Immerhin handelte es sich um seinen Vater. Sie teilten das Blut und eine andere Familie hatte er nie gekannt.

Ich biss mir auf die Zunge und sagte nichts. Stattdessen ließ ich den Blick in dem Zimmer wandern. Es war nicht sonderlich groß, aber auch nicht zu klein für zwei Menschen. Außer, man wollte sich aus dem Weg gehen. Denn das war bei dem King-Size-Bett zwar in der Theorie möglich, aber in der Praxis eher ein schwieriges Unterfangen.

Auch ansonsten fielen mir eintausend gute Gründe ein, nicht hierzubleiben. Ich hatte es ein Jahrzehnt vermieden, Nate zu begegnen. Ich belog ihn noch immer. Ich konnte nicht mich zusammenhalten und für ihn das Gleiche tun. Ich war mir nicht einmal sicher, wie ich herausfinden sollte, ob ich ihm traute.

All diese Gedanken quälten mich und sorgten dafür, dass ich mich in einem Zwiespalt fand, der mich eine ganze Zeit lang gefangen hielt. Währenddessen entstand Schweigen, doch Nate dachte auch nicht daran, meine Hand wieder loszulassen. Er klammerte sich sogar regelrecht daran fest, als wäre ich sein Anker in dieser neuen Realität, die ich ihm brutaler Weise eröffnet hatte.

Ich spürte, wie mein Widerstand schmolz, je mehr ich mich an das Gefühl seiner Haut auf meiner erinnerte, ausgelöst durch unsere miteinander verschränkten Hände. Es war vergleichsweise leicht, mich hier zu verkriechen, seinen Schutz zu akzeptieren und so zu tun, als wäre alles in Ordnung.

»Schön. Ich bleibe. Aber nur, wenn du mir erklärst, woher die ganzen Flaschen kommen.« Mit dem Kopf nickte ich in Richtung der leeren Alkoholflaschen, die sich an verschiedenen, strategischen Punkten im Zimmer sammelten. Sie waren mir vorhin schon aufgefallen, aber erst jetzt lösten sie meine Alarmglocken aus. Ich trank selbst nicht gerade wenig, aber die Anzahl der Flaschen hier toppte alles, was ich jemals an hartem Alkohol konsumiert hatte.

Mit meiner Frage brachte ich Nate so sehr in Verlegenheit, dass er sich mit der Hand in den Nacken fuhr. Röte stieg in seine Wangen auf. Die Erklärung war ihm peinlich? Feierte er etwa private Partys mit Nutten und ließ neben dem Geld auch noch freien Alkohol springen?

Die Erklärung, die er mir lieferte, war im Gegensatz zu meinem vorherigen Gedanken absolut nicht belustigend.

»Mir fällt auf die Schnelle keine plausible Ausrede ein ... also musst du mit der bitteren Wahrheit vorliebnehmen«, warnte er.

Wie war es nur möglich, dass er über alles, was er erlebt hatte, hinweg an seinem guten Herzen festgehalten hatte? Wie fiel es ihm so leicht, mir einfach die Wahrheit zu sagen, auch wenn sie ihm offensichtlich Schwierigkeiten bereitete, während ich das nicht zustande bekam?

»Nachdem du weg warst, ist es mir mit der Zeit immer schwerer gefallen, das alles auszuhalten. Psychisch vor allem und nicht mal die Morde an sich, sondern die Tatsache, dass dieses ganze Erbe mich so viel gekostet hat. Also habe ich nach einer Möglichkeit gesucht, um das zu bewältigen. Die Antwort war vor allem Alkohol. In rauen Mengen, und so hochprozentig wie möglich. Irgendwann nutzt das seichte Zeug nichts mehr, verliert die betäubenden Eigenschaften. An Tagen, an denen es besonders hart ist, schon früh morgens und über den Tag verteilt. Manchmal wochenlang gar nicht … und dann schlägt es wieder zu.« Während er sprach, schaffte Nate es nicht, mich direkt anzusehen.

Ich konnte es ihm nicht übel nehmen, denn das, was er mir da beschrieb, kam mir nicht nur bekannt vor, nein. Ich durchlebte es seit einer halben Ewigkeit selbst. Auf andere Weise zwar, aber am Ende war es doch das Gleiche. Wir hatten unsere eigenen Arten entwickelt, um mit dem umzugehen, was uns begleitete.

Statt die Gelegenheit zu nutzen, mich ihm über meine Probleme zu öffnen, verstrich sie ungenutzt. Ich zog die Shorts sogar noch ein Stückchen weiter nach unten, um ganz sicher sein zu können, dass er nicht durch Zufall doch etwas entdeckte.

»Verstehe«, antwortete ich leise und drückte seine Hand. »Tu dir wegen mir keinen Zwang an. Aber aufräumen solltest du, wenn du willst, dass ich hierbleibe.«

Ich zwinkerte und versuchte so, die ganze Situation etwas aufzulockern. Wir hätten all das, was heute Abend auf den Tisch gekommen war, zu Tode erörtern können. Wir entschieden uns unausgesprochen jedoch dafür, nur das Nötigste zu sagen und den Rest mit uns selbst zu klären. Was gab es auch zu sagen? Worte änderten nichts an dem, was geschehen war. Sie besaßen nicht die Macht, Dinge ungeschehen zu machen, und es spielte auch keine

Rolle, was wir anders hätten tun können. Die Vergangenheit hatten wir nicht mehr in der Hand, uns blieb nur der Einfluss auf die Gegenwart und die Gestaltung der Zukunft. Alles andere nahm man am besten einfach hin und hoffte beim Rest auf das Beste.

»Keine Vorwürfe? Kein ‚Nate, du musst aufhören'?«

Meinte er das ernst?

Seufzend stieß ich den Atem aus. »Ich glaube nicht, dass ich in der Position bin, dergleichen zu sagen. Außerdem wäre ich dann eine ganz miese Heuchlerin. Das will ich vermeiden.«

Vermutlich bekam er jetzt den Eindruck, dass es mich nicht interessierte, wie es ihm ging oder was er mit seinem Leben anstellte – tatsächlich war sogar das Gegenteil der Fall, doch wie sollte ich das zum Ausdruck bringen, ohne ihm von meinen Problemen zu beichten?

Als er nichts darauf antwortete, erhob ich mich. »Wenn ich schon hierbleiben muss, wäre es ganz nett, jetzt ein wenig zu schlafen.«

ACHT

NATE

Die einzigen Geräusche, die die Dunkelheit des Hotelzimmers erfüllten, waren mein Herzschlag und Selenes unregelmäßiger Atem. Wann hatten wir uns mit gebührend Abstand ins Bett gelegt, sie mit dem Rücken zu mir? Vor einer Stunde? Vor zwei? Ich war mir jedenfalls sicher, dass sie genauso wenig schlief wie ich.

Mir fiel es noch immer schwer, zu verarbeiten und vor allem zu akzeptieren, was sie mir heute Abend eröffnet hatte. Ich konnte nicht glauben, dass sie hier hereingeplatzt war, mit einer Geschichte, die dazu führte, dass sich die feinen Härchen auf meinen Armen und im Nacken aufrichteten, während mir gleichzeitig übel wurde.

Ich war nie darüber hinweggekommen, dass ich Selene fortgeschickt hatte und nun zu hören, dass sie beinahe gestorben wäre, ohne dass ich davon das geringste bisschen mitbekommen hatte, machte mich noch wütender. Wenn sie die Wahrheit gekannt hatte, warum war sie nicht eher aufgetaucht?

Wieso hatte sie sich ferngehalten und unser beider Leben dadurch signifikant schlechter gemacht? Sie verbarg es gut, doch als ich ihr von meinem Alkoholproblem gebeichtet hatte, hatte ich diesen Ausdruck in ihren Augen gesehen. Nicht Mitleid, sondern Wissen. Selene wusste, wovon ich sprach. Konnte es auf irgendeiner Ebene nachempfinden, wenn ich mich nicht furchtbar täuschte.

Es gab so viele Aspekte, die keinen Sinn ergaben und trotzdem stand eine Sache über allem anderen. Ich würde darüber hinwegsehen, dass sie nicht ehrlich zu mir war und dass sie versuchte, den Abstand zwischen uns zu wahren. Ich würde ignorieren, dass sie mir in der einen Sekunde die Hand entgegenstreckte und in der nächsten darum kämpfte, sich von mir zu befreien. Diesen Kampf gegen ihr Unterbewusstsein konnte ich nicht gewinnen. Solange ich es hinnahm und damit normal umging, verbannte sie mich hoffentlich nicht aus ihrem Leben. Obwohl sie tatsächlich jedes Recht dazu besaß und ich die Schuld an diesem ganzen Debakel bei mir suchte und auch fand. Niemals bei ihr.

Ich drehte mich auf die Seite in ihre Richtung und versuchte, zumindest die schemenhaften Umrisse ihres Körpers unter der Bettdecke auszumachen. Selene hatte darauf bestanden, ihre blutige Kleidung anzubehalten, und ich hatte mich nicht mit ihr darüber gestritten. Wie konnte ich erwarten, dass sie ihre Mauern fallen ließ, die sie über die Zeit, in der wir uns nicht gesehen hatten, so sorgfältig aufgebaut hatte? Ich hätte es ihr nicht einmal übel genommen, wenn sie sie mir gegenüber nie wieder fallen ließ. Es würde mich zwar kalt erwischen und verletzen, aber ihr einen Vorwurf daraus zu machen, lag mir so fern, wie sie jetzt allein zu lassen.

Hätte ich damals meinen Plan verfolgt, befänden wir uns heute gar nicht erst in dieser Situation, in der mein Vater versuchte, sie ausfindig zu machen und zu töten. Zum wiederholten Male.

Mir entwischte ein tiefes Knurren, als ich an ihre Schilderung dachte. Selene war vergleichsweise ruhig und emotionsarm gewesen, doch mein Kopf hatte sein Übriges getan und mir verdammt lebhafte Bilder vor meinem inneren Auge vorgeführt, die mich so schnell nicht mehr loslassen würden.

Ich versuchte zwar, meinen Ärger darüber unter Kontrolle zu halten, ihn wegzuschließen, aber vollständig gelang es mir nicht. Der Gedanke daran, dass er sie halb tot vor einer Notaufnahme aus dem Auto geworfen hatte, um eine mögliche Untersuchung durch die State Police zu umgehen, reichte schon aus, um mich rotsehen zu lassen.

Die Matratze gab nach, als Selene sich auf den Rücken rollte, und ich schob mich gleichzeitig näher an sie heran. Entweder, sie bemerkte es nicht, oder es störte sie nicht weiter. Ich hingegen war für einen Moment gefangen in der Erkenntnis, dass ich die Wärme ihres Körpers fühlen konnte. Ihr Duft stieg mir in die Nase und mit ihm erinnerte ich mich an all die Male zurück, die wir in unserer Jugend gemeinsam in einem Bett gelegen hatten. Nie war es so keusch und unschuldig gewesen wie gerade.

»Ich kenne dieses Geräusch.« Obwohl wir nah beieinander lagen, klang sie trotzdem noch unendlich leise.

Ich stützte mich auf dem Ellbogen ab, die Hand an meinem Gesicht. »Ach ja?«

Selenes sanftes Lachen erfüllte den Raum. »Klar. Das machst du immer unterbewusst, wenn dir etwas ganz und gar nicht passt und du auf der Suche nach einer Lösung bist.«

So war das also. Die Hälfte der Zeit, die wir uns kannten, hatten wir uns nicht gesehen und trotzdem erinnerte sie sich daran, welche unterbewussten Gewohnheiten ich pflegte und was sie bedeuteten.

Ich zog die Augenbrauen skeptisch zusammen. Wenn ich es von diesem Standpunkt aus betrachtete, konnte ich mich nicht daran erinnern, überhaupt jemals ein Knurren von mir gegeben zu haben, auch wenn ich ihr glaubte.

»Dann muss das wohl so sein.« Im Prinzip hatte sie wohl recht. Ich war unzufrieden und ich suchte nach einer Möglichkeit, einen Ausweg aufzutun, der nicht damit endete, dass irgendwer starb. Ironisches Ziel für jemanden, der den größten Teil seines Geldes mit Auftragsmorden verdiente.

»Und, bist du damit schon einen Schritt weiter?« Die leichte Provokation in ihrer Stimme verriet mir, dass sie selbst bisher keine Lösung gefunden hatte und auch nicht glaubte, dass es mir gelang.

Ich presste die Lippen zusammen. »Nein. Nicht wirklich.«

Es schadete zumindest nichts, das offen zuzugeben. Bevor wir beide den Rest der Nacht wach nebeneinanderlagen und einander ignorierten, sprach ich lieber über dieses Problem, das uns gerade mehr als alles andere verband.

Sie seufzte. »Dachte ich mir. Und das hält dich jetzt vom Schlafen ab?«

»Hält es *dich* denn vom Schlafen ab?« Ich fragte nur, weil sie diejenige war, die vorgeschlagen hatte, ins Bett zu gehen – unter dem Vorwand, dass sie Schlaf brauchte. Vermutlich war es nur eine willkommene Möglichkeit gewesen, um weitere Gespräche zu meiden und nicht länger meinen schwer zu verbergenden Gefühlen ausgesetzt zu sein.

Ich hörte, wie sie ausatmete. Es klang beinahe ein wenig genervt. »Ich kann mich nicht daran gewöhnen, dass wir im gleichen Bett liegen und es sich trotzdem anfühlt, als wären wir ewig weit voneinander entfernt.«

Dass sie nicht auf den körperlichen Aspekt anspielte, war mir wohl bewusst. Unsere Arme berührten sich und ich konnte ihre Beine unmittelbar neben meinen erahnen. Ein paar Zentimeter mehr in die Mitte des Bettes, und ich hätte sie vollständig an mir gespürt. Das Verlangen, das auf diesen Gedanken unmittelbar folgte, erwischte mich unvorbereitet. Dennoch überraschte es mich nicht, denn in meinen Träumen hatte ich sie oft in den Armen gehalten.

Was sollte ich dazu sagen? Ich war ausnahmsweise nicht derjenige, der versuchte, jeden auf Abstand zu halten. Denn das tat ich instinktiv – bei allen Personen, die mir begegneten. Außer bei ihr. Zu Beginn unserer Freundschaft hatte ich irgendwann damit aufgehört und seitdem auch nicht wieder damit angefangen.

»Du gewöhnst dich schon daran. Irgendwann wird es besser.« Eine ziemlich lahme Aussage. Beinahe klischeehaft, wenn ich darüber nachdachte.

Ich wollte nicht, dass sie sich daran gewöhnte und an ihrem Schutzmechanismus festhielt. Vielmehr wollte ich, dass sie sich fallen ließ und erkannte, dass das Einzige, was uns damals auseinandergerissen hatte, nicht länger zwischen uns stand – zumindest nicht auf eine Art, die uns davon abhalten könnte, Zeit miteinander zu verbringen. Wiederzuentdecken, was wir damals gehabt hatten.

Für einen Moment kam ich mir vor wie der junge, verdammt unerfahrene und törichte Mann, der ich damals gewesen war. Wie ein Kind, das am Peter-Pan-Syndrom litt und niemals aus dem Lieblingsszenario herauswachsen wollte, das einen nicht nur prägte, sondern für immer begleitete. Doch wir waren älter geworden, Selene und ich. Erwachsen. Wir verfügten nicht mehr über diese von mir geborgte Unschuld, sondern nur noch über die kalte Realität. Die Wahrheit, die so viel Macht besaß, dass sie zerstörte, was ihr in den Weg kam.

»Hast du dich denn jemals daran gewöhnt, dass sich alles verändert hat?« Ihre Gegenfrage ließ mich hart schlucken.

Sie kannte die Antwort darauf zwar, aber ich wusste, warum sie sie stellte. Mir vor Augen zu führen, dass es kein *an etwas gewöhnen* gab, wenn es darum ging, dass wir uns voneinander entfremdet hatten, ließ mich gleichzeitig auch glauben, dass sie unterbewusst gar nicht wollte, dass es so blieb.

Was mein Hirn mir riet, als Nächstes zu tun, war mehr als gewagt, und trotzdem konnte ich mich nicht davon abhalten. »Nein. Und deswegen kann ich auch nicht im gleichen Bett liegen wie du und diesen verfluchten Abstand hinnehmen.«

Ich schob die Arme um ihre Mitte und zog sie in meine Richtung, während ich ihr auf halbem Weg entgegenkam. Erst als sie an meiner Brust lag und ich den einen Arm unter ihrem Kopf hindurchschieben konnte, um ihn dann um ihre Taille zu schlingen, den anderen ebenfalls um sie gelegt, fühlte es sich zum ersten Mal halbwegs richtig an, mich überhaupt im gleichen Raum mit ihr aufzuhalten.

Selene protestierte nicht, doch die Anspannung wich nur langsam aus ihren Gliedmaßen.

»Ein Wort, und ich lasse dich sofort wieder los«, sagte ich leise. Auch wenn es mir schwerfallen würde, wenn sie nicht in meiner unmittelbaren

Nähe sein wollte, zwang ich sie ganz sicher nicht dazu.

Es war Antwort genug, dass sie ihren Kopf mit vollem Gewicht auf meinen Arm sinken ließ. Eine Hand berührte vorsichtig meine Brust, die andere hielt sie gegen ihren Bauch gepresst. Ich spürte Selenes flachen Atem an meinem Hals, sicher, dass sie das alles nur zuließ, weil es im Schutz der Dunkelheit geschah und wir einander nicht in die Augen sehen mussten.

Ich wusste nicht, wie ich es überhaupt verarbeiten sollte, dass sie zuließ, in meinen Armen zu liegen, unsere Körper so eng beieinander, dass ich ihre weiche Haut auf meiner spürte und in Versuchung geriet, dieser Nacht wenigstens eine gute Note zu verleihen. Meine Kehle war schlagartig trocken, als ich daran dachte, dass ich sie damals nach unserem ersten Mal so skrupellos davongeschickt hatte. Es war sicher nicht das Maß der Dinge gewesen, und trotzdem unvergesslich. Weil sie es gewesen war.

»Dein Herz schlägt so heftig, es klingt, als würdest du gerade einen Marathon laufen.« Und Selene klang wahnsinnig nervös, während sie das sagte. Das unsichere Lachen war nur ein weiterer Beweis dafür.

Für einen Augenblick versuchte ich, meinen Herzschlag unter Kontrolle zu bekommen, scheiterte jedoch kläglich daran. »Und du bist so angespannt, dass man meinen könnte, du würdest befürchten, dass ich gleich zu einem Alien mutiere.«

»Ist nur ungewohnt«, erwiderte sie leise.

Ungewohnt? Eine Frau wie Selene sollte es nicht seltsam finden, mit einem Mann im Bett zu liegen, geschweige denn sich dabei unwohl fühlen. Dazu hatte sie keinen Grund und eigentlich wollte ich mir auch sicher damit sein, dass sie nach mir einfach weitergemacht hatte und Vertrauen zu Kerlen gefasst hatte, die sie nicht so hintergingen wie ich. *Oder*? Ich wollte wirklich – aber nach ihrer Aussage war ich mir damit nicht mehr so sicher.

»Ich halte es nicht aus, wenn Menschen mich anfassen, denen ich nicht vertraue. Und ich vertraue so gut wie niemandem mehr. Selbst Umarmungen sind ein Problem.«

Ich konnte nicht glauben, dass sie das so sachlich erzählte, als würde sie gerade über das morgige Wetter reden. Der Impuls, sie sofort loszulassen, wurde nur davon unterdrückt, dass sie einen Arm vorsichtig unter meinem durchschob, ihre Hand zwischen meinen Schulterblättern ruhend.

Ich begann gar nicht erst wieder damit, dass das alles meine Schuld war – oder die meines Vaters. Wie man es auch drehte und wendete, am Ende lag die Schuld auf jeden Fall bei meiner verkorksten Familie und das gefiel mir überhaupt nicht.

Aus Mangeln an Worten senkte ich den Kopf und presste die Lippen in einer verzweifelten Geste auf ihren Scheitel. Wusste ihr Körper instinktiv, dass er mir trauen konnte, aber ihr Verstand weigerte sich, weil er einen besseren Überblick über alles hatte?

Seit sie dieses Zimmer betreten hatte, lag mir das *Es tut mir leid* konstant auf der Zunge.

Am liebsten hätte ich es wie ein Scheißgebet gegen ihre Haut geflüstert, bis alle meine Fehler und Sünden davongewaschen und unsere Verbindung wieder rein war. Doch ich glaubte nicht an Gott und noch weniger an seine Vergebung oder daran, dass sich Dinge so einfach ändern ließen. Ich war der Ungläubige in einer Welt, die einen Gott mehr als alles andere benötigt hätte. Irgendeinen Idioten, der die Hand schützend aufhielt und für die Menschen sorgte, damit solche gravierenden Fehler gar nicht erst passierten. Musste ich mein eigener Gott werden, um zu verhindern, dass sich alte Fehler, die Vergangenheit, wiederholten?

Allmählich kehrte Entspannung in Selenes Körper ein und ich spürte, wie sie weiter gegen mich sank, nicht mehr darauf bedacht, ihr eigenes Gewicht selbst abzustützen. Sie hob den Kopf an und plötzlich war es nicht mehr ihr Scheitel, den ich sanft küsste, sondern ihre Lippen.

Die Spannung, die durch meine Blutbahn jagte, machte mich hellwach. Das Kribbeln, das sich zeitgleich ausbreitete, ließ mich sie noch näher heranziehen, insofern das überhaupt möglich war.

Erst als sie den Kuss erwiderte, war ich mir jedoch sicher, dass es kein Versehen war, und ließ mich darauf ein.

Selenes Mund war weicher als in meiner Erinnerung, ihre Zunge forscher. Sie schmeckte nach allem, was ich die ganze Zeit über vermisst hatte und nach so viel mehr. Obwohl der Kuss von Vorsicht und einer fragenden Unsicherheit geprägt war, spürte ich das Verlangen, das darunter lauerte, nicht nur bei mir. Die Hand, die an meiner Brust ruhte, hatte sich in das Shirt verkrallt, hielt es fest und damit mich an Ort und Stelle. Selbst wenn man mir in dieser Sekunde mit vorgehaltener Waffe gedroht hätte – ich hätte mich um nichts von der Welt von Selene gelöst. Sollte die Erde doch zugrunde gehen, wenn ich die letzten Sekunden meines Lebens damit verbrachte, sie zu küssen, konnte es mir nicht egaler sein.

Als sie auf den Rücken glitt, folgte ich ihr automatisch. Jede einzelne ihrer Rundungen zu spüren und daran festzuhalten, keinen Schritt zu Ende zu bringen, den sie nicht begonnen hatte, kratzte hart an meiner Selbstbeherrschung.

Ich hob eine Hand an ihren Kopf, fuhr mit dem Daumen an ihrem Kinn entlang und weiter zu ihrem Hals, nur um an den Schultern anzugelangen. Sie hielt mich mit ihrem Griff an meinem Shirt gefangen, ein Bein um meine Hüfte geschlungen.

Trotzdem war es nicht mehr als ein Kuss, wenn auch ein verdammt guter. Das anfängliche Zögern verwandelte sich schon nach wenigen Sekunden in ein Fordern nach mehr. Je mehr wir den Kuss vertieften, je leidenschaftlicher es wurde, desto schwerer fiel es mir, ihr nicht die dummen, kurzen Kleidungsstücke vom Körper zu reißen und damit die Barrieren zu zerstören, die uns davon abhielten, einander so nahe zu kommen, wie ich es brauchte, um mich endlich wieder wohl in meiner eigenen Haut zu fühlen.

Ein sanftes Stöhnen entwich ihr, als ich für einen Augenblick von ihren Lippen abließ und mich von dort bis zu ihrem Hals küsste, darüber genauso herfiel, wie sie es gerade noch mit meinem Mund getan hatte. Selenes Kopf fiel in den Nacken und zurück auf das Kissen, gewährte mir mehr Bewegungsfreiheit. Ich beschlagnahmte jeden Zentimeter, den ich erreichte, ihre Hand fest in meinen Haaren.

Als ich an ihrem Schlüsselbein angelangte, riss sie an meinem Shirt, bis die Naht nachgab. Mit einem lauten Reißen glitt der Stoff von meinen Schultern und verschwand im Nichts.

Ich hielt inne, den Kopf schief gelegt. Zu gerne hätte ich gesehen, wie ihr Körper auf mich reagierte. Wie sich der Ausdruck auf ihrem Gesicht änderte, wenn ich sie an bestimmten Stellen küsste, an ihrer Haut knabberte oder leicht zubiss und anschließend meine Zunge nutzte, um den kurzen Schmerz vergessen zu lassen.

Selene jedoch ließ nicht zu, dass ich die Hand nach der Nachttischlampe ausstreckte, führte sie stattdessen weiter an ihrem Körper nach unten. Ich vergaß, was ich eigentlich vorgehabt hatte, glitt mit den Fingern unter den Stoff ihres Tops und schob es nach oben, bis ich es ihr über den Kopf ziehen konnte.

Erst als ich mit dem Kopf tiefer glitt und ohne Weiteres den Mund um ihre Brustwarze schließen konnte, fiel mir auf, dass sie keine Unterwäsche trug – auch unter den Shorts nicht, wie mir wenige Sekunden später klar wurde, als ich sie über ihre Hüften nach unten schob, nachdem sie mir meine ebenso brutal wie das Shirt vom Leib gerissen hatte.

Es fühlte sich an, als stünde ich in Flammen – und sie war das einzige ungestüme Verlangen, das ich kannte. Die Sehnsucht nach ihr, die ich über Jahre hinweg unterdrückt und bekämpft hatte, war mit einem Mal allgegenwärtig. Und trotzdem wurde sie nicht angetrieben von reiner Begierde, sondern von etwas, das viel tiefer reichte als ein seichtes Gefühl wie dieses.

Haut an Haut – ich hätte in diesem Moment aufgehört, wenn sie das von mir verlangt hätte und einfach nur das genossen, was sie mit dem Körperkontakt in mir auslöste.

Für einen Moment hielt ich beinahe bedächtig inne, das Gesicht wieder an ihrem Hals vergraben, während ihre Hände leichte Kreise auf meinem Rücken zogen. Nicht fordernd oder verlangend, nur die Empfindung auskostend, die das in uns beiden auslöste.

Aus einem Instinkt heraus rollte ich mich zurück auf den Rücken und zog sie mit mir, sodass sie auf mir zu liegen kam, auf perfekteste Art gegen mich gepresst. Ich fuhr mit der Hand durch ihre Haare, zog ihren Kopf gleichzeitig wieder näher an meinen heran, damit ich sie küssen konnte.

»Ich will nicht, dass du glaubst, dass ich die Situation oder dich ausnutze«, flüsterte ich gegen ihre Lippen, bevor ich sie wieder wissen ließ, wie sehr es mir gefiel, sie einfach nur zu küssen.

Ich hatte ihr diesen Eindruck einmal vermittelt – und ein zweites Mal würde es sicher nicht dazu kommen. Es war nicht ihr Körper, den ich brauchte, um den alten Nate tief in meinem Inneren zu finden und hervorzuholen, ihn zurück ins Leben zu schicken. Ihre Nähe reichte vollkommen aus.

Wieso auch immer ich glaubte, es sei nicht möglich, dass sie mich mit noch mehr Nachdruck küsste, sie tat es. Ich spürte ihre Zähne an meiner Unterlippe, ihre Zunge glitt in meinen Mund und ihre Hand an meiner Brust entlang, über meinen Bauch und bis zu meiner Hüfte. Zunächst gruben sich ihre Finger nur in die Haut, woraufhin sich meine Muskeln empfindlich zusammenzogen. Gänsehaut bildete sich auf meinem Körper, die noch verstärkt wurde, als sie schließlich die Hand um meine Erektion legte.

Ihr entwich ein Stöhnen. Mir ebenfalls, denn was sie tat, war Verzweiflung und Bedürfnis zugleich. Sie dirigierte mich in ihren Körper, hielt mich fest, ließ mich das Gefühl genießen, auf mehr als dieser einen Ebene mit ihr verbunden zu sein.

Ich wagte es nicht, mich zu bewegen, obwohl meine Hände inzwischen an ihren Hüften ruhten, die Finger fest gegen ihre Haut gepresst. Jemandem anderen die Kontrolle zu überlassen, war mir noch nie so einfach gefallen wie in diesem Moment, in dem ich mir absolut sicher war, dass es kein anderes Richtig gab.

Was gerade passierte, ging über Sex weit hinaus – und war so notwendig wie das Atmen.

Selene hielt mich in einem nicht enden wollenden Kuss gefangen, der mir die Sinne benebelte und mich in Kombination mit den leichten Bewegungen ihrer Hüften beinahe den Verstand kostete. Genauso war es auch nicht Erregung, die mich immer mehr ausfüllte und mit sich riss, sondern ein gänzlich anderes Gefühl, dem ich aus Angst vor dem, was in naher Zukunft alles passieren konnte, keinen Namen geben wollte.

Wir schliefen miteinander, aber auf eine Art, die mir bisher vollkommen unbekannt gewesen war. Der körperliche Teil rückte in den Hintergrund und dafür trat all das zutage, was Selene und mich schon immer zu den zwei Menschen gemacht hatte, die zueinander gehörten.

Ob es die Welt um uns herum nun billigte oder nicht.

Ich hatte die allmorgendliche Nachrichtensendung bereits hinter mich gebracht und nur überlebt, weil ich zuvor drei Tassen Kaffee und einen Espresso auf ex getrunken hatte. Tessa hatte ihre

Kündigung eingereicht und war gar nicht erst aufgetaucht … und vergangene Nacht steckte mir so tief in den Knochen, dass ich konstant Selenes Duft in der Nase hatte, obwohl es Stunden her war, dass sie das Hotelzimmer verlassen hatte, um zu ihrer Arbeit zu fahren.

Darüber hatten wir diskutiert, aber letztlich hatte sie die besseren Argumente gehabt. Namentlich ihr Bruder, der darauf baute, ihre Unterstützung zu bekommen und der sich darüber hinaus auch keine Sorgen um sie machen sollte. Für den Ernstfall hatte sie also meine Handynummer und dennoch war es unrealistisch, dass ich rechtzeitig in Seven Falls wäre, um den Retter in Not zu spielen. Ich hoffte also darauf, dass mein Vater noch keinen Verdacht geschöpft hatte und nicht wusste, wo Selene arbeitete, weil es keine offizielle Stelle war.

Gerade als ich die Gedanken an ihn beiseiteschieben wollte, um mich der Schreibtischarbeit zu widmen, die seit Wochen auf mich wartete, summte mein Smartphone und kündigte eine neue Nachricht an. Ich räumte den halben Schreibtisch ab, so hastig griff ich nach dem kleinen Gerät. Als ich erkannte, dass es nicht Selene war, war ich versucht, das Handy zurück in seine Ecke zu knallen, entschied mich aber kurzfristig dagegen, als ich feststellte, dass es stattdessen mein Vater war, der mir eine Nachricht geschickt hatte.

Ich biss die Zähne fest zusammen, öffnete die entsprechende App und überflog den Text. Er bat um ein Treffen, weil er eine Aufgabe hatte, die dringend erfüllt werden musste.

Kein Wort über Selene oder darüber, dass ich betrunken genug gewesen war, um ihn darauf anzusprechen. Glaubte er, ich hatte es im Zuge meines Suffs vergessen? Oder wollte er vor mir geheim halten, dass er Jagd auf sie machte? Egal, welche Intentionen hinter seinem Handeln auch steckten, ich musste sicherstellen, dass er nicht herausfand, wo sie untergekommen war.

So sehr ich mir auch wünschte, für diese Konfrontation bereit zu sein – ich war es nicht. Nicht einmal ansatzweise. Ich wollte ihn als das sehen, was er eigentlich war, aber eine leise Stimme in meinem Hinterkopf hielt mich davon ab, ihn als Erzeuger zu bezeichnen, obwohl er den Namen Vater sicherlich nicht verdiente. War es die antrainierte Loyalität ihm gegenüber? War es meine Menschlichkeit oder die Empathie, die ich im Gegensatz zu ihm besaß?

Innerlich diskutierte ich mit mir selbst darüber, ob ich auf die Nachricht reagierte oder ihn ignorierte. Doch gerade diese Reaktion führte am Ende dazu, dass er stutzig wurde und das Letzte, was ich gebrauchen konnte, war, dass er im Hotel stand und nach Antworten verlangte.

Als ich ihm antwortete, dass ich ihn später am Tag treffen würde, kniff ich beim Tippen die Augen so fest zusammen, dass ich keinen Buchstaben davon sehen musste. Mein Pflichtgefühl ihm gegenüber allerdings hätte ich zu gerne aus dem nächsten

Fenster geworfen, denn gerade stand es mir nicht nur im Weg, sondern hinderte mich auch daran, mich vollständig auf Selenes Seite zu schlagen und meinem alten Herren zu zeigen, dass er längst nicht mehr die Oberhand hatte.

Die Stunden bis zu ebenjenem Treffen vergingen zu schnell. Ich wünschte mir fast, dass etwas halbwegs Spannendes passierte, damit ich den Platz hinter dem Schreibtisch verlassen konnte und eine Ausrede hatte, die mich davor bewahrte, ihn zu sehen. Denn dieser Punkt war es, der mich wirklich ärgerte. In meinen Gedanken und meiner Erinnerung herrschte noch immer *sie*. Meine Sinne waren noch vollkommen auf Selene fixiert, obwohl sie so weit entfernt war und ich seit Stunden nichts von ihr gehört hatte.

Diese wohltuende Empfindung nun mit seiner Anwesenheit und der Negativität, die er gerne zur Schau trug, zu verpesten, behagte mir gleich auf mehreren Ebenen nicht sonderlich.

Was verleitete ihn zu der Annahme, dass ein Gespräch über einen simplen Anruf nicht möglich war?

Bevor ich das Studio verließ, checkte ich noch einmal die Adresse, die er mir geschickt hatte. Wenn ich mich nicht täuschte, war es eines von den angemieteten Lagerhäusern in den Ausläufern von Vegas. Keine Menschenseele tauchte dort jemals freiwillig auf, wenn es nicht gerade darum ging, irgendwelche alten Möbel einzulagern oder Erinnerungsstücke auszugraben.

Wollte er mir auf irgendeine perfide Art demonstrieren, dass er trotz des Krebses noch immer Macht besaß?

Als ich auf den Parkplatz einbog, zeigte sich mir eine Landschaft, die zum einen aus Wüste bestand und zum anderen aus niedrigen Lagerhallen, die vollständig aus Metall bestanden. Ein Wunder, dass die Konstruktion den stürmischeren Tagen Nevadas standhielt. Ich stieg aus dem Wagen, ließ die Sonnenbrille auf meine Nase gleiten und checkte den Waffengürtel, den ich mir über dem Shirt um die Schultern geschnallt hatte. Die Pistole befand sich unter meinem linken Arm, griffbereit und geladen. Entsichert war sie im Notfall im Bruchteil einer Sekunde – und weil wir uns in den verdammten USA befanden – und auf einem beinahe verlassenen Areal –, würde sich niemand daran stören, dass ich so offensichtlich eine Waffe mit mir herumtrug.

Es war nur zu meiner eigenen Sicherheit, zumindest redete ich mir das recht erfolgreich ein. Mein Bedürfnis, mich selbst zu schützen, kam nicht etwa daher, dass mein Vater einen Treffpunkt genannt hatte, den wir nie nutzten und der so menschenverlassen war, dass es beinahe wie der Beginn eines Zombiefilms wirkte.

Ich brauchte einige Minuten, bis ich mich orientiert hatte und wusste, wohin mein Weg mich führte. Die gnadenlose Sonne über meinem Kopf machte es mir nicht einfacher, einen Sinn in der ganzen Sache zu sehen. Oder gar die Notwendigkeit, sich hier zu treffen. Ein paar Grad mehr, und der Asphalt schmolz unter meinen Schuhen dahin.

Während ich mich meinem Ziel näherte, bewegte ich mich leise und checkte die umliegenden Lager sowie die Dächer ab. Den Wagen meines Vaters hatte ich zwar als einzigen anderen auf dem Parkplatz gesehen, aber das bedeutete gar nichts. War er allein gekommen? Hatte er Verstärkung geordert, die irgendwo lauerte und auf das Kommando wartete?

Unwillkürlich fragte ich mich auch, woher das Misstrauen, das ich ihm gegenüber empfand, plötzlich kam. Es fühlte sich so natürlich an, als wäre es immer schon da gewesen und ich hätte es gerade erst bemerkt. War es das Wissen um Selene und das, was ihr zugestoßen war? War es die Tatsache, dass er es nicht bei seinem einen Mordversuch belassen konnte, sondern es immer wieder versuchte?

Ich verstand die Hintergründe nicht und würde sie ganz sicher auch niemals ergründen, denn es gab keine Entschuldigung dafür, keine Ausrede oder gar eine Erklärung, die mich alles vergessen und verzeihen ließ. Es gab so viele Dinge, die ich ihm im Laufe meiner Kindheit verziehen hatte und später dann in meiner Jugend und als Erwachsener. War der Punkt erreicht, an dem ich es nicht länger in mir fand, meinen Vater als solchen zu behandeln, sondern fortan als Menschen, der Fehler machte und dafür gehasst werden konnte, wenn es sich gerechtfertigt anfühlte?

Ich blieb vor dem Abschnitt der Lagerhallen stehen, der mit den Zahlen übereinstimmte, die er mir geschickt hatte. Am Ende des Gebäudes fand ich einen Seiteneingang, den ich nutzte, um nach drinnen zu gelangen. Die Luft war abgestanden und roch modrig, die Deckenleuchte flackerte, sodass das weiße Licht mal mehr und mal weniger hell auf den Betonboden traf. Rechts und links vom Gang gingen in regelmäßigen Abständen Türen ab. Nachdem ich einige Meter zurückgelegt hatte, fand ich letztendlich auch wieder den Lagerraum, der die richtige Nummer trug.

Ohne zu klopfen oder weitere Anstalten zu machen, drückte ich die Klinke nach unten, öffnete die Tür und trat ein. Auf den ersten Blick war er allein und der Raum nur von einem kleinen Metalltisch und zwei Stühlen gefüllt. Wie in einer dieser Crime-Serien, bei denen die Verdächtigen erst einmal in einem Verhörzimmer untergebracht wurden.

Ich blieb im Eingang stehen, die Arme verschränkt und die Augenbrauen gehoben. Was sollte das? Das sah weder wichtig aus, noch hatte ich Bock darauf, mich auf irgendwas einzulassen, das einem Mediatorengespräch ähnelte.

Meine ablehnende Haltung spiegelte sich in seiner wider, als ich genauer hinsah. Die Enttäuschung in seinen alten Augen machte deutlich, was für eine Schande ich doch für die Familie war. Vermutlich wünschte er sich einen zweiten Sohn herbei – dann hätte er mich loswerden und die gesamte Aufmerksamkeit auf jemand anderen lenken können.

So blieb ihm jedoch nichts anderes übrig, als mit meinen schlechten Angewohnheiten und all den Dingen, die er an mir nicht leiden konnte, zu arbeiten. Dass ihm das nicht gefiel, wurde jedes Mal, wenn wir uns sahen, deutlicher.

Ich sparte mir die Begrüßung. »Was gibt's?«

Er saß halb auf dem Tisch, einen kleinen Stapel Blätter neben sich. Von meinem Standpunkt aus konnte ich nicht mehr erkennen als ein paar handgeschriebene Notizen. Soweit ich sehen konnte, war er im Gegensatz zu mir auch nicht bewaffnet.

»Bist du nüchtern genug, um zu arbeiten, oder soll ich dir erst mal einen Aufenthalt in der Entzugsklinik buchen?« Die Verärgerung in seiner Stimme überhörte ich gekonnt.

Ließ ich mich jetzt von ihm provozieren, lief ich Gefahr, wieder etwas zu sagen, was ich eigentlich nicht laut aussprechen sollte. »Nüchtern, ja. Ob ich arbeiten will, steht aber auf einem anderen Blatt.«

Als hätte ich eine Wahl. Als sagte man zu Alderidge Senior jemals Nein. Ich kannte keinen, der das getan hatte und sich noch seines Lebens erfreute.

So wie ich seinen Unterton überhörte, überhörte er die offenkundige Frechheit in meiner Aussage.

Er schob die Blätter über den Tisch in meine Richtung und tippte vielsagend darauf. »Wir haben hier eine ganze Liste an Leuten, die so zügig wie möglich verschwinden müssen. Die Bezahlung ist verdammt gut und der Auftrag schon angenommen. Die Vorarbeit ist getan, du musst sie nur noch beseitigen.«

Ich trat einen Schritt näher, nahm die Papiere an mich und kehrte in meine ursprüngliche Position zurück, auch wenn das bedeutete, dass ich nicht unmittelbar mitbekam, was in meinem Rücken womöglich geschah. Lieber hatte ich meinen Vater im Blick, als ihm meine Rückseite zuzukehren.

»Da bin ich ja mal gespannt«, brummte ich und warf einen ersten Blick auf das obenauf liegende Blatt.

Es handelte sich um eine handgeschriebene Liste. Eine lange Liste, auf der jeder Punkt eine gesamte Familie umfasste. Kinder? Meine Augenbrauen wanderten höher, je mehr Namen ich las. Es gab bei dieser ganzen Scheiße nur eine einzige Regel, an die ich mich immer vehement gehalten hatte: keine verdammten Kinder.

Keine dieser jungen Seelen konnte etwas für die Vergehen der Eltern oder sonstiger Personen, sie verdienten es nicht, dass man ihr Leben auf brutale Art beendete, bevor sie überhaupt angefangen hatten, es auszukosten.

Ich schob die Brille nach oben, um mir die Nasenwurzel zu massieren.

In was für eine Scheiße waren diese Menschen geraten, dass man nun den Tod ganzer Familien verlangte? Ich war mir sehr wohl bewusst, dass ich diese Frage nicht stellen durfte, doch wie konnte ich blindlings so viele Leute ihrem Schöpfer gegenüberstellen? In meiner ganzen Karriere hatte es nie einen Auftrag wie diesen gegeben. Manchmal waren mehrere Morde auf einmal vorgekommen, doch es handelte sich nie um Familien. Geschäftsleute, Bandenmitglieder, Drogenjunkies ... all das, ja. Aber Familien? Mit kleinen Kindern?

Ich räusperte mich und hob den Blick, ohne überhaupt die zweite Seite angesehen zu haben. Ich wollte gar nicht wissen, was für Informationen ich dort noch vorfand.

»Wieso hast du das angenommen? Da sind Kinder dabei, die noch nicht mal fünfzehn sind. Geschweige denn annähernd volljährig.« Es gab viel, was ich meinem Vater zutraute, doch darunter war nie gewesen, dass er Kindsmord veranlasste oder in Betracht zog, um davon zu profitieren. Profilierte er sich über den Tod Unschuldiger, weil ihm in den Monaten, die ihm noch blieben, langsam der gesunde Menschenverstand abhandenkam?

Dieses Geld würde er nicht mehr nutzen können – und ich wollte es nicht, wenn das Blut von Säuglingen, kleinen Kindern und Jugendlichen daran klebte, die Seite an Seite mit ihren Eltern gestorben waren.

»Wir stellen keine Fragen, Nathanial. Hast du das bei all dem Alkohol vergessen? Wir tun, was man uns aufträgt. Und wenn jemand dafür bezahlt, all diese Familien tot zu sehen ... wer sind wir, dass wir Nein zu ihnen sagen, hm?« Seine Antwort hatte ich geahnt, bevor er überhaupt angefangen hatte, zu sprechen. Trotzdem traf es mich.

»Wow.« Mehr fiel mir dazu wirklich nicht ein. Welche Abgründe er auch immer aufgetan hatte, ich hoffte, sie verschluckten ihn. Mit Haut und Haaren.

»Du wirst diesen Auftrag erfüllen, ob es dir gefällt oder nicht. Erweise ihnen die Gnade, denn wenn ich mich darum kümmern muss, werden sie hier landen und ich mit ein paar Waffen unseres Freundes Antonio spielen. Verstanden?« Ausgerechnet jetzt fiel ihm ein, dass er Autorität besaß, und sie in seiner Stimme wiederzufinden, sorgte dafür, dass ich beinahe demütig den Kopf neigte und wortlos einknickte.

Ich hasste mich dafür, dass er diese Form der Konditionierung über die Jahre bei mir erreicht hatte.

»Schön«, stieß ich zwischen zusammengepressten Zähnen hervor. »Was auch immer du willst.«

Ich presste die Papiere gegen meine Brust, drehte mich auf dem Absatz um und ging nach draußen in den Gang. Bevor ich das Gebäude verließ, donnerte ich aus einem Reflex heraus die Faust in eine der Metalltüren, um meinem Ärger Luft zu machen. Meine Hand schmerzte, doch mir fiel es leicht, darüber hinwegzusehen, wenn ich daran dachte, dass ich anderen viel mehr Schmerz zufügen würde.

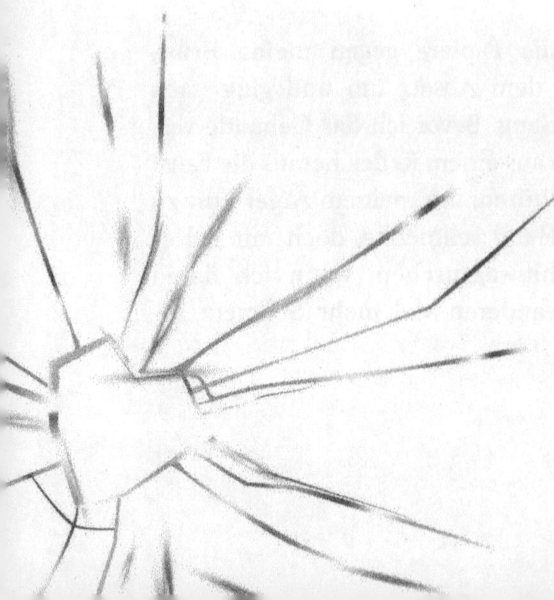

NEUN

SELENE

Heute sah ich Colton mit anderen Augen. Anstatt ihn als den älteren Bruder anzuerkennen, der mich schützte und wie ein Schild gegen die Außenwelt funktionierte, sah ich meinen Bruder, den ich davor schützen musste, in die Schusslinie zu geraten. Fand man heraus, wo ich arbeitete, würde man zweifelsohne versuchen, ihn als Druckmittel gegen mich zu verwenden. Oder noch schlimmer – seine Familie.

Ich war so unkonzentriert, dass mich der Serviceleiter nicht an die Tische ließ, sondern darauf bestand, dass ich in der Küche aushalf. Er ließ lieber den Tellerwäscher zu den Gästen als mich, was sehr viel über meinen Zustand aussagte. Nach außen hin war alles wie immer, aber in mir tobte ein Sturm, über den ich die Kontrolle nicht erlangen konnte.

Während meiner Mittagspause zog ich mich in den Mitarbeiterraum zurück und hoffte auf absolute Ruhe mit meiner Pasta, doch natürlich tauchte

Colton in der Tür auf, beäugte mich besorgt und lud sich dann einfach selbst dazu ein, die Pause mit mir zu verbringen. Ohne Essen. Seine Motive waren damit ganz eindeutig erkennbar.

Er faltete die Hände auf dem Tisch und sah mich einige Sekunden lang nur an, während ich in den Nudeln stocherte und überlegte, wie ich ihn wieder loswurde.

»Stört es dich, wenn ich dir Gesellschaft leiste?« Eigentlich handelte es sich dabei um eine simple Frage, doch die Skepsis hätte ich hundert Meter gegen den Wind noch gerochen.

Mit seinen magischen Bruderfähigkeiten hatte er längst bemerkt, dass etwas nicht stimmte, und jetzt versuchte er, auf humane Weise herauszufinden, was die Ursache dafür war.

Ich versäumte es, darauf zu reagieren, was er nutzte, um einfach fortzufahren. »Hat es mit Nate zu tun? Darf ich ihm endlich den Arsch bis zum Nacken aufreißen?«

Noch bevor er zu Ende gesprochen hatte, schüttelte ich den Kopf. Mir war sehr wohl bewusst, dass kein Weg daran vorbeiführte, ihm zu erzählen, was gerade passierte, denn es betraf auch seinen Schutz, den von Luna und Claire darüber hinaus ebenfalls. All diese Menschen schwebten in Gefahr und das nur, weil ich es nicht geschafft hatte, einen Auftrag abzulehnen, der mich zurück in die Arme des Feindes trieb. Im übertriebenen Sinn, denn Nate hätte ich niemals als meinen Opponenten ansehen können.

Seufzend ließ ich die Gabel sinken, lehnte mich im Stuhl zurück und richtete den Blick auf Colton, der gespannt auf eine Reaktion meinerseits wartete. »Versprich mir, dass du nicht sofort irgendeine Notfallplan-Scheiße abziehst.«

Ein wirklich wunderbarer Einstieg für ein Gespräch, das meinem Geschmack nach am besten gediegen und ohne Panik verlaufen sollte.

Coltons Körperhaltung änderte sich umgehend, so als ahnte er bereits, was ich ihm als Nächstes eröffnen würde. Ich wettete, er hatte nicht den blassesten Schimmer.

Ich überging, dass er nicht antwortete, und fuhr fort, die Stimme so weit gesenkt, dass unmöglich jemand dazu in der Lage war, uns zu belauschen. »Nates Vater weiß, dass ich am Leben bin ... die letzten Jahre mit all der Vorsicht sind also gerade im Nichts explodiert. Jedenfalls weiß er es nicht nur, er hat auch versucht, seinen Fehler zu korrigieren.«

Das war der Part, an dem ich den Blick senkte und hoffte, dass Colton nicht einen spontanen Herzinfarkt erlitt. Er hatte einiges mitbekommen im Laufe der Jahre und vor allem zu der Zeit meiner Genesung, doch das änderte nichts daran, dass er einer jener Menschen waren, die diesen Aspekt des Lebens und der Gesellschaft lieber vollständig ausblendeten, als zu akzeptieren, dass in den Schatten mehr verborgen lag und existierte, als ihm geheuer war.

Er schnappte nach Luft, umgehend diesen getriebenen Ausdruck auf dem Gesicht, als würde es irgendetwas nutzen, in Panik zu verfallen oder geschockt zu sein.

»Mir geht's gut. Keine Verletzungen oder Sonstiges«, beteuerte ich und ließ meine bandagierten Hände beiläufig unter dem Tisch verschwinden. »Ich erspare dir die Details. Aber ich möchte, dass du in den kommenden Tagen und Wochen vorsichtig bist. Sei pünktlich, wenn du Luna abholst. Sag Claire, dass sie sie nirgends allein hinlassen soll. Schließt abends zweimal ab und schaltet die Alarmanlage ein. Achtet auf die Nachbarschaft und wer ins Restaurant kommt. Stell dir den Baseballschläger neben das Bett und schließ die Fenster ab. Aber bleib ruhig. Noch weiß er nicht, dass sein zweiter Versuch fehlgeschlagen ist.«

»Ruhig bleiben?«, entgegnete er aufbrausend. Riss sich zusammen, sprach leiser weiter. »Ruhig bleiben? Wenn du mir die ganze Bandbreite an Vorsichtsmaßnahmen aufzählst? Soll ich mir vielleicht noch ein paar Sicherheitsleute vor die Tür stellen? Oder besser gleich die Koffer packen und auf die Philippinen auswandern?«

Angesichts seiner völlig überzogenen Reaktion blieb mir nur, den Kopf zu schütteln und eine beruhigende Geste mit den Händen zu machen. »Es wird nichts passieren, C. Gib gut auf die Kleine Acht, melde dich, falls dir was auffällt und dann ist alles in Ordnung. Sei froh, dass ich dir überhaupt was gesagt habe.«

Nun war er es, der den Kopf schüttelte. Viel heftiger als ich zuvor. »Hat das was mit Nate zu tun? Unterstützt er seinen Vater dabei?«

Ich fuhr mir über das Gesicht, einen unerwarteten Anflug von Müdigkeit spürend. Natürlich verdächtigte er zuerst Nate – er war die einzige greifbare Person für Colton und somit das gefundene Opfer. »Nein. Nein, er hat damit nichts zu tun. Im Gegenteil. Ich war gestern Abend bei ihm, nach dem das passiert ist ... und er war sofort bereit, mir Unterschlupf zu bieten.«

»Und wenn es eine Farce ist? Du hattest schon immer diese weiche Seite, wenn es um ihn ging! Glaubst du immer noch, er hätte dich damals mit offenen Armen in Empfang genommen und dir versichert, dass alles gut wird? Nachdem er dafür sorgen musste, dass sein Vater an deinen Tod glaubt? Als hätte er sich in dieser Konstellation mit seinem geisteskranken Vater jemals für euch entscheiden können.« Die Sorge, die meinen Bruder trieb, erreichte mich nicht.

Ich wusste, dass er es nur gut meinte und mit einem rationalen Blick an die Sache heranging, doch den hatte ich nie gehabt, wenn sich etwas um Nate drehte. Vielleicht war das naiv, aber vielleicht war es auch die bestmögliche Herangehensweise, wenn ich an dem Guten, das in ihm existierte, festhielt. Andernfalls wären wir nie zu Freunden geworden.

»Ich kann nicht mit dir darüber reden, C. Ich ... weiß selbst nicht, wohin das führt oder wo wir stehen. Ich weiß nur, dass ich seinen Schutz brauche, wenn ich wirklich eine Chance will.« Den ganzen Morgen hatte ich darüber nachgedacht und es jetzt in Worte zu fassen, brachte die endgültige Klarheit, die es benötigte, um mir dessen sicher zu sein.

Colton allerdings schien noch immer nicht damit einverstanden zu sein, dass ich eine andere Ansicht teilte als er. Möglicherweise verstand er es nicht, weil er nicht nachempfinden konnte, was wir durchgemacht hatten. »Du könntest heute noch zu seinem Haus fahren und ihn einfach abknallen. Simpel. Effektiv. So tust du es doch immer, oder nicht? Warum jetzt nicht? Es würde alle existierenden Probleme einfach im Keim abtöten.«

Glaubte er wirklich, dass ich diesen Gedankengang nicht auch schon gehabt hatte? Dass ich nicht konstant darüber nachdachte, was passierte, wenn ich Edmond Alderidge eine Kugel zwischen die Augenbrauen jagte, in die Hände klatschte und das jahrelange Martyrium für beendet erklärte?

Ich lachte, wenn auch bitter. »Das hätte ich vielleicht vor Jahren tun sollen, ja. Aber jetzt weiß ich, dass er Krebs hat. Und ich werde Nate nicht das nehmen, was er als Familie bezeichnet. Auch wenn es eine miese ist.«

»Du stellst sein Wohlergehen über deine Rache?« Es war mehr eine Frage als eine Feststellung und klang doch eher wie Letzteres.

»Nein. Ich habe einfach nur entschieden, dass es besser ist, den Dingen Zeit zu lassen.«

»Während er dich jagen und töten will, Selene, wirklich?« Der Zorn, der in Colton hochkochte, war mir nicht unbekannt. Wir waren gewissermaßen alte Bekannte. Damals, als ich eine Anzeige und die strafrechtliche Verfolgung abgelehnt hatte, war er mir das erste Mal begegnet und seitdem so viele Male, dass ich die Übersicht verloren hatte.

»Können wir das Thema nicht ruhen lassen für heute? Bitte? Ich hab kaum ein Auge zubekommen und ich kann nicht aufhören, über alles nachzudenken.« Es war eine denkbar schlechte Ausrede, die sich sogar widersprach, aber es war mir egal.

Und Colton ging nicht darauf ein. »Schön. Dann solltest du jetzt Luna abholen und nach Hause bringen, wenn du darauf bestehst, das alles so handzuhaben.«

Die angespannte, verärgerte Atmosphäre im Raum löste sich auf, sobald er den Raum verließ und mich mit meiner kalten Pasta allein ließ.

»Ich dachte, Daddy holt mich heute ab«, verkündete Luna laut, als sie vor mir stand.

Die Ducati hatte ich gegen Coltons Wagen getauscht und direkt vor der Schule geparkt, damit sie mich nicht übersah und ich im Auge behalten konnte, was geschah. Auch wenn ich es nicht wollte, spürte ich dieses seltsame Gefühl in meinem Nacken, das mich davor warnte, eventuell beobachtet zu werden. Im Grunde genommen war es lächerlich. Die Sonne knallte vom Himmel, vor der Schule wimmelte es von Kindern und Eltern, selbst Lehrer waren anwesend und die State Police fuhr in regelmäßigen Abständen ihre Kontrollrunden, um Präsenz zu zeigen. Die jüngsten Vorkommnisse mit einem Drogendealer an der Middle School beschäftigten den Direktor noch immer. Diese Schule war einer der sichersten Orte für Luna.

Rational gesehen zumindest. Wenn ich der Irrationalität freien Lauf ließ, war ich sogar froh darüber, dass Colton mich geschickt hatte.

»Tja, Daddy hatte aber keine Zeit und deswegen hat er mich geschickt. Wenn du willst, gehen wir was essen, bevor ich dich bei deiner Ma abliefere.« Claire als ihre Ma zu bezeichnen, fiel mir nach all den Jahren immer noch vergleichsweise schwer, obwohl ich mich daran inzwischen längst hätte gewöhnen müssen.

Luna kniff für einen Moment die Augen zusammen. »Wir sollten zu *Dunkin* gehen und uns Eis besorgen.«

Damit war das entschieden und ich nahm ihr den Rucksack ab, verfrachtete ihn auf den Rücksitz und sah dabei zu, wie sie ums Auto lief und auf den Beifahrersitz hüpfte, die Hand bereits am Radio. Ich stieg ebenfalls ein und startete den Wagen.

»Schrecklich, was mein Vater hört. Der weiß gar nicht, was gute Musik ist«, erklärte sie und stellte den Sender um, bis Rockmusik aus den Boxen schallte, mit einer gesunden Mischung an alternativen Elektro-Remixes, die mit ihrem Bass alles zum Vibrieren brachten.

Ich schmunzelte. »Hast recht. Sein Geschmack war früher schon grottig.«

Es dauerte einige Minuten, bis wir uns in den stressigen Verkehr der Stadt einfädeln konnten, doch das störte mich nicht im Geringsten. Ich ließ die Fenster herab, öffnete das Schiebedach und drehte die Musik etwas lauter. Nickelbacks *How You Remind Me* schallte aus den Boxen und kurz darauf erwischte ich Luna dabei, wie sie die Lyrics mitsummte.

Ich grinste sie von der Seite her an und begann, laut und aus vollem Hals zu singen. Sie fiel ein, also sangen wir jedes Lied mit, das im Radio lief und zu dem wir die Lyrics auch nur halbwegs kannten, bis wir auf den *Dunkin Donuts* Parkplatz einbogen und die Freiheit des Moments verstrich.

Mit dem Motor erstarb auch die Musik. Ich genoss die Momente, die ich mit Luna allein hatte, selbst wenn es nur eine Autofahrt war oder ein kurzes Gespräch auf dem Balkon. Die Kleine lag mir mehr am Herzen, als ich unter Eid zugegeben hätte.

Die Zeit, die wir brauchten, um das Eis zu holen, und zu essen, war viel zu kurz und wir fanden uns viel zu schnell auf dem Highway wieder, der uns früher oder später zu der Abfahrt brachte, die letztlich vor Coltons Haus endete, wo Claire sicher schon auf uns wartete.

»Mit meiner Ma geh ich nie dahin. Ist immer

superpeinlich, weil die Leute den französischen Akzent nicht verstehen und ich für uns beide bestellen muss«, sagte sie unvermittelt, verdrehte die Augen und wandte sich dann auch schon wieder dem Magazin zu, das sie im Handschuhfach gefunden hatte.

So wie es aussah, musste es schon ewig dort drin rumliegen.

»Ich glaube ja, dass sehr viele Leute Claire um ihren Akzent beneiden. Eigentlich klingt es nämlich ziemlich schön.« Außerdem war Claire meinem Bruder nur aus diesem einen Grund aufgefallen. Ich erinnerte mich noch gut daran, wie er eines Abends auf meinem Bett gelegen hatte, die Ellbogen aufgestützt und den Kopf auf den Händen liegend, mit diesen kleinen Sternchen in den Augen, als er versucht hatte, besagten Akzent zu imitieren. Er war kläglich gescheitert und ich hatte gelacht, bis ich Bauchschmerzen hatte und dann noch einige Zeit länger, weil es ebenfalls lustig war zu beobachten, wie er rot anlief und mich leise verwünschte.

»Sie könnte sich wenigstens mehr Mühe geben«, hielt Luna dagegen, was ich mit einem tadelnden Blick quittierte.

»Und du könntest aufhören, Menschen verändern zu wollen, wenn es um das geht, was sie ausmacht. Und das nur, weil dir das in deinen Teenie-Jahren peinlich ist. Irgendwann kommt der Tag, an dem du genau das vermisst.« Ich beendete meinen Satz, trotz der Tatsache, dass Luna sich einen Spaß erlaubte und Wort für Wort das nachäffte, was ich zu ihr sagte.

Ich erwartete nicht, dass sie es jetzt verstand, doch spätestens in ein paar Jahren würde ihr ein Licht aufgehen und sie erkennen, dass der Wunsch, den sie heute geäußert hatte, falsch gewesen war.

»Wie auch immer, ich fände es cooler, wenn du meine Mutter wärst. Mit dir kann man wenigstens Spaß haben.«

Für einen kurzen Augenblick stockte mir der Atem, doch ich überspielte den Moment geschickt mit einem angestrengten Lächeln. »Das sagst du auch nur, weil du mich nicht sieben Tage die Woche um dich hast.«

Ich beendete das Thema mit einem Zwinkern und war tatsächlich froh, als wir das Einfamilienhaus erreichten, in dem Colton mit seiner Familie wohnte. Claire saß auf den Stufen, die zur Haustür führten, den Blick auf ihr Smartphone gerichtet. Sobald sie jedoch das Auto erkannte, verschwand das Handy und sie richtete sich auf, um uns in Empfang zu nehmen.

Luna stürmte voraus und an ihr vorbei, schaffte es gerade noch so, mir zu winken, bevor sie im Haus verschwand. Ich begrüßte Claire und überreichte ihr zeitgleich den Rucksack.

»Nachtisch hatte sie schon«, informierte ich sie, doch Claire winkte ab.

»Colton hat mich angerufen und mir gesagt, dass ich vorsichtig sein soll. Willst du mir was sagen?«

Seufzend ließ ich mich auf die Stufe sinken, auf der sie zuvor noch gesessen hatte, und erzählte ihr die Kurzversion dessen, was passiert war. In dieser Hinsicht wusste sie genauso viel wie Colton selbst, bevorzugte es für gewöhnlich aber, es einfach zu ignorieren, wenn wir mal wieder in einer Ecke standen und heimlich tuschelten.

»Tut mir wirklich leid. Ich hab ein schreckliches Talent dafür, euch in Dinge reinzuziehen, mit denen ihr nichts zu tun haben solltet. Würde Colton nicht so darauf bestehen, dass wir den Kontakt aufrechterhalten ...« Ich stieß ein Seufzen aus. Auch wenn ich meinem Bruder vieles zu verdanken hatte, hatte es durchaus Zeiten gegeben, in denen ich sehr intensiv darüber nachgedacht hatte, ihm den Rücken zuzukehren und so dafür zu sorgen, dass er aus der unmittelbaren, gefährlichen Linie rausblieb. Weder er noch Claire verdienten diese Unsicherheiten und die Gefahr. Luna verdiente das am allerwenigsten.

»Sei nicht dumm, Selene. Jeder braucht Familie und inzwischen sind wir es gewohnt. Es gefällt mir nicht, aber ich kann damit umgehen, wenn ich eingeweiht bin.« Sie war warmherzig genug, um einfach abzuwinken, als ginge es um eine Lappalie.

War das nicht der springende Punkt? Sie sollte sich nicht daran gewöhnen, dass das ein Normalzustand war, der immer wieder auftauchen konnte. Sie sollte nicht erwarten, dass ihr eigenes Leben und das ihrer Familie immer wieder in Gefahr schwebte, nur weil ich meines nicht in den Griff bekam.

Seufzend erhob ich mich, wohlwissend, dass Gespräche wie dieses nie ein Ende fanden. »Pass auf sie auf, ja? Und kümmere dich um meinen Bruder. Er soll auf dem Boden bleiben.«

»Immer. Weißt du doch.« Bevor sie ins Haus ging und die Tür hinter sich schloss, winkte sie und wartete, bis ich ins Auto verschwand. Claire war eine gute Seele und ich mochte sie nicht nur, weil sie alles zusammenhielt, nein.

Als ich Nates Hotelzimmer betrat, kam mir der Geruch seines Duschgels entgegen, gemischt mit dem frischen Duft von Putzmittel. Ich war mir nicht sicher, ob er ansonsten keinen Zimmerservice beanspruchte, denn es schien, als hätte er sein Chaos eigenständig beseitigt. Vielleicht waren die ganzen Zimmermädchen auch schreiend weggerannt, als sie das Chaos gesehen hatten, über das Nate der große Herrscher war.

Im Hintergrund lief leise Rockmusik und gerade als ich die Tür hinter mir schloss, trat er aus dem Bad. Seine Haare waren tropfnass und das Einzige, was er trug, war ein Handtuch um die Hüften. Mein Mund wurde trocken und Erinnerungen an die vergangene Nacht flammten auf, begleitet von Gedanken, die mir die Hitze aufstiegen ließen.

Was wir gestern getan hatten, war nicht versaut gewesen. Aber das, was ich bei diesem Anblick mit ihm anstellen wollte, war es definitiv.

Irgendwie gelang es mir, mich meiner Manieren zu besinnen. »Hey«, brachte ich hervor, ebenso wie ein Lächeln.

Zumindest hoffte ich, dass es wie eines aussah, denn es fühlte sich eher an, als würde ich eine Grimasse schneiden. Bevor ich Wurzeln schlug, eilte ich weiter in den eigentlichen Raum, warf mein Zeug in eine Ecke und trat an die Fensterfront, um dem Treiben draußen auf der Straße aus meiner erhöhten Position aus zuzusehen.

»Es gab übrigens keine seltsamen Vorkommnisse. Weder im Restaurant noch sonst wo«, berichtete ich ihm. Den ganzen Tag über hatte ich mich davor gedrückt, ihm eine Nachricht zu schicken und ihn zu informieren, dass alles in Ordnung war. Ich konnte noch nicht einmal genau sagen, warum, denn eigentlich war ich froh darüber, seine Nummer zu haben und damit die Möglichkeit, ihn um Hilfe zu bitten. Ehrlich – eher rief ich Nate an als die hiesige Polizei. Was wollten die schon gegen Männer ausrichten, die Edmond persönlich ausgewählt und geschickt hatte? Beschwichtigende Gespräche führen?

»Ich hab ihn heute getroffen … er hat nichts von dir erwähnt oder von dem, was er versucht«, erzählte er mir im Gegenzug.

So wie es sich anhörte, stand er noch immer in der Tür des Badezimmers und tropfte mit seinen nassen Haaren den Teppichboden voll. Eigentlich ging es mich nichts an, warum er sich mit ihm getroffen hatte oder worum es gegangen war und so kaute ich für einige Sekunden auf der Unterlippe herum, unschlüssig, ob ich danach fragen sollte. Die Unwissenheit bot Raum für Spekulationen und das wollte ich auf keinen Fall riskieren. Ich kannte mich und meine Gedanken doch.

»Was wollte er denn von dir?« Ich ging einfach davon aus, dass Edmond etwas von seinem Sohn gewollt hatte und nicht Nate darauf bestanden hatte, ihn zu treffen. Das war für den Anfang sehr viel leichter zu verarbeiten als das Gegenteil.

Ich bemerkte, dass sich Schritte näherten, und fixierte den Verkehr noch stärker, statt zur Seite zu blicken. Aus den Augenwinkeln konnte ich bereits erahnen, dass er sich noch immer nichts angezogen hatte ... und das machte es für mich nicht einfacher, meine Gedanken in einer Linie zu halten. Sie wollten abdriften, zu seinem Körper und dem, was er unter dem Handtuch verborgen hielt.

Nate klang düster, als er sprach. »Er hat mir einen Auftrag gegeben.«

Mehr sagte er nicht und ich ging davon aus, dass er nicht darüber reden wollte. Also bohrte ich nicht weiter nach, sondern versuchte, mich auf etwas anderes zu konzentrieren. »Weißt du was? Wenn du im Bad fertig bist, geh ich mal duschen.«

Ohne seine Antwort abzuwarten, drehte ich

mich um und verschwand. Staub und Schweiß klebten in meinen Haaren und auf meiner Haut. Es wurde höchste Zeit, für ein paar Minuten das heiße Wasser auf mir zu genießen und abzuschalten.

Es war erst ein Tag verstrichen und bereits jetzt merkte ich, wie schwierig es wurde, das Ziel im Auge zu behalten. Es war so einfach, den Weg zu verlassen und sich mit anderen Dingen aufzuhalten, die weniger nervenaufreibend waren als das, was ich wegen Edmond durchmachte.

Ich stellte die Dusche an und wurde die Kleidung los. Für einen Moment fragte ich mich, ob das Hotel einen Reinigungsservice anbot, dachte den Gedanken aber gar nicht erst zu Ende. Dampfschwaden füllten den kleinen Raum und die Wärme lud mich dazu ein, endlich unter den Wasserstrahl zu treten und die Augen zu schließen.

Jeder normale Mensch hätte mich für verrückt erklärt, wenn er erfuhr, dass ich an einem heißen, trockenen Ort wie Las Vegas warm duschte. Mich machte die aktuelle Temperatur des Wassers erst so richtig glücklich.

Die Lage, in die ich mich, Nate und Coltons Familie manövriert hatte, behagte mir nicht und bot so viel Stoff für Überlegungen, dass ich nicht mitbekam, wie Nate das Badezimmer betrat. Erst als ich hörte, wie die Tür zur Dusche geöffnet wurde, realisierte ich, was da gerade passierte. Aus Reflex drehte ich mich um, sah Nate mit aufgerissenen Augen an und schüttelte gerade noch abwehrend den Kopf. Da glitt sein Blick auch schon an meinem nackten Körper hinab.

Der Moment, da er die Verletzungen und Narben auf meinen Oberschenkeln entdeckte, stand ihm ins Gesicht geschrieben. Kleine Falten bildeten sich auf seiner Stirn, als er verarbeitete, was er da sah.

Ich hätte gerne die Hände über die schlimmsten Stellen gehalten, fühlte mich aber wie gelähmt. Was für einen Unterschied hätte es auch gemacht, wenn er sie längst bemerkt hatte? Was für eine Ausrede könnte ich ihm jemals glaubwürdig verkaufen? Ich schluckte und lenkte den Blick gen Decke.

Es hatte einen Grund gehabt, dass ich ihn gestern Nacht mehrfach davon abgehalten hatte, das Licht anzuschalten. Zum einen wegen meiner Beine, zum anderen wegen der Narbe auf meinen Rippen. Nun fühlte ich mich auf mehr als eine Art entblößt und zog die Schultern höher, je länger er einfach nur starrte und ansonsten schwieg.

Meine eigene Haut wurde mir immer unbequemer, ich wand mich innerlich. Als ich es letztlich nicht mehr aushielt, versuchte ich, mich an ihm vorbeizudrängen. Ich musste der Situation entkommen, seinen undeutbaren Blicken entfliehen. Abstand zwischen uns bringen und vor allem eine dicke Schicht Kleidung, die meine Haut vor seinen Augen verbarg.

Erst als er mich am Arm festhielt und daran hinderte, die Dusche zu verlassen, bemerkte ich, dass ich zitterte.

»Du verschwindest jetzt nicht einfach, Gems.«

Gerade in diesem Moment schmerzte der alte Kosename noch mehr als die Male zuvor, da er sie verwendet hatte. *Gems*. Wie die Edelsteine, die wir bei einem Ausflug mit der Schule gesucht und uns gegenseitig geschenkt hatten, weil sie uns an den jeweils anderen erinnerten.

Ich ließ mich zurückhalten. War ich an der Reihe, etwas zu sagen? Gab es dazu überhaupt etwas zu sagen? Und wenn ja, was erwartete er?

Dass ich versprach, damit aufzuhören und stattdessen besser auf den Fingernägeln herumkaute? Wenn es so einfach wäre, hätte ich bereits vor Jahren beendet. Gar nicht erst angefangen.

Ermüdet lehnte ich mich gegen die Fliesen, rutschte daran bis auf den Boden und zog die Beine an, damit ich die Arme und darauf meinen Kopf abstützen konnte. Von unten herauf sah ich ihn an, immer noch nicht dazu in der Lage, etwas zu sagen.

Das Rauschen des Wassers war eine ganze Weile das Einzige, was den gesamten Raum erfüllte.

ZEHN

NATE

Seit wann?«, fragte ich, den Anblick ihrer Oberschenkel noch immer vor meinem inneren Auge, obwohl sie die Beine längst angezogen hatte und ich gar nichts mehr sah.

Das waren nicht nur frische Wunden, die mehr schlecht als recht heilten – das waren auch tiefe Narben, feine, weiße Linien und überdies hinaus eine Erkenntnis, mit der ich nicht so wirklich umgehen konnte. Alkoholkonsum und Sex? Kein Thema. Selbstverletzendes Verhalten an der Frau zu sehen, die ich ... die ein so wichtiger Bestandteil meines Lebens gewesen war und wieder werden sollte, ließ mich im freien Fall zurück, der Boden nicht in Sicht.

»Müssen wir wirklich darüber reden, Nate?« Ihre Antwort kam zurückhaltend. Auf ihrem Gesicht spiegelte sich etwas, das ich am ehesten als innere Qual bezeichnet hätte.

Ich ließ mich ebenfalls auf den Boden der Dusche nieder, um auf Augenhöhe mit ihr zu sein. »Ich finde schon.«

Zwar fand ich auch, dass sie überhaupt nichts musste, wenn sie es nicht wollte, doch wie sollte ich ihr helfen, wenn sie sich mir gegenüber nicht öffnete? Und ich wollte ihr helfen. Bei allen Mächten des Universums, ich wollte überhaupt nicht, dass sie sich in einer Position wiederfand, in der sie es als einzigen Ausweg sah, sich zu verletzen. Scheiße, ihr sollte nicht einmal ansatzweise irgendetwas passieren, dass sie auch nur in die Nähe eines Gedankens brachte, der das zur Folge hatte.

Seufzend ließ sie den Kopf gegen die Fliesen sinken, wich meinem Blick somit gekonnt aus. »Nachdem man mich damals aus dem Krankenhaus entlassen hatte, gab es viele Momente, in denen ich nicht mit dem hatte umgehen können, was ich empfunden hatte. Es hat sich angefühlt, als wäre ich tot und Messer hatten plötzlich einen ekelhaften Reiz auf mich. Ich wäre beinahe wegen einem gestorben – und trotzdem wollte ich nichts mehr, als eine Klinge auf meiner Haut zu fühlen.«

Die Klinge auf ihrer Haut war der Alkohol, der brennend meinen Hals hinabrann. Es erschreckte mich, dass wir uns noch immer derart ähnlich waren.

Selene war mir gegenüber immer die starke Frau gewesen – auch in den letzten Tagen. Tough. Unerbittlich. Beruhigte es mich, dass sie ebenfalls eine schwache Seite hatte, oder beunruhigte es mich, dass es die Taten meines Vaters gewesen waren, die sie in eine Richtung getrieben hatten, die sie so sehr veränderte?

»Ich werd mich nicht dafür entschuldigen oder versprechen aufzuhören, wenn du das erwartest. Ich kann nicht. Ich ... bitte verlang das nicht von mir, Nate.« Etwas Flehendes lag in ihrer Stimme, als sie sprach und mir brach es beinahe das Herz, dass sie solche Angst davor hatte, damit aufzuhören.

Ich schluckte und bewegte den Kopf langsam von links nach rechts, die Lippen geschürzt. »Erlaubst du mir wenigstens, dass ich mich darum kümmere?«

Selene sah so verletzlich aus und ich empfand es nach. Es tat mir weh zu sehen, dass sie sich selbst zerstörte, im Kampf um ihr eigenes Leben. Was passierte, wenn es ihr irgendwann nicht mehr ausreichte, sich nur kleine Verletzungen zuzufügen? War das der Grund, warum sie glaubte, meinen Vater umbringen zu müssen? Um Frieden zu finden und ihren Ängsten ein Ende zu setzen? Wenn dem so war – und dessen war ich mir plötzlich absolut sicher –, würde ich ihn ihr persönlich vorführen und ihr freie Hand lassen in dem, was sie mit ihm anstellte. Ohne auch nur mit der Wimper zu zucken oder ein zweites Mal über diese Entscheidung nachzudenken.

»Das ist halb so schlimm.« Mit einer abwertenden Geste versuchte sie, mich auf Abstand zu halten und davon abzubringen, ihr helfen zu wollen.

Diesmal schüttelte ich heftiger den Kopf, erbost

darüber, dass sie es herunterspielte und zusätzlich versuchte, mich von sich zu schieben, wo wir uns gestern Nacht unleugbar wieder angenähert hatten.

»Halb so schlimm? Die eine Seite ist entzündet. Deine Kleidung reibt darüber, der Sand, der Schweiß. Sag es einfach, wenn du das nicht willst, aber tu nicht so, als wäre es nichts.« Ihr Verhalten irritierte mich auf mehr als einer Ebene und am meisten störte mich daran, dass es ihr auch noch so leichtfiel, so kalt zu mir zu sein, wenn sie meinte, sich selbst damit zu schützen.

Die Emotionen, die über ihr Gesicht huschten, sagten zwar etwas anderes, aber keine davon zeigte sie mir direkt. »Ich erwarte doch gar nicht, dass wir da weitermachen, wo wir aufgehört haben, Selene. Ich will nur, dass du ehrlich bist und mir vertraust, ohne zu denken, dass ich dir etwas Böses will.«

War das jetzt der Kern unserer Beziehung? Die Frage, ob sie mir vertrauen konnte oder ob ich sie womöglich abermals hinterging? Ich dachte an die Liste mit den Namen der Kinder, für einen Augenblick versucht, ihr direkt davon zu erzählen. Allerdings ging es hier gerade nicht um mich, sondern um sie und darum, dass sie die Hilfeschreie ihrer Psyche auf der Haut trug.

»Schön. Mach, was du nicht lassen kannst.« Ich überging den patzigen Unterton in ihrer Stimme geflissentlich.

Es musste ihr nicht gefallen. Solange sie zuließ, dass ich mich kümmerte, hätte sie mich währenddessen auch auf das Übelste beschimpfen dürfen.

Ich griff nach ihrem Fußgelenk und zog sanft daran als Aufforderung, dass sie die Beine ausstrecken sollte. Während sie das zögernd tat, griff ich nach dem Duschkopf, regelte die Temperatur nach unten und ließ das Wasser schließlich über ihre Schenkel laufen. Das verkrustete Blut löste sich von den Wunden und verschwand leuchtend rot im Abfluss. Nicht alle der Wunden hatten saubere Kanten oder waren fein. Einige stammten eindeutig von einem Objekt, das nicht die Schärfe eines Messers besaß.

Ich hinterfragte es nicht, wagte es ja nicht einmal, den Blick zu ihrem Gesicht zu heben.

Als ich mit einem Finger vorsichtig über die Wunden strich, um den letzten Dreck und einige Fussel zu lösen, spürte ich unerwartet ihre Hand an meinem Kopf. Ein sanftes Streicheln, das mir endlich ein Zeichen dafür gab, dass zwischen uns nicht nur meterhohe Mauern standen, die keiner von uns zu überwinden vermochte.

Schließlich stellte ich das Wasser ab, stieg aus der Dusche und griff nach einem Handtuch für Selene. Ich reichte es ihr, bevor ich mir meines um die Hüften schlang und das kleine Regal auf dem Waschtisch durchwühlte, bis ich Verbände und anderes Material fand, das ich brauchte, um die Verletzungen halbwegs medizinisch zu versorgen.

»Setz dich«, sagte ich und wies auf den Rand der Badewanne.

Selene hatte sich das Handtuch nur locker um den Körper gewickelt und als ich vor ihr in die Knie ging, war es bereits von allein so weit hochgerutscht, dass die Wunden freilagen. Ich ließ mir Zeit, während ich ihre Schenkel verband. Sah mir genau an, wie der Zustand gerade war, damit eine Veränderung nicht an mir vorbeiging. Während ich beschäftigt war, redeten wir nicht miteinander, doch die zur Faust geballten Hand, die auf dem Rand ruhte, verriet mir mehr, als ihr vermutlich behagte.

Als ich fertig war und das letzte Stück Klebestreifen angebracht war, erhob ich mich wortlos, räumte die Sachen weg und verließ das Bad. Selene hatte ihren Standpunkt deutlich gemacht, ob es mir nun gefiel oder nicht. Sie wollte nicht darüber reden und das musste ich akzeptieren – so schwer es mir im ersten Augenblick auch fiel.

Ich war gerade in meinem Schrank auf der Suche nach Kleidung, als ich spürte, wie sich ihre Arme von hinten um meine Mitte schlangen, ihr Körper sich gegen meinen presste und ihr Kopf knapp unterhalb meiner Schulterblätter zum Ruhen kam.

»Du bist zu nett zu mir. Wie soll ich so an dem festhalten, was ich mir die ganze Zeit über aufgebaut habe?« Sie sprach leise und dennoch erreichte mich jedes Wort.

Ich legte einen Arm um ihre, die andere noch immer im Kleiderschrank. »Zu nett?«, wiederholte ich fragend.

Wie konnte jemand zu nett sein? Ich war ihr gegenüber – bis auf ein einziges Mal – nie etwas anderes gewesen.

»Ja. Ich will dich auf Abstand halten und wir schlafen miteinander. Ich will nicht, dass du von meinem Problem erfährst, und du nimmst es auf, so verständnisvoll, dass es mir fast wehtut. Ich weiß nicht, wohin das noch führen soll.« Sie klang erstickt, als wäre sie auf einmal in der Lage, all die Gefühle zum Ausdruck zu bringen, die ich vorhin nur auf ihrem Gesicht hatte ausmachen können.

Ich hielt es nicht länger aus, sie hinter mir stehen zu haben, ohne die Arme um sie legen zu können. Ich lockerte ihren Griff, drehte mich um und schloss die Arme richtig um sie, den Kopf auf ihrem abgestützt, weil sie mich ohnehin nicht direkt ansah. Es fiel ihr schwer – Gefühle zu zeigen und mich dabei direkt anzusehen. Noch ein Ergebnis dessen, was wir durchgemacht hatten. Verdammt. Ich hoffte, dass diese Liste bald ein Ende fand.

»Dir wäre es lieber, wenn ich böse zu dir bin?« Ich legte eine besondere Betonung auf das Wort böse, um zu zeigen, wie lächerlich ich diese Vorstellung fand.

Jeder von uns hatte für sich allein genommen schon genug gelitten. Mein Verhalten ändern, ihr gegenüber zum Arschloch werden, nur damit sie sich wohler fühlte? Nein, das war die bequeme Variante, die Ausflucht, die ich ihr sicher nicht bieten würde.

»Nein.« Ihre Antwort klang gedämpft, weil ihr

Kopf weiterhin an meiner Brust ruhte. »Aber es ist nicht fair. Weil das alles so verdammt einfach macht.«

»Alles?«

Selene seufzte. »Ja. Alles, was uns angeht. Keine zwei Tage und ich denke darüber nach, wie es wäre, wenn der ganze Scheiß hinter uns läge. Verstehst du? Als wäre nie etwas passiert. Und dabei ist so viel passiert, dass wir beide andere Menschen sind.«

Ich ließ das, was sie sagte, für einen Moment sacken. »Für uns sind wir immer noch die gleichen Menschen, Selene. Wäre das nicht so, würden wir nicht hier stehen. Du könntest mich hassen. Ich könnte mir wünschen, dich nie wieder zu sehen. Trotzdem stehen wir hier und …«

Meine Antwort wurde von ihrem heftigen Kopfschütteln unterbrochen. »Sind wir nicht. Die Wunden. Der Alkohol. Der Drang, zu vergessen und gleichzeitig der Wunsch, zu leben. Wir sind uns immer noch gleich, aber nicht mehr dieselben.« Verzweiflung schwang in ihrer Stimme mit, während sie darum kämpfte, sich aus der Umarmung zu befreien.

Der Ärger zeichnete winzige Falten in ihrem Gesicht.

»Du hast den Sex vergessen«, antwortete ich seelenruhig, die Arme verschränkt.

Ich vermisste ihre Nähe zu meinem Körper, obwohl sie keinen Meter entfernt stand.

»Den Sex«, wiederholte sie ungläubig.

Sie verstand nicht, worauf ich hinauswollte, also

löste ich das Handtuch um meine Hüften, überbrückte die Distanz zu ihr und zog an ihrem, bis es ebenfalls zu Boden glitt. Dann trat ich noch näher an sie heran, was Selene dazu brachte, einen Schritt zurückzutreten.

Trotz flammte in ihrem Blick auf.

Ich folgte ihr, bis sie mir nicht mehr ausweichen konnte, weil sie mit dem Rücken zur Wand stand, und stützte die Hände rechts und links von ihrem Kopf ab.

»Richtig. Den Sex. Denn was du suchst, wenn du dich selbst verletzt, ist Schmerz. Adrenalin. Absoluter Kontrollverlust, weil dein Gehirn plötzlich nicht mehr richtig denken kann. Ich kenne das – der Alkohol tut das nämlich auch.« Aber das war nicht der springende Punkt, auf den ich hinauswollte.

Ich ließ eine meiner Hände über ihren nackten Oberkörper wandern, von ihren Rippen bis zu ihrem Hals. Meine Finger schlossen sich um ihre Kehle. Mit genug Druck, damit sie es spürte und trotzdem nicht so viel davon, dass ihr der Atem wegblieb. Er stockte ihr dennoch, aber das war nur die Reaktion ihres Körpers auf mich.

Ich kam näher, sodass unsere Lippen sich beinahe berührten. »Weißt du, was diesen Effekt noch hat? Lass es mich dir erklären. Ich werde die Hand an deinem Hals lassen, während ich deinen Mund für mich beanspruche. Mit der Zunge zwischen deine Lippen vordringe, um dich wissen zu lassen, was ich später zwischen deinen Beinen vorhabe.

Aber dabei bleibt es nicht. Meine andere Hand wird jeden Zentimeter deines Körpers erkunden, um herauszufinden, wie du reagierst. Was dich zum Zittern bringt, was dich nach Luft schnappen lässt, was dafür sorgt, dass ein angenehmer Schauer über deinen Rücken läuft. Was dich feucht macht. Ich werde es ausnutzen. Gnadenlos. Jeden Aspekt davon – zu jeder Gelegenheit, die sich mir in Zukunft bietet, egal wo wir gerade sind oder was wir tun. Aber so weit sind wir noch nicht. Heute koste ich jeden verdammten Millimeter deiner Haut aus und es ist mir scheißegal, wie viele Narben ich finde und wie viele Verletzungen. *Es ist mir egal.* Spielt keine Rolle, weil es nichts daran ändern wird, dass ich dich später gegen die Glasfront da drüben presse, von hinten tief in dich eindringe und dann dafür sorge, dass du kommst, während ganz Vegas zusieht. Vielleicht auch nicht – du wirst es nie wissen, weil du von hier oben nicht erkennen kannst, wer dich sieht. Und wenn ich sehe, wie du gerade reagierst, ist danach sicher nicht Schluss. Dreizehn Jahre lassen sich nicht mit zweimal Sex nachholen. Dreizehn Jahre bedeuten, dass ich sehr viel Zeit darauf verwenden werde, zu sehen, was Lust mit dir anstellt. Keine Dunkelheit mehr, Selene. Ich will sehen, was in dir vorgeht, wenn ich in dich eindringe. Dich küsse. Mir deine Haare um die Faust wickle, um dich hart zu nehmen, wenn dir der Rest nicht mehr genügt … Ich habe recht, nicht wahr? Die Gänsehaut auf deinem Körper … dir wird langsam klar, dass ich recht habe, nicht? Hast du

Angst, weil es so viel bedeutet? Oder ist das Vorfreude?«

Ich legte den Kopf schief, musterte sie mit leicht niedergeschlagenen Armen. Ihr Puls raste gegen meine Finger und der natürliche Duft ihrer Haut hatte sich in den letzten Sekunden in etwas weitaus Sexuelleres verwandelt.

Selene reckte das Kinn, einen leichten Glanz in ihren Augen und sanfte Röte auf ihren Wangen. Ihr war heiß geworden. »Heb mich hoch, damit ich die Beine um deine Hüften schlingen kann, und dann vergiss die Zurückhaltung. Ich will dich. *Sofort.*«

Für möglich hatte ich es nicht gehalten, doch mit einem Mal löste sich mein komplettes Vorhaben in Luft auf und alles, was noch wichtig schien, war, die Hände unter ihren Arsch zu legen und sie hochzuheben, damit wir von dort aus weitermachen konnten.

Sie kam mir entgegen und während ich sie anhob, legte sie bereits die Arme um meinen Hals, beugte sich zu mir herab und küsste mich, als wäre es das erste und gleichzeitig letzte Mal, dass das passieren würde. Mir stockte der Atem, das Kribbeln, welches durch meinen Körper schoss, ließ mich beinahe vergessen, was mein eigentliches Vorhaben gewesen war.

Eigentlich war das andersherum geplant gewesen – doch was schadete es, wenn ich mich ebenfalls mitreißen ließ und auskostete, was mir auf dem Silbertablett präsentiert wurde?

Während ich die Finger in ihrem Hintern vergrub, trug ich sie in Richtung des Fensters, lehnte sie mit dem Rücken dagegen und bedeckte ihren Hals mit Küssen. So sehr ich das auch genoss, die Sehnsucht danach, endlich in sie einzudringen und den Sex mit ihr zu haben, den ich vor wenigen Minuten noch rau gegen ihre Lippen geflüstert hatte, überwog.

Ich setzte sie ab, drehte sie herum und presste ihren nackten Körper gegen die Scheibe. Das Keuchen, das ihr entwich, ließ mich ihre Hüften packen, damit sie den Rücken leicht durchbog. Sekunden später glitt ich mit meiner Erektion durch die Feuchtigkeit zwischen ihren Beinen.

Selene drängte auffordernd gegen mich, sodass ich mühelos in sie glitt. Ich hielt inne, aber nur für den Bruchteil einer Sekunde, um zu realisieren, wie gierig sich ihre Muskeln um mich zusammenzogen.

Mit einer Hand hielt ich weiterhin ihre Hüfte fest, mit der anderen glitt ich außen herum und von vorne zwischen ihre Beine, den Daumen gegen ihre geschwollene Klitoris gepresst. Das Stöhnen, das ihr daraufhin entfuhr, ließ meinen Schwanz in ihr zucken.

Ich vögelte sie mit langen, tiefen Stößen, bis ihre Beine zitterten und ich das Verlangen hatte, sie nicht mehr länger nur von hinten zu sehen, also brachte ich uns zurück in die Ausgangsposition, in der sie auf meinen Hüften saß.

Mit einer Hand stützte ich mich am Glas ab, die andere stützte sie. Ich war wieder in ihr, bevor sie überhaupt dazu kam, meine Abwesenheit richtig zu realisieren.

Ich erinnerte mich noch gut an unser erstes Mal. Vermutlich vergaß ich es sogar nie, nicht so wie all der belanglose Sex, der zwischen damals und heute stattgefunden hatte. All diese Frauen und die zahlreichen Nächte, jeder Morgen mit Tessa, all das verschwand im endlosen Strudel meiner Gedanken und letztlich im Nichts, weil es keine Relevanz besaß.

Nichts davon war so erregend gewesen wie das hier. Nicht der Sex an und für sich war es, der sich so einprägte, sondern die Frau, mit der er stattfand. Selene. Die mich nicht nur auf der körperlichen Ebene umhaute, sondern darüber hinaus so tief in meinem Wesen verankert war, dass ich gar nicht anders konnte, als sie auf eine Ebene zu stellen, die weit über allen anderen lag.

Vom Sex gegen die Glasfront wechselten wir ins Bett und ich holte nach, was ich zu Beginn verpasst hatte. Ich fand heraus, wie sie darauf reagierte, wenn ich in ihre Brustwarzen biss und anschließend sanft mit der Zunge darüberleckte, nur um im Anschluss an der empfindlichen Haut direkt daneben zu saugen. Ihr fiel es bei dieser vergleichsweise sanften Tortur mit jeder Aktion meinerseits schwerer, den Augenkontakt zu halten. Noch schlimmer wurde es, als ich mich an ihrem Bauch hinabküsste, kleine Spuren hinterlassend.

Selene legte den Kopf zurück auf das Kissen, den Mund leicht zu einem Seufzen geöffnet. Die

Beine, die sie zuvor noch um meine Hüften geschlungen hatte, rutschten mit jedem Zentimeter, den ich mich weiter nach unten bewegte, weiter an meinem Körper nach oben. Zum Schluss lagen sie über meinen Schultern, ihre Pussy direkt vor meinem Gesicht, so verführerisch, dass ich es keine Sekunde aushielt, sie nur anzusehen, mit diesem unbändigen Verlangen.

Ihre Hand landete reflexartig auf meinem Kopf, als ich sie in der Leiste küsste und mich von dort weiter nach innen arbeitete. Sanft, federleicht. Nur eine Vorahnung dessen, was ich plante mit ihr anzustellen, wenn ich die Mitte und ihre Feuchtigkeit erreichte.

Ich saugte an den empfindlichen Stellen ihrer Vulva, ließ meine Zunge über ihre Lippen gleiten, spreizte sie mit den Fingern, um mir besseren Zugang zu ihrer Klit zu verschaffen. Ich leckte Selene, bis ihre Beine an meinen Schultern zitterten und sie sie reflexartig fester um meinen Kopf schloss. Ihre Hüften drängten mir entgegen und das Zittern und Zucken breitete sich von ihren Beinen in ihren gesamten Körper aus, untermalt von ihrem schnellen Atem und dem Stöhnen.

Trotzdem hörte ich nicht auf, als sie kam. War gar nicht dazu in der Lage, weil sie mich weiter festhielt und ich nicht genug davon bekam, sie zu schmecken und zu erkunden, wie ihr Körper auf mich reagierte.

Dennoch war es eine Qual, die ich vor allem in meiner Lendengegend spürte, die sich aus unerwarteten Impulsen heraus immer wieder gegen die Matratze drückte. Kein Vergleich zu Selenes Körper. Ich wollte in ihr sein und spüren, wie die Muskeln in ihrem Inneren sich um meinen Schwanz zusammenzogen, wenn sie kam. Ich wollte ihr Stöhnen an meinen Lippen und in meinem Mund fühlen, wenn ich den richtigen Punkt traf und die Intensität überhandnahm.

Es waren keine Worte nötig, als sie mich zu sich nach oben zog und mich küsste, ihr Geschmack noch auf meiner Zunge. Sie drehte uns beide, rutschte auf meinen Schoß und begann, mich zu reiten, ihr Blick fest in meinem verankert.

Ich konnte nicht glauben, dass sie das erste Mal darauf bestanden hatte, das Licht auszulassen. Sie war perfekt, ein leidenschaftlicher, lasziver Anblick, der mir den Boden unter den Füßen wegriss und alles noch besser machte.

Mein Blick glitt automatisch weiter zu der Stelle, an der sich unsere Körper miteinander verbanden. Zu sehen, wie sie auf meiner Erektion nach oben und unten glitt, sich auf die Lippe biss und mich ansah, als wollte sie noch sehr viel mehr von mir ... *mein Gott*. Ich war nicht gläubig, aber in diesem Moment wäre ich es geworden, hätte das bedeutet, genau diesen Anblick immer vor Augen zu haben.

Losgelöst, zufrieden, im Reinen mit sich selbst – wenn wir nur für einen einzigen Moment vergaßen, was auf dieser Welt geschah, würde ich sie die nächsten Tage nicht mehr aus dem Bett lassen und einfach für immer für mich beanspruchen.

Am Ende wusste ich alles über sie und ihren Körper, gab mich aber dem glückseligen Vergessen hin, um es wieder und wieder in Erfahrung bringen zu können.

Ich hielt Selene im Arm und hatte eigentlich gute Gründe, im Hier und Jetzt zu verweilen, mit den Gedanken nicht abzudriften ... und dennoch tat ich es. Ich wanderte zu dem Gespräch, das ich am Mittag mit meinem Vater geführt hatte und somit auch wieder zu der Liste, die sich in mein Hirn eingebrannt hatte. Wie bei einer Brandmarkung von Vieh. Der Schmerz und die Wunde vergingen und am Ende blieb trotzdem das Zeichen, die Erinnerung daran, wer das Sagen hatte und wessen Besitz das Tier war.

Ähnlich fühlte ich mich und das nicht erst seit Kurzem. Diese Momente des Zweifels begleiteten mich seit meiner Kindheit und dem Tag, an dem ich das erste Mal infrage gestellt hatte, ob es richtig war, was wir taten. Für Kinder schien Moral ein einfaches Konzept zu sein, gezeichnet von Serien und Filmen, von Disney-Charakteren, die entweder böse oder gut waren. Das Gute gewann immer, die Bösen litten und erfuhren ihre gerechte Strafe. Wo ich damals meinen Vater und im Verlaufe der Jahre dann auch mich eingeordnet hatte, lag auf der Hand.

Allerdings ließ sich damit der Gedankengang nicht beenden, denn so simpel war es nie gewesen. Mein Vater duldete diese Art von Schwäche nicht und schon gar nicht, dass ich dachte, wir stünden auf der falschen Seite. Für ihn waren die Auftragsmorde nicht nur gerechtfertigt, sondern absolut notwendig, um irgendein dämliches Gleichgewicht von Waagschalen zu halten, über die man einem einzelnen Menschen niemals die Entscheidungsgewalt überlassen sollte.

Eine lange Zeit hatte ich ihn nicht mehr infrage gestellt und mich schweigend dem untergeordnet, was er predigte und mir beibrachte. Auch wenn es bedeutete, meine körperlichen Grenzen zu erfahren und eine ungnädige Hand, die mir mit Bestrafung und Schmerz die menschlichen Schwächen austreiben wollte.

Diesem Prozess war nur Einhalt geboten worden, weil ich Selene begegnet war und ab diesem Zeitpunkt gewissermaßen zwei Leben führte. Eine Version, die für meinen Vater existierte und eine, die nur Selene zu sehen bekam. Zwischenzeitlich waren beide Versionen miteinander verschwommen, weil ich es irgendwann nicht mehr ausgehalten hatte, einen Unterschied zu machen, der bedeutete, dass ich mich die Hälfte meiner Tage komplett verstellte.

Das alles half mir jedoch nicht dabei zu entscheiden, was ich mit der Liste und dem Auftrag anfangen sollte. Unterlag ich meinem Pflichtgefühl, oder lauschte ich auf das, was mein Bauchgefühl mir sagte – und überdies das einzig Richtige war, das ich tun sollte. Eigentlich. Wenn man all die anderen Aspekte nicht einbezog.

Ich hatte nicht mal mehr als das Deckblatt angesehen. Die Namen reichten mir vollkommen aus, um ein flaues Gefühl im Magen zu verspüren, das sich allmählich in Übelkeit verwandelte.

Es war der denkbar schlechteste Zeitpunkt, um das Thema Selene gegenüber anzuschneiden, doch ich wusste, dass sie sich zum größten Teil in meine Lage versetzen konnte – und überdies hinaus dazu in der Lage war, eine Entscheidung zu fällen, die nicht emotional vorbelastet war.

Ich richtete den Blick von oben auf ihr Gesicht. Ihr Kopf ruhte auf meiner Brust und ich war mir nicht sicher, ob sie schlief oder sich einfach nur ausruhte, nachdem ihr Körper der Lust endgültig erlegen war und sie zwang, sich von den Nachwirkungen zu erholen. Mit den Fingerspitzen malte ich kleine Kreise auf ihren Rücken und ihre Schultern. Als sie sie weiter in meine Hand schmiegte, wusste ich, dass sie wach war.

»Kann ich dir von dem Auftrag erzählen?« Ich hielt die Stimme gesenkt und ruhig, fast emotionslos.

Es spiegelte, was ich insgeheim fühlte und womit ich nicht umgehen konnte. Kinder, verdammte Scheiße. Wer fand es in Ordnung, Kinder zu töten, weil die Eltern einen Fehler begangen hatten?

»Klar.« Ihre Antwort kam träge und ich fragte mich unwillkürlich, ob sie genauso ruhig geantwortet hätte, wenn sie schon wüsste, worum es ging.

Eine ganze Weile suchte ich nach den richtigen Worten in mir, bis ich feststellte, dass diese nicht existierten, wenn es sich um Kindsmord handelte.

Seufzend hob ich eine Hand und rieb mir über das Gesicht. »Ich weiß nicht, wie ich das sonst sagen soll, also sage ich es einfach geradeheraus. Mein Vater hat einen Auftrag angenommen, bei dem mehrere Familien sterben sollen. Und damit sind nicht nur die Eltern gemeint oder ein Teil davon, sondern die gesamte Familie. Jedes Mitglied. Egal, ob es sich dabei um einen Säugling handelt oder ein Kind, oder einen Teenager. Am Ende sollen alle tot sein.«

Meine Kehle schnürte sich zu, als ich diese Grausamkeit aussprach. Ein Teil von mir war froh, dass es meinem Vater nicht gelungen war, mich zu der herzlosen Killermaschine zu erziehen, die er gerne gehabt hätte. Ein anderer Teil von mir sehnte sich danach, es zu sein. Es hätte in meinem Leben so viele Dinge einfacher gemacht, weniger kompliziert. Dass es das am Ende nicht wert war, seine Persönlichkeit und das zu verlieren, was einen ausmachte, um gewisse Dinge nicht fühlen zu müssen, war mir sehr wohl klar.

Selene hob den Kopf, das Kinn auf mir abgestützt. In ihren Augen lag ein dunkler Schatten. »Bei dieser ganzen Sache gibt es eine einzige Regel. Keine Kinder.«

Der Anflug von Zorn, den ich zunächst nur in ihrer Stimme ausmachen konnte, breitete sich rasant auf ihren Gesichtszügen aus. »Bitte sag mir, dass du das nicht ernsthaft in Erwägung ziehst, Nate.«

Zog ich es denn ernsthaft in Betracht? Oder versuchte ich nur, herauszufinden, wie ich aus der Situation kam, ohne meinen Vater enttäuschen zu müssen. »Ich …«, begann ich und unterbrach mich selbst, unfähig, das Richtige zu sagen.

Ich griff in Richtung des Nachttischs, zog die Schublade auf und den Papierstapel heraus, um ihn direkt vor ihre Nase zu legen. »Lies es. Der Auftrag ist angenommen. Und dann sag mir, wie ich da rauskommen soll, denn er hat sehr deutlich gemacht, was er tun wird, wenn ich mich nicht darum kümmere. Und ich zweifle nicht daran, dass er das durchzieht.«

Mit angehobener Augenbraue griff sie nach dem obersten Blatt, hielt es gegen das Licht, um besser lesen zu können, und wandte sich dafür von mir ab.

Ich kannte die Liste auswendig, jeden einzelnen Namen und alle sonstigen Informationen, die sich auf der ersten Seite befanden. Eine ganze Weile lang starrte Selene nur das erste Blatt an. Ich wartete darauf, dass sie sich die nächsten vornahm, sich ein Bild davon machte und mir sagte, wie wir diese unschuldigen Leben retteten, ohne Blut vergießen zu müssen.

Als sie das Blatt fallen ließ und aus dem Bett sprang, hektisch auf der Suche nach Kleidung, starrte ich sie für einen kurzen Augenblick perplex an. »Was wird das, wenn's fertig ist?«

Selene hielt in ihrer Suche inne und bedachte mich mit einem Blick, der die Rache Tausender Gottheiten in sich trug. »Ich werde ihn umbringen. Jetzt sofort.«

Sie bleckte die Zähne wie eine Wölfin und das Zischen, das ihr anschließend entwich, jagte mir eiskalte Gänsehaut über den Körper.

Ich verstand nichts.

»Was zum Teufel ist los, Selene?« Ich hatte mich ebenfalls aus dem Bett erhoben, mich direkt vor sie gestellt, um sie aufzuhalten. Ich bekam das Gefühl, dass sie mir gleich wie eine Furie ins Gesicht sprang, so geladen sah sie mich an.

»Was los ist? Oh, Nate, das sind nicht nur die Namen irgendwelcher Kinder.« Ihr Arm zeigte auf das Bett, wo immer noch das Blatt lag.

Selene kniff die Augen zusammen, massierte sich den Nasenrücken. »Er wird sterben. Heute Nacht. Ich wollte das nicht tun, weil ich es dir gegenüber nicht fair fand, dir die einzige Familie zu nehmen, die du noch hast, aber das ... ich kann das nicht zulassen. Wenn du es nicht tust, tut er es, und wenn er sich nicht darum kümmert, dann wird er jemand anderen dafür finden. Und diese Kinder dürfen nicht sterben.«

Ich hatte alles erwartet, aber nicht, dass sie wegen Kindern so heftig reagierte und den härtesten Schritt gehen wollte, der in dieser Lage existierte. Bevor sie einen Fehler beging, den sie später womöglich bereute, packte ich ihre Oberarme und drehte uns so, dass sie nicht einfach aus dem Hotelzimmer verschwinden konnte. Der Ärger, der diesmal auf ihrem Gesicht aufflackerte, galt mir.

»Du hältst mich davon ab?«, fragte sie, gefährlich ruhig.

»Abhalten? Ich bewahre dich davor, etwas Unkluges zu tun!« Ich dachte gar nicht darüber nach, dass sie wegen mir davon abgesehen hatte, meinen Vater seiner Strafe zuzuführen, denn mein Hirn hängte sich an etwas anderem auf. Der Tatsache, dass irgendetwas an dieser ganzen Situation keinen Sinn ergab.

»Etwas Unkluges? Du willst nicht, dass ich verhindere, dass er dein Kind auf dem Gewissen hat?« Selene stieß mich von sich, die Worte wie Kugeln, die mich trafen.

Ungläubig sah ich sie an, das ergab alles keinen Sinn. Kopfschüttelnd trat ich einen Schritt zurück. »Was war das?«

»Du hast mich schon richtig verstanden, Nate. Diese Kinder haben alle eine Sache gemeinsam – und wenn irgendwer sie tötet, stirbt deine Tochter ein zweites Mal.« Tränen sammelten sich in ihren Augen, während mir vor Phantomschmerz der Atem stockte. »Also lass mich, verdammt noch mal, durch.«

Sie knurrte mich an, wie eine wilde Katze einen Angreifer anknurrte. Beinahe hätte mein Körper der Aufforderung nachgegeben, gelähmt von dem, was sie gesagt hatte. Doch dann kehrte ein kleines bisschen Verstand in meine Gliedmaßen zurück und ich hielt sie stattdessen wieder fest.

Ich rechnete nicht damit, dass sie sich wehrte. Doch sie versuchte, mir ihre Arme zu entwinden, nutzte die Fäuste, um mich zu treffen, die Füße, um nach mir zu treten. Ich kämpfte darum, sie nicht loszulassen, und es endete damit, dass wir miteinander rangen. Die Stärke, die sie auf einmal aufbrachte, erwischte mich unerwartet. Jedes Mal, wenn ich sie halbwegs unter Kontrolle hatte, schaffte sie es, mir an einer anderen Stelle eins auszuwischen, ohne Gnade oder Vorsicht.

Sie verletzte mich – aber ich war mir sicher, dass die Verletzungen, die man ihr zugefügt hatte, weitaus tiefer reichten und schlimmer waren als alles, was sie mir körperlich hätte antun können.

Unter größter Mühe rang ich sie auf dem Boden unter meinen Körper, auf ihren Hüften sitzend, damit sie ihre Beine nicht benutzen konnte. Ihre Arme hielt ich rechts und links von ihrem Kopf fest. Und trotzdem fürchtete ich noch, dass sie mir schadete und aus der Katze eine Löwin wurde, die mich mit einem Schlag außer Gefecht setzte.

Sie starrte mich von unten herauf an, ihre Augen sprühten Funken vor Wut und sie atmete heftig. Ich auch, aber das fiel mir nicht auf.

Die ganze Zeit über hatte sie nicht ein Wort von

sich gegeben, mich nicht angeschrien oder sonst irgendwie darauf reagiert, dass wir miteinander kämpften und es eine lange Zeit so wirkte, als würde sie die Oberhand behalten.

»Wiederhol das«, stieß ich aus. »Die ganze Geschichte. Erst dann lasse ich dich gehen.« Und vermutlich würde ich Selene auf dem Fuß folgen und sicherstellen, dass sie nicht vom Weg abkam.

Deine Tochter. Die Worte echoten in meinem Inneren wieder und warfen mich noch immer so heftig aus der Bahn, dass ich gar keinen klaren Gedanken fassen konnte, der einen Sinn in die ganze Sache brachte.

Selene schluckte, reckte das Kinn, den Mund verzogen. Die Tränen, die seitlich ihre Schläfen nach unten rannen, standen im krassen Gegenteil zu der unbändigen Wut, die ich auf ihrem Gesicht lesen konnte und die mir in ihrer Intensität regelrecht Angst einjagte.

»Was ich dir erzählt habe, war nicht die ganze Geschichte. Ich konnte nicht ... ich konnte dir das nicht erzählen. Einfach so, zwischen all dem, was passiert ist.« Sie atmete angestrengt aus und ich verlagerte automatisch das Gewicht in der Hoffnung, dass sie nicht noch einmal versuchte, mich loszuwerden.

»Ich bin damals nur aus einem Grund zurückgekommen. Um dir zu sagen, dass ich schwanger bin. Aber ich traf deinen Vater und er fragte, was los ist. Ich kam gar nicht dazu, irgendetwas zu sagen. Er wusste schon Bescheid und begann davon zu faseln, dass es keine weiblichen Nachkommen in der Familie gibt und ich sowieso tot sein sollte ... und es war ein Wunder, dass wir überhaupt überlebt haben. Es waren Zwillinge. Beides Mädchen. Während der Geburt merkte ich plötzlich, das irgendetwas nicht stimmte, irgendetwas fühlte sich falsch an. Also operierten sie. Und als ich wieder zu mir kam, hieß es, dass es nur eines der Mädchen geschafft hätte. Man fragte mich, ob ich mir überlegen könnte, die Organe zu spenden, und ich sagte Ja. Wir hatten so lange gekämpft und ich wollte nicht, dass dieser Kampf umsonst war. Ich wollte allerdings auch nicht, dass dieses Arschloch mit dem davonkommt, was er mir angetan hat und ich wusste, dass ich es nicht schaffen würde, dieses Kind jeden Tag zu sehen, ohne an all das zu denken, was passiert ist. Also fragte ich Colton, ob er sie nehmen würde. Claire ist unfruchtbar ... also sagte er Ja.« Selene holte tief Luft, ihre Unterlippe zitterte. »Er weiß alles. Er hat es einfach herausgefunden und jetzt glaubt er, es ist sein Recht, Gott zu spielen und *er benutzt dich dafür*, weil er glaubt, du wüsstest nichts davon. Nate, ich kann ... das kann ich nicht zulassen. *Luna Royas*. Das ist der Name deiner Tochter und er steht auf dieser verdammten Liste!«

Ich ließ locker, die Erkenntnis breitete sich wie eine Betäubung in meinem gesamten Körper aus. Selene nutzte den Moment sofort, um sich unter mir hervorzukämpfen, doch sie kam nicht weit. Ich schloss die Arme um ihre Mitte und zog sie so heftig zurück, dass sie gegen mich stieß. Ihr

Schluchzen vibrierte in mir, der rohe Schmerz riss mich von den Füßen.

Ich taumelte. Innerlich. Und schlug auf dem Boden der kalten Tatsachen auf. Gebrochen. Risse in meiner Seele, die sich nur mit dem Tod meines Vaters schließen würden.

ELF

SELENE

Eine ganze Zeit lang fühlte es sich an, als würde ich den Schmerz von Anfang bis Ende noch einmal neu erleben. Jedes einzelne Detail kochte hoch, die Erinnerungen vereinnahmten jede Faser meines Körpers und ich krümmte mich vor Phantomschmerzen, die ich empfand. Ich wusste, sie waren nicht echt und trotzdem konnte ich mich nicht dagegen verschließen.

Ich hatte nicht geahnt, in welches Loch es mich reißen würde, wenn ich Nate gegenüber blankzog, die komplette Wahrheit erzählte und keinen schmutzigen Aspekt mehr ausließ. Es war ja nicht mal geplant gewesen, ihn in naher Zukunft einzuweihen. Doch diese Liste, die Namen all dieser Kinder und Lunas am Ende hatten das Fass zum Überlaufen gebracht.

Mein Heulen war hässlich – die Tränen tränkten meine Wangen, meine Nase lief und ich konnte meinen Körper nicht dazu bringen, das

Schütteln zu unterlassen. Ich fühlte mich nicht nur scheiße, nein. Alles, was ich seit diesem Tag, an dem Nate mich davongejagt hatte, empfunden hatte, kochte hoch und ließ mich beinahe ersticken.

Dennoch waren es seine Arme, die mich heute Abend in der Realität hielten und dafür sorgten, dass ich nicht versank, während die dunklen Wellen über meinem Kopf zusammenbrachen und mich unter Wasser drückten. Mit einem Arm hielt er meine Mitte fest, die andere Hand lag an meinem Kopf und drückte mich mit aller Kraft gegen seinen bebenden Brustkorb.

Ich hätte dazu in der Lage sein sollen, ihn aufzufangen und ihm die Hand entgegenzustrecken, die er brauchte, stattdessen war er es, der mich halten musste, obwohl er unter Schock stand und mich vermutlich hasste, weil ich ihn vergleichsweise leichtfertig belogen hatte.

Durch den Tränenschleier hindurch versuchte ich, ihn zu erkennen und eine Reaktion auf seinem Gesicht auszumachen. Ich wusste, dass ich Schaden angerichtet hatte, ich konnte nur nicht abschätzen, wie groß er war. Die Schluchzer, die mich immer wieder unwillkürlich schüttelten, mein zitternder Körper und die Tränen, die nicht enden wollten, machten es mir unmöglich, mich auf ihn zu konzentrieren.

Zwar war das Bedürfnis, aus seiner Gegenwart zu entkommen, abgeflacht und meine Gliedmaßen so müde davon, mich gegen ihn zur Wehr zu setzen, dass ich nicht mal wagen würde, mich aufzusetzen, aber ich hielt immer noch an meinem Plan fest, Edmond Alderidge heute Nacht seinem Ende zuzuführen.

Ich hatte nicht die Geduld, ihm zuzusehen, wie er am Krebs verreckte. Ich konnte nicht abwarten, bis er irgendwen auf dem Gewissen hatte, der wegen seines unerklärlichen Hasses längst hätte tot sein sollen. *Fuck.* Der Schmerz, der in meinem Inneren pulsierte, wandelte sich allmählich wieder in die Wut um, die ich zu Beginn empfunden hatte, als ich die Namen erkannt hatte.

Niemals würde ich sie vergessen, denn auch ich war nicht ganz legal an sie gelangt, aber ich wusste, in welchem Mädchen das Herz meiner Tochter schlug und wer ihre Nieren erhalten hatte. Ich kannte jeden einzelnen verdammten Namen und welcher Teil in dem entsprechenden Kind weiterlebte. Und ich würde sie beschützen, heute und in Zukunft.

Unfähig, irgendetwas zu sagen, hob ich die Hand an Nates trockene Wange. »Du hättest mir das nicht erzählen dürfen«, flüsterte er leise. Rau. Mit einem Bruch in der Stimme, der mir bis in die Knochen fuhr.

Ich würde diese Aussage niemals vergessen, niemals.

»Du hättest sie mir niemals erzählen dürfen, Gems. Denn alles, woran ich jetzt denken kann, ist die Art, wie ich sein Herz dazu zwinge, mit dem Schlagen aufzuhören.«

Nur unter Zwang gelang es mir, den Blick zu

heben und ihn unter den verklebten Wimpern heraus anzusehen. Ich las es in seinem Blick. Nate musste nicht laut aussprechen, was er dachte. Wie er den Satz in seinem Kopf weiterführte. *Er hat dich aus meinen Armen gerissen. Er hat versucht, dich zu töten. Zweimal. Er hat mich meiner Kinder beraubt. Er wollte, dass ich sie eigenhändig und unwissend umbringe.* Die Liste ratterte in meinem Kopf endlos weiter, angefangen mit den unaussprechlichen Dingen, die er erlebt hatte, bevor wir uns überhaupt getroffen hatten und die nach meinem Verschwinden sicher weitergegangen waren.

»Aber bevor wir uns dem widmen ... will ich mehr wissen. Erzählst du mir von ihr, bis sich das Chaos in mir gelichtet hat?« Er klang so sanft, so am Ende mit der Welt, dass ich unmöglich Nein sagen konnte.

Es war einfacher, über gute Dinge zu reden, als all den Schmerz in Worte zu verpacken. Also rang ich mir ein Lächeln ab und schob seine Arme so um mich, dass er mich an sich gedrückt hielt. Ich war mir nicht sicher, was seine Worte in mir auslösten, aber ganz sicher wollte ich nicht mehr vor ihm fliehen. Die Zeit, die es brauchte, um den ersten Schock zu überwinden, sollte er sich herausnehmen. Und ich fühlte, dass ich das ebenfalls brauchte.

Wie oft hatte ich mir gewünscht, mit Nate darüber reden zu können? Wie oft hatte ich mir vorgestellt, dass nichts von alledem passiert war und wir einfach irgendwo als kleine glückliche Familie lebten? Eine ganze Zeit lang war es diese Vorstellung gewesen, die mich dazu angetrieben hatte, weiterzumachen.

»Als Claire Luna das erste Mal gesehen hat, hatte sie Tränen in den Augen. Sie war so wunderschön ... und sie hat ihr den Namen gegeben. Zum einen, weil es ein französischer Name ist und zum anderen, weil Luna das Pendant zu Selene ist. Sie wollte nicht, dass ich den Eindruck hätte, keine Rolle in ihrem Leben zu spielen, auch wenn ich danach einige Jahre nicht hier war. Luna ist ein tolles Mädchen.« Inzwischen fiel mir das Lächeln nicht mehr ganz so schwer. Es kam mehr von Herzen. »Manchmal ist es für mich so offensichtlich, dass sie deine Tochter ist, dass ich mich zusammenreißen muss, nichts Falsches zu sagen. Sie hat deine Augen. Und teilt den gleichen Musikgeschmack. Sie hasst Obst und ist wahnsinnig klug. Ihre Sturheit ist genauso schlimm wie deine. Aber das Wichtigste ist, dass Colton und Claire sie lieben, wie sie ihr eigenes Kind lieben würden. Sie achten so gut auf sie, dass ich es noch nicht einmal bereut habe, diesen Schritt gegangen zu sein.«

Luna wäre wahrhaftig nirgends besser aufgehoben als bei meinem Bruder und seiner Frau. Niemand würde sich so liebevoll um sie kümmern und dafür sorgen, dass sie zu einer selbstständigen, schlauen Frau wurde, wie diese beiden. Ich liebte sie abgöttisch, aber ich war mir auch bewusst, dass ich nicht dazu in der Lage gewesen wäre, ihr die Mama zu sein, die sie verdient hatte.

Mit Nate an meiner Seite, ohne den ganzen Mist, wäre es etwas anderes gewesen, denn genau mit diesem Gedanken war ich damals zurückgekehrt, doch am Ende waren es Colton und Claire gewesen, die glückliche Eltern wurden. Auch wenn sie sich zu dem Zeitpunkt gerade einmal anderthalb Jahre gekannt hatten. Es hatte an ihrer Beziehung, der Liebe und ihrem Kinderwunsch absolut nichts geändert.

Nate schwieg und ich schaffte es irgendwie, mich so weit zu strecken, dass ich nach meinem Smartphone angeln konnte, welches auf der Kommode zu unserer Rechten lag. Ich gab es ihm in die Hand, bevor ich es entsperrte und die Galerie öffnete. Das letzte Foto war neu – von unserem Ausflug zu *Dunkin*. Sie hasste es, wenn man Fotos mit ihr machte, doch am Ende sah sie darauf trotzdem immer glücklich aus.

Ich schwieg und legte den Kopf zurück an seine Brust. Lauschte dem klang seines Herzens, das kräftig gegen seine Rippen schlug.

Nach einer Weile atmete er angestrengt aus. »Sie sieht dir so ähnlich. Wie du in dem Alter.«

Ich biss mir auf die Unterlippe. Wenn ich damals genauso gewesen war wie Luna heute, hatte Nate mit mir alle Hände voll zu tun gehabt.

Nachdem ich das Bild wieder minimiert hatte, scrollte ich weiter durch die Galerie, um verschiedene andere Fotos aufzurufen.

»Hier, das war an ihrem Geburtstag vor Kurzem. Und das Weihnachten vor drei Jahren. Ihre Einschulung und der erste Tag im Kindergarten. Und das ... war sie als Säugling.« Je mehr Bilder ich aufrief, desto freier fühlte ich mich wieder. Das Atmen fiel mir leichter, der Druck auf meiner Brust verschwand und mit ihm der Schmerz, der in mir gewütet und alte Wunden aufgerissen hatte.

Ich ließ Nate die Zeit, die er brauchte. Zwar konnte ich nachempfinden, wie es sich anfühlte zu wissen, dass dort draußen die eigene Tochter herumlief, und man nicht wirklich Teil ihres Lebens sein konnte, doch ich hatte eine lange, lange Zeit gehabt, um mich an diesen Gedanken zu gewöhnen und das Beste daraus zu machen.

»Sie weiß von nichts. Und ich bin mir auch nicht sicher, ob sie jemals etwas erfahren sollte. Diese ganze Geschichte ... ist es nicht genug, wenn es zwei Menschen belastet?« Obwohl es eine rhetorische Frage war, hoffte ich, dass er verstand, worauf ich hinauswollte. Es gab keinen Grund, das glückliche Leben eines Mädchens aus egoistischen Gründen zu zerstören – oder zumindest auf den Kopf zu stellen.

Er sprach immer noch nicht, also fuhr ich fort. »Manchmal habe ich mir vorgestellt, wie es gewesen wäre, wenn ich nicht auf deinen Vater getroffen wäre. Wir waren so verdammt jung und hatten keine Ahnung von nichts. Was für eine Familie wären wir geworden? Die mit dem Reihenhaus in der Vorstadt?« Über den Gedanken musste ich selbst lachen. »Ich glaube, es wäre das reinste Chaos gewesen. Aber ein glückliches Chaos.«

Trotz allem brachte es nichts, dieser alternativen Zukunft hinterherzuweinen. Es war nicht so gekommen, hatte nicht sollen sein. Das mussten wir erkennen und akzeptieren.

Nate hob die Hand, um durch meine Haare zu streichen, ein wenig gedankenverloren und doch so zielsicher, dass ich mir erlaubte, diese Geste zu genießen.

»Ich weiß immer noch nicht, was ich dazu sagen soll, aber eines kann ich mit Sicherheit behaupten: Wäre ich an diesem Tag da gewesen ... ich hätte dir auf der Stelle alles gebeichtet und dich darum gebeten, mit mir abzuhauen. Ich wusste immer, dass es in unserer Familie nur aus einem Grund keine weiblichen Nachkommen gibt ... und nach allem hätte ich es nicht mehr ausgehalten, ihm die Kontrolle über all diese Dinge zu überlassen. Ich halte es auch jetzt nicht mehr aus, Selene. Es gibt so viel, was ich empfinde, wenn ich an dich und das denke, was passiert ist. An dieses Kind, das nichts für seinen Vater kann, ihn nicht mal kennt und trotzdem irgendwie in Gefahr schwebt einfach nur, weil ich es wage, die falsche Frau zu lieben.«

Er wählte nicht die Vergangenheitsform und mein Herz setzte prompt einen Schlag aus. Vermutlich ein Fehler im Eifer des Gefechts und dennoch fühlte ich die Antwort darauf tief in meiner Brust.

»Es sollte mit mir enden. Kein Patriarchat mehr. Keine Auftragsmorde. Ich sollte Kinder wie Luna vor dem Bösen auf der Welt schützen ... falls ich so was überhaupt sagen darf.« Seine Worte waren so präzise und weise gewählt, dass ich mir denken konnte, worauf seine aktuelle Priorität lag. Später würde er sich damit auseinandersetzen müssen, dass er eine Tochter hatte und nicht ihr Vater sein konnte, wie er es sicher gerne gewesen wäre, wenn ich den Ausdruck auf seinem Gesicht und in seinen Augen richtig deutete, während er die Bilder noch einmal betrachtete.

Ich richtete mich auf, setzte mich auf seinen Schoß, die Beine um seine Hüften gelegt. Mit den Händen hielt ich sein Gesicht fest, zwang ihn dazu, mir in die Augen zu sehen, während ich die Stirn gegen seine legte. »Dein Blut macht nicht deinen Wert aus, Nate.«

Ich sank weiter gegen ihn und überbrückte die kurze Distanz, um einen hauchzarten Kuss auf seinen Lippen zu platzieren. »Ich bin mir sicher, dass dir dein Herz die ganzen Jahre über schon gesagt hat, was du tun solltest. Du konntest es nur nicht hören, weil irgendein Idiot lauter geschrien hat.«

»Bist du mir böse, wenn ich mir später darüber Gedanken mache? Es fällt mir schwer, richtig zu denken und den Sinn dahinter zu behalten.« Er wirkte plötzlich so müde, dass es in meiner Herzgegend zog und ich am liebsten die Arme so fest um ihn geschlossen hätte, bis er sich wieder wohlfühlte.

Ich nickte leicht. Er war auch nur ein Mensch und ich erwartete von ihm nichts. Nicht einmal, dass er Verständnis für meine Lüge aufbrachte, auch wenn das ganz offensichtlich nicht der Punkt war, der ihn gerade beschäftigte. Es fiel mir schwer, einen Kompromiss zu finden, doch ich wusste, dass er notwendig war. Wut ließ einen manchmal dumme Dinge tun. Und Dummheit kostete einen im schlimmsten Fall das Leben.

Vorsichtig erhob ich mich und streckte ihm dann die Hand entgegen, um ihn auf die Füße zu ziehen. »Gehen wir zurück ins Bett, Nate. Morgen ist auch noch ein Tag. Und je besser wir vorbereitet sind ...«

Es behagte mir nicht, noch mehr Stunden verstreichen zu lassen, aber ich wusste auch, dass Edmond seinem Sohn zunächst die Zeit gab, den sogenannten Auftrag selbst auszuführen. Dass er fingiert war und der Dreckskerl einfach nur wollte, dass die Kinder starben, die die Organe von Lunas Zwilling in sich trugen, musste ich nicht laut aussprechen. Ich wusste es. Nate wusste es.

Während Nate zurück zum Bett ging, legte ich die Kleidung wieder ab und fuhr mir über das Gesicht. Mein ganzer Körper fühlte sich ausgemergelt und überstrapaziert an, aber ich hätte weitergemacht, ohne darüber nachzudenken, wenn es bedeutete, dass ich der Tyrannei dieses einen Mannes endlich ein Ende setzte.

Stattdessen schlug ich aber die Bettdecke zurück und legte mich neben Nate, der ohne Umschweife einen Arm um meinen Bauch legte. Den anderen schob er unter mir hindurch, rutschte tiefer und mit seinem Oberkörper zwischen meine Beine. Sein Kopf kam auf meinem Bauch zu ruhen und er schloss die Augen. Ich tat es ihm gleich aus Angst, noch einmal Tränen in meinen Augen zu spüren.

Egal, wie sehr ich auch versuchte, Ruhe oder Entspannung zu finden, ich war innerlich zu aufgewühlt. Die Gedanken drifteten lose durch meinen Geist, die Erinnerung an die letzte Stunde huschte wie ein Geist hinterher. Das Unausgesprochene zwischen Nate und mir wickelte mich ein, seine körperliche Nähe und die Gefühle, die uns verbanden, hielten mich halbwegs aufrecht.

Ich glitt mit den Fingern durch seine Haare, immer und immer wieder. Wir hatten das Licht ausgemacht, doch von draußen drangen die ersten Ausläufer des frühen Morgens herein. Im Glas spiegelte sich der Abdruck meines Körpers, erinnerte mich daran, dass wir von Leidenschaft an einem Ort in unseren Seelen gelandet waren, der trostlos und schmerzbehaftet war und uns so sehr beschäftigte, dass wir ihn nicht überwinden konnten, bevor der Verantwortliche für all das nicht seinen letzten Atemzug getan hatte.

Die Weise, wie Nate von seinem Vater in eine Ecke getrieben worden war, aus der es keinen anderen Ausweg mehr gab, ärgerte mich nicht nur. Sie fügte dem ganzen noch einen weiteren Punkt des Leids zu, denn es bedeutete, dass er – egal, ob ich dem alten Mann den letzten Stoß versetzte, oder er – das Blut seiner Familie an den Händen haben würde.

»Bist du immer noch meine Frau?« Nates

Stimme erfüllte den mit Lichtfäden durchzogenen Raum für einen kurzen Moment mit etwas Wärme.

Ich biss mir auf die Lippe, mehrfach blinzelnd. Früher hatte er mich oft als das bezeichnet – seine Frau. »Für immer, okay?«

Als er nickte, rieb der leichte Bart über meine Haut. Ich spürte, wie er schluckte. Und dann hielt er mich fester.

Die Ducati pflügte durch den frühen Morgen, als ich mich auf dem Weg zum Restaurant befand. Nicht um zu arbeiten, sondern um das Geld bei Colton abzuholen, das ich brauchte, um bei dem Cleaner, den ich mit der Entfernung der beiden Leichen in meinem Flur beauftragt hatte, das restliche Geld geben zu können. Weder hatte ich damit gerechnet, dass er so schnell fertig war, noch dass er sich morgens um sieben meldete und beinahe zwei Wochen eher als ausgemacht das Geld verlangte, das ich ihm noch schuldete.

Pläne verliefen nie so, wie man es sich ursprünglich gedacht hatte, das war mir gestern Nacht und mit diesem Anruf mal wieder vor Augen geführt worden.

Ich kaute auf der Innenseite meiner Wange herum, beschleunigte die Maschine und jagte durch Seven Hills. Für den Moment war es mir egal, ob irgendwo ein Cop darauf lauerte, mich wegen einer Überschreitung der Geschwindigkeit aus dem Verkehr zu ziehen. Die Sorgen, die mich plagten, waren weitaus wichtiger als das und ich brauchte den Fahrtwind und die rasante Fahrt, um mich kurzzeitig zu entspannen.

Obwohl ich mit dem Gedanken spielte, Colton nichts zu erzählen, wusste ich, dass es nicht richtig war. Es ging ihn etwas an, dass Nate von Luna wusste – dass er *alles* wusste.

Als ich also durch die Hintertür schneite und meinem Bruder direkt in die Arme lief, kam ich ohne Umschweife dazu, ihm zu erzählen, was vergangene Nacht geschehen war. Die Ereignisse steckten mir noch immer in den Knochen und der Schlaf war eindrucksvoll an mir vorbeigerannt. Schäfchen zählen? Keine Chance.

Atemlos beendete ich meinen Bericht, den geschockten Gesichtsausdruck meines Bruders ignorierend. »Jedenfalls fehlt mir die Zeit, um das ausführlich mit dir zu besprechen. Wir holen das nach, okay? Ich kann mir den Stress mit diesem Typen echt nicht leisten und … nein. Besser, du weißt nicht, was demnächst geschehen wird.«

Vermutlich ahnte Colton es ohnehin schon, weil meine Erklärung deutliche Hinweise darauf beinhaltet hatte, doch ich würde es ihm nicht auf die Nase binden. Sein Gesicht hatte ohnehin schon die Farbe der Wand neben ihm angenommen. Ich wollte ihn wirklich nicht in die Nähe einer spontanen Ohnmacht treiben.

»Irgendwann bist du der Grund dafür, dass ich unter der Erde lande, Selene. Wirklich. Ich weiß nicht, wie lange ich das alles noch mitmachen kann.« Mit dieser Aussage überreichte er mir die Sporttasche, die anhand ihres Gewichts Aufschluss über ihren Inhalt gab.

Ich stellte mich auf die Zehenspitzen und presste einen Kuss gegen Coltons Wange, ehe ich ihn kurz umarmte.

Bevor ich mich abwandte, um zu gehen und die nächste Geschwindigkeitsverletzung zu begehen, hielt er mich noch kurz zurück. »Du siehst scheiße aus, das weißt du, oder?«

»Danke. Du auch.«

»Wird er sie sehen wollen?« Da war die Frage, die ihn die ganze Zeit über beschäftigt hatte und die er doch nicht gewagt hatte, auszusprechen.

Seufzend wandte ich mich noch einmal um. Die ehrliche Antwort war, dass ich es nicht wusste. Ich wusste überhaupt nicht, was Nate dachte, fühlte oder tun würde. Doch es war auch keine Lüge, wenn ich sagte, dass er nicht verlangen würde, Luna aufzuklären und die Vaterrolle zu übernehmen.

Wir verloren uns beide gerne in diesen Tagträumen und waren dennoch erwachsen und schlau genug, um zu wissen, dass Kinder mit unserem Lebensstil und der Ladung an Problemen, die wir mit uns herumschleppten, nicht vereinbar waren.

Ich hob die Schultern leicht an. »Vielleicht stelle

ich ihn ihr als meinen Freund vor, damit er wenigstens ab und an die Gelegenheit hat, sie zu sehen. So wie ich. Er wird dir deine Tochter nicht wegnehmen, C. Ich schätze, er will nur die Möglichkeit haben, sie auf eine Art zu lieben, die für ihn funktioniert.«

»Wie du«, antwortete er und fuhr sich über den Nacken.

Es setzte ihm zu und das leugnete er nicht, was ich ihm hoch anrechnete. Die Situation war für niemanden von uns leicht und es würde mit Sicherheit eine ganze Weile dauern, bis wir uns daran gewöhnten. Sollte das jemals geschehen.

»Ich hab dich lieb, Bruderherz. Pass auf deine beiden Frauen auf. Und mach dir nicht zu viele Sorgen, ich bekomm das irgendwie hin. Wie immer.« Ich sagte das nicht nur, um ihm Hoffnung zu geben, nein. Ich musste es auch mir selbst versichern, um weiter aufrecht stehen zu können und daran festzuhalten, dass ich nicht dem Wahnsinn verfiel, je tiefer wir in dieser Scheiße versanken.

Immerhin war ich nicht allein und wusste zumindest Nate und Colton an meiner Seite, beide auf ihre eigene Weise.

Auf dem Weg zurück machte ich vor dem Studio, in dem Nate arbeitete, halt. Aus irgendeinem Grund bestand er darauf, dass ich nicht allein zu besagter Übergabe fuhr. Als er aus dem Gebäude eilte, wusste ich plötzlich auch, warum.

Er hatte sich das Schulterholster angezogen, eine Waffe direkt unter seiner Achsel. Ich verwettete den Inhalt der Sporttasche darauf, dass er irgendwo noch eine Waffe trug, und wenn es nur ein Springmesser war.

Ich selbst hatte mich ja auch nicht unbewaffnet auf den Weg gemacht. Im Schaft meines linken Stiefels steckte ein Messer. Die Glock hatte ich im Hotelzimmer gelassen, weil ich zusätzlich zum Übertreten der Geschwindigkeit nicht auch noch Anlass geben wollte, mich für eine Bedrohung zu halten.

Ich blieb an der Ducati lehnen, bis er direkt vor mir stand und reichte ihm den zweiten Helm, den ich ebenfalls aus dem Restaurant mitgebracht hatte. Nates Blick glitt über die Maschine, zurück zu mir und dann wieder zu der Ducati Diavel, die – für gewöhnlich – eher von Männern geführt wurde, weil die meisten Frauen schlichtweg nicht die Kraft aufbringen konnten, um das Teil aufrecht auf der Straße zu halten.

»Was?«, fragte ich belustigt, eine Augenbraue gehoben.

Er hob abwehrend die Hände. »Nichts. Ich hoffe nur, dass du nicht vorhast, uns mit dem Teil umzubringen. Das wirkt teuflisch auf mich.«

Beiläufig hob ich die Schultern. »Wenn es das Einzige ist, das teuflisch auf dich wirkt.«

Bevor ich den Helm überzog und aufstieg, streckte ich ihm die Zunge heraus. Wir hatten diese lockere Art beide dringend nötig und es störte mich nicht, so zu tun, als gab es gerade nichts, das uns insbesondere beschäftigte.

Nate hängte sich die Sporttasche um, nachdem er ebenfalls den Helm aufgezogen hatte, und stieg dann auf, die Arme kräftig um meine Mitte geschlungen. Irgendwann musste ich ihn dazu bringen, die Ducati selbst zu fahren – damit ich mich hinter ihn setzen und mich an seinen starken Rücken schmiegen konnte, während das Adrenalin durch meine Adern peitschte, in Kombination mit dem Serotonin, das ausgeschüttet werden würde, weil wir etwas halbwegs Normales taten.

Innerhalb weniger Meter hatte ich uns auf eine moderate Geschwindigkeit gebracht, die uns zügig durch den Verkehr der Stadt vorankommen ließ.

Die ganze Fahrt über dachte ich darüber nach, was Nate von der Bruchbude halten würde, die ich mein Zuhause nannte. Im Grunde genommen war ich nichts anderes gewohnt, denn Colton und ich stammten aus einer Familie, die nie viel Geld gehabt hatte. Meinen Vater kannte ich nicht – war auch besser so – und meine Mutter hatte einen gewissen Hang zu Drogen und einer bestimmten Art von Mann gehabt. Dass Colton mich zum Teil großgezogen hatte und ich viel Zeit mit Nate verbracht hatte, schien dazu beigetragen zu haben, dass ich wenigstens in dieser einen speziellen Hinsicht keine Probleme hatte. Ich wollte nicht behaupten, verkorkst zu sein, denn das war ich nicht ... aber ich wusste, dass etwas nicht mit mir stimmte, und dass es das Ergebnis der Umstände war, in denen ich mich wiedergefunden hatte.

Es dauerte eine Weile und wir fuhren ein ganzes

Stück in die Wüste hinaus, bis wir das Grundstück erreichten, das mein Zuhause beherbergte. Es handelte sich um ein altes Gebäude, das irgendwann mal zu einer Ranch gehört hatte. Das vermutete ich zumindest, wenn ich mir die Überreste der anderen Gebäude auf dem weitläufigen Grundstück ansah.

In der staubigen Einfahrt parkte ein dunkler SUV und die Haustür war geöffnet, ebenso die ganzen Fenster. Warum, war mir natürlich klar und dennoch ärgerte ich mich darüber, dass ich zukünftig vermutlich einige Bewohner mehr vorfand, die mir lieb waren. Ich parkte die Ducati und stieg ab, riss den Helm von meinem Kopf und atmete erleichtert ein. Auch wenn die Luft nicht kühl, sondern staubig und trocken war, stellte es doch eine Verbesserung zur stickigen Luft unter dem Helm dar.

Ich versuchte, das Haus mit Nates Augen zu sehen, der immer genug Geld gehabt hatte. Die Farbe blätterte ab, die Veranda war schief und die Treppenstufen zur Haustür so abgetreten, dass sie in der Mitte eine deutliche Kuhle besaßen. Es gab keine Vorhänge, nur Jalousien, die in einem lauen Lüftchen baumelten, während das Haus auslüftete.

Selbst wenn man in der Auffahrt stand, konnte man um die Ecke sehen und das erblicken, was einst ein Pool und grüner Rasen gewesen war – wie auch immer der Vorbesitzer auf die Idee gekommen war, dass es eine gute Idee war, welchen mitten in der Wüste pflanzen zu wollen. Er musste horrende Wasserkosten gehabt haben.

»Du lebst also als Einsiedlerin mitten im Nichts. Gibt's da drin überhaupt Elektrizität?« Nate stellte sich neben mich, Steine knirschten unter seinen Stiefeln.

Ich sah zu ihm auf. »Und du lebst in einem Hotelzimmer. Also … Klappe.«

Mit zusammengekniffenen Augen blickte ich ihm entgegen, eine stumme Aufforderung, noch einen Kommentar über das zu machen, was ich mir erkämpft hatte. Vielleicht fiel das Scheißteil beim nächsten Sturm in sich zusammen wie ein Kartenhaus. Na und? Es war trotzdem mein Zuhause.

»Stell dich schon mal auf einen Umzug ein, Gems, weil das hier ist nicht der Ort, an dem wir zusammenleben werden.« Damit setzte er sich in Bewegung und stapfte in Richtung des Hauses.

Baff sah ich ihm nach und musste mich dann beeilen, schnell hinterherzukommen.

Die Treppenstufen protestierten unter seinem Gewicht und er musste den Kopf einziehen, bevor er die Veranda und schließlich das Haus betreten konnte. Gut. Der Punkt ging an ihn. Aber – zusammenleben? Was war in diesen Mann gefahren, dass er nach letzter Nacht und allem, was er nun wusste, so schnell zu der Annahme gelangte, mit mir gemeinsam irgendwo einziehen zu wollen? Ich fühlte mich, als hätte ich irgendeinen wichtigen Punkt verpasst oder übersprungen.

Nates Stimme drang aus der Küche zu mir an die Haustür, er schien bereits mit dem älteren

Mann zu sprechen, dessen richtigen Namen ich nicht einmal kannte.

Ich hörte, wie die Sporttasche auf den Boden gestellt wurde und das Gespräch in normalen Bahnen weiterlief, und beruhigte damit meinen etwas in die Höhe geschnellten Puls. Ich hatte wirklich befürchtet, dass das hier kein gutes Ende nahm, denn die Paranoia saß mir im Nacken und das gefiel mir nicht.

Ich bahnte mir den Weg zur Küche und lehnte mich in den Türrahmen, stillschweigend, damit ich die beiden Männer einfach nur beobachten konnte. Es war nicht vonnöten, mich einzumischen, denn Nate hatte alles perfekt unter Kontrolle. Ich genoss es tatsächlich eine Sekunde lang, ihn von hinten zu mustern und dabei zuzusehen, wie er die Situation handhabte.

Seine Muskeln spielten unter dem engen Shirt und sein Wahnsinnshintern ließ mich daran denken, wie er mich gevögelt hatte. Wenn mich nicht alles täuschte, fand ich auf seinem nackten Hinterteil die ein oder anderen Abdrücke meiner Fingernägel, die sich reflexartig in sein Fleisch gegraben hatten, je tiefer und härter er in mich eingedrungen war.

Als er sich zu mir umwandte und die Hand in meine Richtung streckte, um mich aufzufordern, zu ihm zu kommen, folgte ich dem. Aber erst, nachdem ich realisiert hatte, aus welchem Grund mein Herz einen kurzen Stolperer eingelegt hatte. Nate so zu sehen, löste ein ganz bestimmtes Gefühl in mir aus. Eines, das ich schon von früher kannte und von dem ich geglaubt hatte, es niemals wiederzufinden.

Auch wenn ich dieses Haus als mein Zuhause bezeichnete, fühlte ich mich hier nicht heimisch. Ich würde nicht mal den Trailer meiner Mutter als Zuhause bezeichnen, geschweige denn die Wohnung meines Bruders. Ich lebte einfach irgendwo und es war in Ordnung, doch das Gefühl, wirklich dorthin zu gehören, kam nie auf. Zu Beginn hatte ich es vermisst, als ich in New York State war, in Florida und Louisiana. Überall dort, wo ich nicht damit rechnete, von Edmond Alderidge zufällig ausfindig gemacht zu werden.

Doch jetzt gerade in diesem Moment, wo ich mich neben Nate stellte und er beiläufig den Arm um meine Hüfte legte, wurde es mir klar. Ich konnte mich an keinem Ort zu Hause fühlen, weil dieses Gefühl an einen Menschen geknüpft war, der mich so tief geprägt hatte, dass sich mein ganzes Sein nach ihm richtete.

Nur wenn wir uns in einer gemeinsamen Umlaufbahn wiederfanden, war alles in Ordnung. Dann drehte sich die Welt auf die richtige Weise und fast nichts konnte uns etwas anhaben, weil wir es gemeinsam bezwingen würden.

Ich schmiegte mich an ihn, eine Hand in seiner hinteren Hosentasche vergraben, einfach weil ich diesen beiläufigen Körperkontakt mochte. Vom Gespräch bekam ich während meiner unerwarteten Erkenntnis nicht das Geringste mit. Ich konnte zwar sagen, dass sie sich nicht über die Leichen oder die damit einhergehende Arbeit unterhielten, aber darüber hinaus klinkte ich mich vollkommen aus.

Erst als der ältere Herr, dem man anhand seiner Erscheinung nicht zumutete, Leichen auf professioneller Basis verschwinden zu lassen, mir ein freundliches Lächeln schenkte, erwachte ich aus meinem Tagtraum. »Wenn ich dir einen freundlichen Tipp geben darf – lass dieses Haus und diesen Ort hinter dir. Was sich hier schon zugetragen und abgespielt hat, was für Geheimnisse dieses Grundstück beherbergt ... das sorgt nur für schlechtes Karma, Kleine.«

Kurzerhand las er die Sporttasche vom Boden auf, warf einen kurzen Blick hinein und hob dann die Hand zum Abschied. Zu seinem zweifelsohne nett gemeinten Rat äußerte ich mich nicht.

Bevor er den Raum verließ, hielt er noch einmal inne. »Noch was. Das nächste Mal ziel auf irgendwas, das nicht so eine Scheißsauerei macht. Zerfetzte Organe tun's auch. Und alles bleibt im überschaubaren Rahmen.«

»Ich merk's mir«, entgegnete ich belustigt. »Danke.«

Und plötzlich waren wir allein mit uns, in einem Haus, das Nate nicht mochte und in dem er mich offenbar auch nicht länger wohnen lassen wollte. Außerdem war ich einige tausend Dollar ärmer und mit den Nerven weiterhin am Ende, auch wenn ich es zusehends einfacher überspielte.

»Können wir eine kurze Pause einlegen? Einfach irgendwo hinlegen, tief durchatmen und ... keine Ahnung. Ich muss die Energie finden, um dann wieder aufzustehen.« Langsam befürchtete ich, dass die Erschöpfung kein Ende finden würde und ich mich fortan immer ein wenig ausgelaugt fühlte, zumindest bis zu dem Tag, an dem wir endlich frei von sämtlichen Altlasten waren und einfach sein konnten, was auch immer wir wollten.

Nate drückte mich gegen seine Seite und nickte. »Beinhaltet diese kurze Pause auch ein bisschen Sex?«

Empört kniff ich ihm durch den Stoff in den Hintern, konnte mir das Lachen jedoch nicht verkneifen. »Wenn dem Herrn mein Bett dafür ausreicht.«

»Mir würde dafür auch der blanke Boden genügen«, sagte er mit rauem, verheißungsvollem Unterton zu mir nach unten gebeugt.

Ein Schauer rann meinen Rücken hinab und ich schüttelte den Kopf, immer noch belustigt. »Bett. Jetzt. Und dann sehen wir weiter.«

Widerwillig löste ich mich von ihm, griff nach seiner Hand und führte ihn durch den schmalen Gang, der nach hinten in mein Schlafzimmer führte. Ich roch frische Farbe und entdeckte die Stelle, an der der Boden abgeschliffen worden war. Es machte sogar den Anschein, als hätte er die Dielen gelöst, um darunter ebenfalls sauber zu machen. Kein Wunder, vermutlich war das Blut in die Ritzen und nach unten gesickert, hatte sich in dem alten Holz festgesetzt ... ich wollte mir gar nicht zu genau vorstellen, was hier für Arbeiten stattgefunden hatten, um alles wieder in einen halbwegs akzeptablen Zustand zu versetzen.

Als ich mein Bett sah, entwich mir ein freudiges Seufzen. Es waren nur wenige Tage gewesen, aber es schlief sich nirgends besser als im eigenen Bett. Außerdem hasste ich den Hotelflair, der absolut nichts von einem Zuhause hatte.

Weil die Laken komplett fehlten und mir die nackte Matratze und Bettwäsche entgegenblickte, ließ ich Nate los, ging zu meiner Kommode und zog ein neues Set heraus.

Mit einem Zwinkern warf ich sie Nate vor die Brust. »Du hast fünf Minuten. Dann brauche ich dich in der Dusche.«

Auf dem Weg ins angrenzende Badezimmer ließ ich stückweise meine Kleidungsstücke fallen, bis als letztes der Slip an meinen Beinen herunterglitt. Ich spürte Nates Blick auf meinem Hintern und zwei Sekunden später hörte ich, wie er in hektische Bewegungen verfiel.

Ohne auf die perfekte Temperatur zu warten, schob ich die Duschtür hinter mir zu und stellte den Wasserhahn auf. Kaltes Wasser schoss heraus und wurde nur allmählich wärmer. Als es warm genug war, um feine Dunstschwaden hervorzurufen, kam Nate ins Bad. Die Kleidung war er bereits los und ich nahm mir einen Moment, um seinen Körper von oben bis unten zu mustern.

Die Tattoos verschwammen stellenweise mit seiner sonnengebräunten Haut, der Blick, der auf mir landete, war voller Hunger und seine Erektion ... ich bis mir auf die Unterlippe, die Augen wieder zu seinen hebend.

Mit dem Finger bedeutete ich ihm, sich endlich zu mir zu gesellen und nicht dort draußen herumzustehen, als gäbe es für ihn nichts anderes zu tun, als mich lüstern anzustarren.

Als er endlich unter den Wasserstrahl trat, wich ich einen Schritt zurück, damit ich die Arme um seinen Hals schlingen und ihn für einen Kuss zu mir nach unten ziehen konnte. Seine Hände fanden direkt den Weg zu meinem Hintern, packten fest zu und drückten mich gegen seinen Körper.

Während ich ihn küsste, spürte ich, wie die Erregung blitzartig durch meinen Körper schoss und sich hitzig in meinen Adern festsetzte. Das tiefe Brummen, was dabei in seiner Brust vibrierte, machte es nicht besser.

»Dreh dich um«, befahl er und löste den Kuss dafür kurz.

Ich ließ es mir nicht nehmen, ihn trotzdem noch einmal zu küssen. Meine Zunge glitt über seine Lippen und in seinen Mund, heiß und innig. Bis er mich plötzlich an den Armen packte, mich umdrehte und zurück gegen seinen Brustkorb zog.

Er schob einen Arm über meinen Bauch, hielt mich fest, während seine Hand von meinem Hals, über mein Schlüsselbein, meine Brüste, die Rippen und die Hüfte, bis zwischen meine Beine fuhr, quälend langsam und den trägen Wassertropfen folgend.

Nate stand unter dem Wasser und immer, wenn sich doch etwas auf meine Haut verirrte, löste es ein kleines Prickeln aus, das die Gänsehaut noch schlimmer machte.

Als seine Finger zwischen meine Schamlippen glitten, zielstrebig dem Weg in mich folgend, ließ ich den Kopf gegen seine Schulter sinken, ein Stöhnen auf der Zunge.

Ich schloss die Augen und ließ mich von dem Gefühl davontragen, das er in mir auslöste. Er spielte so geschickt mit mir, dass ich mich wie ein Instrument fühlte, dessen Meister er innerhalb weniger Stunden geworden war.

Der Rhythmus, den er mit seinen Fingern anschlug, war bestenfalls als zermürbend langsam zu bezeichnen und dennoch breitete sich die Hitze weiter in meinem Körper aus. Die konstante, immer gleichbleibende Reibung machte mich fertig. Gerade genug, um mich zu erregen und damit ich mehr davon wollte, brauchte, und nicht genug, um mich auch nur annähernd in die Nähe eines Orgasmus zu bringen.

Ein Fluch lag mir auf den Lippen, ebenso das Bedürfnis, es einfach selbst in die Hand zu nehmen. Doch der Arm, der mich immer noch gegen seinen Körper presste und kein bisschen schwächer wurde, hielt mich davon ab. Ich spürte seine wachsende Erektion in meinem Rücken und stellte mir für einen Moment vor, wie Nate mich nach vorne beugte, ich mich an den Fliesen abstützte und er einfach von hinten in mich eindrang, um mich hart und schnell zu vögeln. Eine Mischung aus köstlichem Schmerz und purer Lust jagend, die er allmählich zu perfektionieren versuchte.

Nichts davon passierte. Stattdessen glitten seine Finger aus mir und zu meiner Klit, nur um dort eine ebenso langsame, kreisende Bewegung anzuschlagen. Mein Atem wurde schneller, schwerer und trotzdem steigerte sich das Gefühl nicht in die Richtung, in die es sollte.

Ich hob einen Arm, legte ihn über seine andere Schulter und griff hart in seine Haare. Wusste er, dass er mich mit jedem Kreisen seines Fingers weiter in den Wahnsinn trieb? Gerade, als ich die Lippen öffnete, um etwas zu sagen, spürte ich, wie er den Druck erhöhte. Statt eines Satzes entkam mir ein lang gezogenes Stöhnen.

Meine Beine begannen, unter der nicht enden wollenden, langsamen Folter zu zittern. Nate hielt mich aufrecht, den Blick nach unten zwischen meine Beine gerichtet, wo seine Hand mit so delikater Präzision arbeitete, dass ich ihn verwünschte.

Ich drehte den Kopf, biss in seinen Hals, hoffte, ihn damit zu irgendeiner Reaktion zu bewegen, die dazu führte, dass er mir endlich mehr gab, doch nichts dergleichen passierte.

Mit jeder verstreichenden Sekunde wurde ich für seine Berührungen empfindlicher, spürte mehr von der Sehnsucht nach einem Orgasmus und richtigem Sex.

Plötzlich und vollkommen unerwartet nahm Nate die Hand zwischen meinen Beinen weg – und ein ebenso unerwartetes, protestierendes Geräusch entkam mir. »Nicht aufhören«, flehte ich, unsanft aus der entspannenden Trance gerissen, in die er mich gerade versetzt hatte.

»Geduld, Gems«, raunte er mir ins Ohr und schickte damit sofort einen wohligen Schauer meinen gesamten Körper entlang.

Nate griff nach dem Duschkopf, stellte ihn zusätzlich zu dem Regenwaldpaneel über unseren Köpfen ein und änderte die Einstellung des Strahls so, dass er die Massagefunktion besaß.

In den letzten Sekunden hatte ich die Augenbrauen immer weiter nach oben gezogen. Er hatte doch nicht vor ... er konnte nicht ... nicht, wenn er mich so sensibel für seine Berührung allein gemacht hatte. Welche Wirkung würde das Wasser erst haben?

Ich schluckte. Vorfreude mischte sich mit der ehrlichen Sorge, ob ich das aushielt – eigentlich wollte ich protestieren und schaffte es dennoch nicht.

»Leg den anderen Arm auch um meinen Hals. Ich brauche beide Hände.« Nates Stimme war in den vergangenen Minuten signifikant dunkler geworden. Wenn er sprach, fühlte es sich an, als striche eine unsichtbare Hand meine Wirbelsäule entlang, nur um sich warm und fest darum zu schließen. Ein Gefühl, das mich auf einer anderen Ebene erregte, die nicht rein mit dem körperlichen Empfinden zu tun hatte.

Ich folgte seiner Anweisung, wenn auch zögerlich, und verschränkte die Arme hinter seinem Nacken. Dass ich mich dafür auf die Zehenspitzen stellen musste, spielte ihm mehr in die Karten, als es mir gelegen kam. Schon jetzt spürte ich jeden Muskel in meinen Beinen – und er hatte mit der eigentlichen Qual noch gar nicht angefangen.

Hitze schoss durch meinen Körper, als er die Hand wieder zwischen meine Beine schob und die Finger so platzierte, dass meine Klit frei zugänglich war.

Seine Lippen bewegten sich seitlich an meinem Kopf. »Bleib besser auf den Füßen, wenn du nicht willst, dass ich hieran besonderen Gefallen finde.«

Das unterschwellige Knurren ging direkt zwischen meine Beine, kollidierte mit den Geräuschen, die aus meiner Kehle kamen, als er den Wasserstrahl direkt auf die empfindliche Perle richtete. Gnadenlos und mit variierendem Abstand, sodass mir beinahe umgehend der Atem stockte.

Mein Kopf knallte wieder zurück gegen ihn, das Zittern in meinen Gliedern kam zurück, heftiger als zuvor. Ich drängte mich automatisch weiter gegen ihn, diesmal fordernd. Wonach genau ich verlangte, konnte ich in diesem Moment selbst nicht sagen, doch ich brauchte etwas. Irgendetwas, das dem Brennen meiner Pussy zu Hilfe eilte und es linderte. Oder noch besser … es so schlimm machte, dass es mir für einen Augenblick voller Wonne den Verstand raubte.

Mein innerlicher Druck wuchs, das Wasser zwischen meinen Beinen trieb mich schneller und effektiver an meine Grenzen, als seine Finger es zuvor getan hatten. Aber das war der Plan gewesen, erkannte ich nun. Nate wollte, dass ich empfindlich war, nur um dann etwas zu benutzen, das diese Empfindlichkeit in einem Umfang ausspielte, dass es mir schwerfiel, noch zu denken ... und aufrecht zu bleiben.

Mein Körper verging, löste sich auf und setzte sich vollkommen neu zusammen, als der Orgasmus mit aller Macht in mir explodierte und an mir riss. Er raubte mir das Gleichgewicht, zwang mich in die Knie, während kalte und heiße Schauer gleichzeitig durch meinen Körper liefen, die Lust durch mich peitschte und meine Sicht für einen Moment verschwamm.

Erst als die Empfindungen langsam abebbten, verschwand auch der Wasserstrahl, der mich so effektiv zum Kommen gebracht hatte.

Ich japste nach Luft, noch nicht in der Lage, zu sprechen. Die gutturalen Töne, die mir die letzten Sekunden vor dem Orgasmus entwichen waren, zählten kaum als Sprache. Als meine volle Wahrnehmung zurückkehrte, merkte ich auch, dass es nach wie vor Nate war, der mich halbwegs aufrecht hielt. Seine Hand zwischen meinen Brüsten hinderte mich daran, vornüberzukippen, und der Arm, der meine Hüfte hielt, gab meinen Beinen – die sich wie Wackelpudding anfühlten – die nötige Stabilität.

Er zog mich mit sich wieder in eine stehende Position, lehnte meinen Rücken an die vergleichsweise kühlen Fliesen und sah mir in die Augen. Ich fand einen Ausdruck darin, der sich am besten als vom Schalk getrieben bezeichnen ließ. Nate wusste genau, welche Wirkung er auf meinen Körper besaß und er kostete jedes noch so kleine bisschen davon aus.

»Ich könnte mir eine halbe Ewigkeit lang ansehen, wie sich dein Körper für mich entspannt.« Nates Lippen suchten und fanden meine, diesmal war der Kuss weitaus weniger leidenschaftlich und vielmehr geprägt von etwas, das tiefer ging als bloße Lust.

Seine Hände glitten streichelnd über meinen Hals. »Wie gut, dass ich noch nicht fertig mit dir bin.«

Mein Blick wurde automatisch lasziver. »Nicht? Was hast du noch vor, Nate?«, hakte ich unschuldig nach.

Mir entfuhr ein spitzer Schrei, als Nate mich einfach hochhob, nachdem er das Wasser ausgestellt hatte. Ohne Umschweife trug er mich direkt aus dem Badezimmer in mein Schlafzimmer. Ich konnte noch gerade so einen Blick auf das frisch bezogene Bett werfen, bevor er mich mit einer Leichtigkeit daraufwarf, dass mir gleich noch mal ganz anders wurde.

Allein wie Nate seinen Körper nutzte, um mit mir umzugehen, und wie die Muskeln seine Befehle ausführten, geschmeidig und so mühelos, dass es mich immer wieder sprachlos machte, hatte einen erregenden Effekt auf mich.

Ich drehte mich vom Bauch auf den Rücken und sah ihm entgegen. Einen Moment lang fühlte ich mich wie die Beute eines Jägers, der eine halbe Ewigkeit darauf verschwendet hatte, mir hinterherzujagen, nur, um mich endlich dingfest zu machen.

Nate fraß mich mit seinem Blick auf, ohne mich überhaupt auch nur zu berühren. Hitzeschauer jagten über meinen willigen Körper, das Kribbeln von kurz zuvor kehrte zurück und ließ mir den Atem stocken. *Fraß* war wirklich das richtige Wort, denn kein anderes beschrieb seinen Gesichtsausdruck so präzise wie dieses.

Er leckte sich über die Lippen, die weißen Spitzen seiner Zähne leuchteten auf, als er mich animalisch angrinste. Ich kannte diesen Hunger, dieses unbändige Gefühl, etwas zu wollen und es sich einfach zu nehmen, weil man dazu in der Lage war. Ich konnte kaum erwarten, dass er seinen Körper über meinen brachte, unsere Haut aneinander rieb, während er in mich eindrang und mich genau spüren ließ, wie wild es ihn machte, zu wissen, dass er mich wieder an seiner Seite hatte – für immer.

Mein Herz beschleunigte, als er sich mir näherte und am Ende des Bettes stehen blieb. Ich erwartete, dass er einfach zu mir kam, sich über mich beugte ... doch stattdessen packte er meine Fußgelenke und zog mich mit einem festen Ruck in seine Richtung, bis meine Beine komplett aus dem Bett ragten. Nate hob sie an, legte sie auf seinen Schultern ab und ich wusste mit jeder Faser meines erregten Körpers, dass er mich so tief wie nie zuvor nehmen würde, eine neue Stufe der Intensität erreichend.

Nate war noch nicht einmal in mir und ich spürte schon, wie meine Mitte verlangend pulsierte. Feuchtigkeit benetzte meine Oberschenkel und Nate, als er sich probeweise nach vorne beugte, um mich zu küssen. Das Ziehen in meinen Beinen war angenehm und doch herausfordernd zugleich, denn ich wusste, welchen Zugang ich ihm damit ermöglichte – welche Winkel er gleich gegen mich verwenden würde.

Wir kommunizierten mit Blicken, Worte waren absolut unnötig. Nate wusste genauso gut wie ich, dass wir aufeinander scharf waren, wie es eigentlich nur naive Teenager zustande brachten. Ich konnte es kaum erwarten, dass er mich ausfüllte, bis zum letzten Zentimeter in mir steckte und sich dann noch ein wenig mehr gegen mich drängte, um auch wirklich endgültig klarzumachen, auf wie viele Arten wir zueinanderpassten.

Ich griff um meine Beine herum und fasste nach seiner Erektion, um seine Spitze gegen meine Spalte zu pressen. Eine kräftige Bewegung und er drang problemlos in mich ein ... aber Nate tat es nicht. Im Gegenteil, er nahm sich sogar heraus, sich noch ein wenig triezend an mir zu reiben, mein Verlangen zu steigern. Ich war kurz davor zu flehen, als er endlich gegen mich presste und in mich glitt.

Ich schloss die Augen im Versuch, mir dieses Gefühl zu merken. Der allererste Stoß, nachdem man so lange danach gelechzt hatte, war etwas absolut Göttliches. Es existierte kein Gefühl, das sich damit vergleichen ließ, und, ehrlich gesagt, wollte ich das auch nicht.

Statt den Kuss zu lösen und Nate mehr Freiraum zu ermöglichen, damit er längere Stöße ausführen konnte, packte ich seinen Kopf wieder fester, ließ unsere Zungen miteinander spielen.

Während Nate eine Hand nutzte, um sich neben meinem Kopf abzustützen, glitt die andere über meine Beine und seine Hüften fanden wieder einen dieser quälenden Rhythmen, die mich um den Verstand brachten. Nicht tief genug, nicht fest genug, nicht schnell genug.

Als ihm ein tiefes Stöhnen in meinen Mund entschlüpfte, realisierte ich, dass es diesmal nicht darum ging, mich so zu vögeln, dass ich das Bedürfnis vergaß, mich selbst zu verletzen.

Nein, das hier war die Art von Sex, die man miteinander teilte, wenn man mehr füreinander empfand, als nur oberflächliches Geplänkel und genau das zum Ausdruck bringen wollte, ohne auch nur ein Wort der Zuneigung zu benutzen. Zuneigung – das beschrieb es perfekt.

Meine Hände glitten von seinen Schultern zu seinem Rücken und je fordernder er wurde, desto mehr nutzte ich meine Finger, um sie in die weiche Haut zu graben, die in dieser Stellung so wunderbar zugänglich für mich war.

Und obwohl draußen die Hitze wütete und es hier drin nicht viel angenehmer war, genoss ich jede verdammte Minute, in der wir uns gegenseitig zum Schwitzen brachten.

Nate küsste sich von meinen Lippen zu meinem Ohr. »Ich will, dass du gleich für mich kommst und mich so heftig mit dir reißt, dass ich für einen Moment vergesse, wo ich bin.«

Wie auf Kommando zogen sich die Muskeln in meinem Unterleib zusammen und prompt spürte ich das Zucken seines Schwanzes in mir. Es reichte nicht, dass er mit mir schlief und sich bei jedem Stoß tiefer in mich bohrte, bis er gegen meine Zervix stieß und mir so auf andere Art und Weise Lust und Schmerz zugleich bereitete, nein. Er musste mir auch noch solche Dinge ins Ohr flüstern, in einer verführerisch dunklen Stimme, die mich jahrelang bis in meine tiefsten Träume verfolgt hatte.

Ich biss in seine Unterlippe, als er zu meinem Mund zurückkehrte. »Dann sorg dafür.«

Knurrend schob Nate eine Hand zwischen meine Beine, presste seinen Daumen gegen meine Klit, leicht kreisend. Ich wusste, dass er noch keine Gelegenheit ausgelassen hatte, um mich zum Orgasmus zu bringen, und war mir sicher, dass er jetzt ganz sicher nicht damit anfing. Dennoch konnte ich mir diese leichte Stichelei nicht verkneifen.

Ich bereute sie trotzdem beinahe umgehend, denn Nate brachte meine Beine in einen Winkel, der es ihm ermöglichte, auf eine Art in mich einzudringen, die so viel Reibung erzeugte, dass sich mein Brustkorb zusammenzog und die Empfindungen, die durch meine gereizten Nervenenden schossen, beinahe zu viel waren.

Es hielt nicht lange an. Ich kam und Nate ebenfalls, wenige Sekunden später. Küssend nahm ich das Stöhnen entgegen, das ihm in der Brust gesteckt hatte, und zog ihn auf mich.

Wir atmeten heftig, unsere Körper klebten aneinander. Eine meiner Hände ruhte auf seinem Hinterkopf, die andere noch immer auf seinem Rücken. Für den Moment hätte ich mir nichts Besseres vorstellen können als das hier. Noch so ein Gefühl, das ich nicht mehr vermissen wollte. Die ruhigen Minuten, nachdem wir uns beim Sex völlig verausgabt hatten. Diese Zeit der stummen Reminiszenz an all das, was zwischen uns existierte und innerhalb kürzester Zeit wieder aufgeflammt war.

ZWÖLF

NATE

Irgendwann in meiner frühen Kindheit hatte ich einmal darüber gelesen, dass sich der eigene Herzschlag zeitweise an den Herzschlag der Person anpasste, die man in den Armen hielt. Nicht, weil es das war, was Herzen eben taten – sondern weil sich als Allererstes die Atmung an die des anderen Menschen anpasste.

Gerade atmeten Selene und ich nicht nur synchron, ich spürte auch, dass unsere Herzen im Gleichtakt schlugen und für einen winzigen Augenblick ließ ich mich davon einlullen und mir einreden, dass alles in bester Ordnung war.

Dass es das nicht war, versuchte ich, seit Stunden zu ignorieren. Mein Kopf war voller Gedanken und loser Enden und mir gelang es nicht, Ordnung in dieses Chaos zu bringen, das so eng mit meinen Gefühlen verknüpft war.

Es fiel mir schwer zu glauben, dass Selene all das überstanden hatte und ich mich innerlich fühlte, als würde ich daran zerbrechen. Ein Kind?

Selenes Kind. Unser Kind. Scheiße, allein das wollte mir nicht über die Zunge gehen und trotzdem gewöhnte ich mich langsam irgendwie daran. Redete es mir zumindest ein, wann auch immer meine Gedanken wieder zu dem jungen Mädchen abdrifteten, welches seiner Mutter so ähnlich sah.

An irgendeinem Punkt in unserer gemeinsamen Geschichte war irgendetwas so gewaltig schiefgelaufen, dass wir alles zerstört hatten. Unsere Herzen hatten unwissentlich Krieg geführt und das Ergebnis war ein verwüstetes Schlachtfeld, das uns in seiner Mitte beherbergte. Irgendwie sicher und doch verloren in der Weite der Tragik dessen, was geschehen war.

Mir fiel es leicht, Ignoranz zu meiner Vermeidungstaktik zu machen und mich davor zu schützen, was die Bedeutung der ganzen Geschichte anging, doch ich wusste auch, dass es nicht fair war, mich davor zu verschließen und anzunehmen, jemand anderes würde die Aufarbeitung für mich übernehmen.

Selene in all den Jahren allein damit gelassen zu haben, unwissend zwar, aber dennoch, machte mir am meisten zu schaffen. Ich wollte mir nicht vorstellen, wie sie mit all den Rückschlägen zu kämpfen hatte, wie man ihr ein ums andere Mal Steine in den Weg warf, nur, damit sie sich wieder aufrichtete und weitermachte, obwohl ihr so viel genommen worden war.

Es erschien mir beinahe erbärmlich, dass ausgerechnet ich mich verkrochen und in Belanglosigkeiten gestürzt hatte, wenn ich doch gar nicht wirklich derjenige gewesen war, der unter allem litt. Schwer war es dennoch gewesen, ja, aber kein Vergleich zu dem, was Selene wegen mir auf sich genommen hatte.

Ich wollte nicht, dass sie sich in meinen Augen veränderte, aber sie durchlief diese Transformation ganz automatisch. Aus dem jungen Mädchen und seiner frohen Natur war eine starke, wilde Frau geworden, die für etwas kämpfte, was ihr mehr als zustand. Gerechtigkeit.

Und ich würde derjenige sein, der sie ihr brachte – ich legte sie ihr zu Füßen, wenn es darauf ankam, setzte sie mit eigenen Händen durch, spielte das selbstgerechte Schwert der Justiz, wenn sie dadurch nur Frieden fand und ich einen Ausweg aus dem Leben, in dem ich mich viel zu lange hatte gefangen halten lassen.

Während die Gedanken durch meinen Kopf schossen, fuhren meine Finger träge durch ihre langen Haare. Ich wusste, dass sie wach war, aber die Ruhe schien für sie jetzt wichtiger als alles andere zu sein. Dieser Zustand würde nicht lange anhalten, dahingehend machte ich mir nichts vor. Irgendwann würden wir aufstehen, das Haus verlassen und zurück in die Stadt fahren, um dort das zu tun, was Selene gestern Nacht schon hatte tun wollen.

Zwischendurch fragte ich mich, ob es klug gewesen war, sie von ihrer Rache abzuhalten und das

Feuer, das in ihr herrschte, zu drosseln, um Licht ins Dunkel zu bringen – für mich, der bis zu diesem Zeitpunkt unwissend gewesen war.

Es klang verkehrt, doch ich hatte mich längst damit abgefunden, dass mein Vater für das, was er getan hatte, bezahlen würde. Sein Tod war die Wiedergutmachung für alles. Vielleicht nicht auf direkte Weise, doch indirekt würde er dabei helfen, einen Abschluss zu finden. Erst dann war es möglich, zu verarbeiten. Zumindest für mich, denn seit ich wusste, welche grundlegende Rolle er darin gespielt hatte, Selenes Leben in Leid versinken zu lassen, konnte ich gar nicht mehr anders, als mir all die Arten vorzustellen, auf die er möglicherweise sterben würde.

Verdiente er einen schnellen Tod? Aus humaner Sicht bestimmt, doch aus meiner persönlichen konnte er gar nicht genug leiden, bevor er diese Welt verließ.

Zwei zerstörte Leben.

Ein Beinahe-Tod.

Ein totes Kind, und eines, das nicht bei seinen leiblichen Eltern aufwuchs.

Eine Frau, die Wunden davongetragen hatte, die sie bis zum heutigen Tag verfolgten und immer wiederkehrten.

Und ein ahnungsloser Mann, der geglaubt hatte, der einzige Leidende zu sein.

Wegen eines Mannes, dem die Tradition einer Familie wichtiger war als die Individuen darin und deren Gefühle.

Ich drückte Selene fester gegen mich, das Gesicht an ihrem Haaransatz vergraben. »Du weißt, dass du jetzt meine Familie bist, oder?«

Die Frage hätte nicht unschuldiger formuliert sein können und doch trug sie so viel Bedeutung in sich.

Selene hob den Kopf nicht, als sie mit einem Nicken antwortete. Eigentlich war es sogar eine recht dumme Frage gewesen, denn wir waren schon damals mehr als bloße Freunde gewesen. Familie ging zu weit, doch wir hatten uns so nahe gestanden, dass die Bindung zwischen uns, die Beziehung, nicht zu leugnen gewesen war. Selbst, als wir noch nicht diesen einen finalen Schritt gegangen waren, der uns von bloßen Freunden zu mehr hätte machen sollen und letztlich das Ende von allem geworden war.

»Vorhin, als ich Colton getroffen habe, wollte er ein kurzes Update. Er weiß Bescheid. Und für einen Moment hatte er Angst. Davor, dass du ihm sein Leben stiehlst.« Sie sprach leise und bedacht. Wehmut klang in ihrer Stimme mit und ich war mir nicht sicher, ob sie daher rührte, dass sie darüber nachdachte, ihrem Bruder sein Leben wirklich zu nehmen oder weil es einfach so verdammt schwer war, Dinge wie diese auszusprechen und handzuhaben.

Mir fiel es schwer zu glauben, dass Colton mich fürchtete. Zugegebenermaßen hatten wir nie sonderlich viel Sympathie füreinander empfunden, doch das bedeutete noch lange nicht, dass wir nicht generell miteinander klarkamen. Ich respektierte ihn – seit jeher. Als Selenes großen Bruder war es mir immer praktischer erschienen, ihn auf meiner Seite zu wissen, anstatt als Feind anzusehen.

Ich atmete tief ein und anschließend wieder aus, bevor ich überhaupt über eine Antwort nachdachte. »Ich bin nicht die Art von Mensch, bei der ein Kind aufwachsen sollte. Vielleicht wäre ich es geworden, hätte ich die Zeit und den Rahmen dazu gehabt, aber so ... ich werde keine Ansprüche stellen. Weder jetzt noch in Zukunft.«

Sobald ich es laut aussprach, wusste ich, dass es stimmte. Trotz der Tatsache, dass es mich wahnsinnig schmerzte, nicht die Chance gehabt zu haben, war mir auch klar, wie wenig gerecht ich dieser Situation geworden wäre. Werden würde. Das Blut, welches an meinen Händen klebte, sollte auf keinen Fall das Leben eines unschuldigen Kindes beflecken. In Gefahr bringen. Oder ... Schlimmeres.

Ich räusperte mich. »Ich dachte am Anfang, dass ich nicht nachvollziehen kann, warum du dich dazu entschieden hast, sie aufzugeben. Deinem Bruder und seiner Frau eine Chance zu verschaffen ... Aber ich glaube, ich verstehe es sehr wohl. Wir führen beide Leben, in denen ein unschuldiges, reines Kind keinen Platz hat.«

»Ich weiß nicht, ob ich dieses Leben noch führen kann, wenn es vorüber ist. All die Jahre war das Einzige, was mich angetrieben hat, der Tod deines Vaters. Deswegen bin ich morgens aufgestanden. Deswegen habe ich gelernt, zu schießen.

Habe Menschen getötet. Mich in diese Branche eingezeckt. Mir den Namen gegeben. Alles nur, um eines Tages vor ihm stehen zu können, während der Lauf meiner Pistole auf ihn zeigt. Ich will in seinem Gesicht sehen, wie er realisiert, dass es für ihn keinen Ausweg mehr gibt. Kein Entrinnen. Er wird ahnen, dass ich auf der Suche nach ihm bin und ich hoffe, allein die Vorstellung sorgt dafür, dass er sich einpisst.« Die grimmige Tonalität ihrer Stimme bewies wieder einmal, wie absolut ernst Selene das meinte.

»Er wird es, wenn er merkt, dass er mit seinen Taten das Erbe einer ganzen Familie zerstört hat.« Ein beschissenes Erbe zwar, aber nichtsdestotrotz das wichtigste Gut, das es in seinem Leben jemals gegeben hatte.

»Du weißt, dass du dich nicht auf meine Seite schlagen musst, nur weil es da diese Geschichte gibt, oder? Er ist dein Vater, Nate. Immer noch.« Obwohl sie nicht aufsah, erkannte ich die Ehrlichkeit in ihren Worten statt in ihrem Blick.

Ich schüttelte den Kopf. Dieses Recht auf meinen Grundgehorsam, auf meine familiäre Bindung, hatte er in der Sekunde verwirkt, da ich erfahren hatte, aus welchem Grund er Selene das Messer zwischen die Rippen gerammt hatte in der Hoffnung, ihr Herz zu zerfetzen. »Es gibt nicht deine und seine Seite. Es gibt uns und ihn.«

»Uns und ihn«, wiederholte Selene vorsichtig. »Auch wenn du ihn sterben siehst?«

»Auch wenn ich ihn selbst töte.«

»Und danach?«

Ein Themenwechsel, der ebenso unerwartet wie auch willkommen kam. Trotzdem fehlte mir die passende Antwort darauf. »Keine Ahnung, sag du es mir?«

Für einen Moment schien sie zu überlegen. »Du meintest, ich darf nicht länger hier wohnen. Wo willst du hinziehen? Das Hotel kannst du vergessen.«

Eigentlich war es nur ein beiläufiger Scherz gewesen, doch relativ schnell danach war mir klar geworden, dass ich es gar nicht so scherzhaft meinte. Ich wollte nicht, dass Selene in einem Haus lebte, in dem sie zwei Menschen umgebracht hatte, damit diese ihr nicht zuvorkamen. Ich wollte sie in meiner Nähe wissen, glücklich und sicher und geborgen.

»Natürlich nicht das Hotel«, brummte ich. Sie glaubte doch nicht ernsthaft, dass ich mir auf Dauer ein einzelnes Zimmer mit ihr teilte?

»Und ich ziehe nicht weg. Ich war die letzten Jahre über ständig woanders«, brachte sie noch an.

»Das Haus meiner Familie ist auch raus.«

»Aber so was von.« Keine Antwort kam so schnell und energisch wie diese. »Ich will sie aufwachsen sehen, weißt du? Nachdem ich so viel verpasst habe, kann ich mir wenigstens als Tante ansehen, wie sie erwachsen wird und aus der Entfernung ein Auge darauf haben, dass ihr nichts passiert.«

»Wenn er erst einmal tot ist …«

»Gibt es da draußen trotzdem noch etliche Gefahren. Es hört nicht auf, nur weil einer von vielen ein Ende findet. Es geht immer weiter. Für jeden schlechten Menschen, der geht, kommen fünf noch schlimmere nach. Zumindest fühlt es sich so an, wenn dein Herz eigentlich nicht mehr in deinem eigenen Körper schlägt, sondern im Körper eines kleinen Menschen.« Es klang wie ein Fakt. Als müsste man einfach wissen, dass das geschah, sobald man Kinder bekam.

Eigentlich hatte irgendein profunder Teil von mir bereits geahnt, dass sie kein Weg mehr von hier wegführen würde und tief in meinem Inneren war mir bewusst, wie unwahrscheinlich es war, dass ich Vegas jemals hinter mir ließ. Ich war hier aufgewachsen und hatte auch danach jedes einzelne, verdammte Jahr hier verbracht. Die Stadt gehörte zu mir, mit ihren guten und ihren schlechten Seiten.

»Lass mich raten. Du willst auch nicht in eine dieser langweiligen Vorstädte ziehen. Oder gar in die Stadt selbst.« Das war keine Vermutung, die ich weit herholen musste.

Selene war in einem Trailerpark aufgewachsen, auf weniger als zwölf Quadratmetern. Das Bett hatte sie sich mit Colton geteilt, ihren Vater kannte sie nicht und ihre Mutter in einem Satz mit dem Wort verantwortungsbewusst zu nennen, glich beinahe einer Straftat. Solange ich mich erinnern konnte, hatte sie es immer gehasst, mit vielen Menschen an einem Ort zu sein. Nicht zwangsweise, weil sie die Menschen störten – sondern weil sie es nicht gewohnt war, so viele Leute um sich herum zu haben und konstant das Gefühl zu haben schien, dass man nur auf sie achtete. Auf das Mädchen, das in einem winzigen Trailer aufwuchs und zum Teil von ihrem Bruder aufgezogen wurde.

Es hatte eine beruhigende Wirkung auf mich, dass sich manche Dinge nicht änderten, egal wie viel Zeit verging.

»Ich hab in New York State gelebt und es geschafft, einen Besuch in der Stadt selbst komplett zu vermeiden«, warf sie ein. Es klang wie etwas, mit dem sie prahlen wollte. »Ich will nicht sagen, dass das Haus hier sonderlich toll ist. Oder schick und modern. Es ist eine Bruchbude. Aber es ist überschaubar, mitten in der Natur und ich fühle mich wohl, weil ich jeden Zentimeter davon in- und auswendig kenne. Das will ich. Und ansonsten ... will ich dich bei mir, Nate. Weil ich genauso gut hierbleiben könnte, wenn du dann doch entscheidest, dass du es mit mir nicht dauerhaft aushältst.« Das erste Mal, seit wir dieses Gespräch begonnen hatten, drehte Selene den Kopf in meine Richtung und sah mich mit einem verschmitzten Lächeln an. »Wenn du dabei bist, ziehe ich auch in ein Haus mit dreihundert Quadratmetern. Ich werde es hassen, aber ich würde es tun.«

Und ich würde genau das nicht zulassen – dass sie sich selbst vergaß, nur weil sie jemanden anderen vor sich selbst stellte. Doch das sagte ich nicht laut, weil es besser war, wenn sie das gar nicht erst bemerkte.

Ich verzog das Gesicht und schüttelte den Kopf.

»Hm, nein. Wir werden irgendetwas finden, das für uns beide perfekt ist.«

Selene wirkte nachdenklich. »Ich kann nicht glauben, dass wir hier liegen, und darüber sprechen, was wir in Zukunft tun. Wir haben sie noch nicht einmal für uns gewonnen.«

Es war bizarr, da musste ich ihr durchaus recht geben. »Doch, haben wir. Wir müssen nur noch dafür sorgen, dass es zur unveränderlichen Realität wird.«

»Weißt du, wann und wie?« Sie sprach so leise, dass ich annahm, sie würde befürchten, von irgendwem belauscht zu werden. Dem Universum vielleicht, denn ansonsten war hier draußen in der unendlichen Einöde Nevadas niemand.

Ich atmete lautstark aus und hob eine Hand, um mir über das Gesicht zu fahren. Über so vieles hatte ich nachgedacht, aber diese beiden Themen hatte ich gemieden wie die Pest. Praktischerweise.

»So bald wie möglich. Und an einem Ort, an dem es so schnell keiner mitbekommt.« Und ich kannte genau das richtige Gebäude dafür. Es fiel mir ein, als ich den Satz aussprach und ich wusste, dass es sich perfekt eignete.

Vor etlichen Jahren hatte es Nahe des Strips einige Bauprojekte für neue Casinos und Hotels gegeben, deren weitere Finanzierung in den Mühlen der Rechtsinstanzen stecken geblieben war. Die Bauherren hatten schon nach knapp zwei Jahren aufgegeben und ihr Geld lieber anderweitig und schneller investiert. Was übrig blieb, waren die Karkassen unzähliger Gebäude, oder viel mehr Skelette davon. Denn zu richtigen Gebäuden waren sie nie geworden. Die Grundmauern standen, aus Beton und Stahl ragten sie hoch in den Himmel. Die Gelände waren abgesperrt, aber nicht gut genug, um nicht doch hineinzugelangen. Früher hatte es dort zahlreiche Partys gegeben in den Bereichen, die man ursprünglich als Tiefgaragen geplant hatte. Nach dem Einsturz eines Teils von einem dieser Orte hatte man mit hohen Geldstrafen dafür gesorgt, dass das illegale Betreten des Geländes aufhörte. Die Polizei traf man dort nachts auch immer noch regelmäßig an – doch sie achtete nicht darauf, dass im Schatten all dieser kaum begonnenen Bauprojekte auch ein altes Casino stand. Verlassen, nachdem der Besitzer bei einer kleinen Auseinandersetzung mit einem der Drogenkings der Stadt ums Leben gekommen war.

Die Maschinen und Pokertische waren längst eingestaubt, die Hotelzimmer alt und muffig und die großen Säle verwahrlost. Ein abgelegener Ort, an dem niemand den vereinzelten Schuss einer Pistole hören würde. Schreie drangen nicht bis an die Außenwelt, weil man mit einer besonderen Dämmung dafür gesorgt hatte, dass der Lärm des Casinos dortblieb, wo er hingehörte: im Casino. Es war perfekt. Perfekt, um einen Menschen zu töten und seine Leiche für Monate, wenn nicht sogar Jahre verschwinden zu lassen.

Ich würde ihn nie wieder sehen – und falls doch, würde ich der Polizei erzählen, dass der Krebs ihn zu sehr belastet hatte und er abgehauen war, um seine verbliebene Zeit allein zu verbringen. Wie eine Katze, die sich zum Sterben zurückzog.

»Du wirst erst ins Spiel kommen, wenn es für ihn zu spät ist, um zu ahnen, was passiert, okay? Ich sorge dafür, dass er mich an einem abgelegenen Ort trifft und dann … gehört er dir.« Und wenn sie es am Ende doch nicht tat, würde ich es tun. Schon allein, weil er die Tage, die ihm trotz seiner Krankheit noch blieben, nicht verdiente.

Es war eine Art von Karma, dass er ausgerechnet an Krebs erkrankte und langsam dahinsiechte, doch das reichte nicht mehr aus.

Selene schob sich ein Stück zu mir nach oben, bis direkt vor mein Gesicht. »Kannst du mich küssen, bis wir wieder in unsere grausamen Leben zurückkehren müssen? Es fühlt sich an, als wärst du das einzig Gute, was gerade existiert.«

Ich legte eine Hand an ihre Wange, fuhr mit dem Daumen sanft über die weiche Haut, die sich unter meiner Berührung erwärmte und zog sie langsam an mich heran, um genau das zu tun. Selene zu küssen und noch eine Weile zu vergessen, dass vor den Mauern dieses Hauses eine Welt existierte, die uns beide in die Hölle und zurück geschickt hatte und nicht damit aufhören würde, uns zu quälen, bis sie auch das letzte bisschen unserer Seelen besaß.

Es dauerte genau vierundzwanzig Stunden, bis der Gesang meines nach Rache dürstenden Blutes mich dazu brachte, den Plan in die Tat umsetzen zu wollen. Er war nicht lange geschmiedet worden und auch nicht sonderlich ausgefeilt und dennoch würde er ausreichen, um das zu erreichen, was wir wollten.

Statt mit meinem eigenen Wagen zu fahren, lieh ich mir Selenes Ducati, die mehr Feuer unter der Haube hatte und dafür sorgte, dass genügend Adrenalin durch meine Adern peitschte, während ich auf das Ende einer Ära zuraste. Einer ganzen Familie. Bei der ersten Gelegenheit, die sich mir bot, würde ich den Namen Alderidge ablegen – damit auch der letzte Teil des Erbes ausstarb und bald nichts mehr daran erinnerte, dass es eine Familie mit so blutiger Herkunft jemals gegeben hatte. Nonexistent. Aus den Erinnerungen der Geschichte getilgt. Wenn in naher Zukunft niemand mehr existierte, der davon erzählen könnte, würde der Rest an dem Tag aussterben, an dem ich meinen letzten Atemzug tat – und das war es, was am Ende neben dem Tod meines Vaters die wichtigste Rolle spielte. Zumindest für mich.

Selene hatte ich dazu überredet, mein Auto zu nehmen und in einiger Entfernung von dem Block zu parken, in dem sich das verlassene Casino befand. Im Zweifel verschwanden wir mit dem Motorrad schneller von diesem gruseligen Ort als mit dem Wagen, den wir später immer noch holen konnten, ohne Aufsehen zu erregen.

Ich gab es nicht gerne zu, aber als ich noch vor weniger als einer Stunde gesehen hatte, wie viele Waffen den Weg an ihren Körper gefunden hatten, war es mir eisig den Rücken hinabgelaufen. Nicht, weil ich bereute, sondern weil ich es kaum abwarten konnte zu sehen, wie die Last, die sie eine Ewigkeit mit sich herumgetragen hatte, endlich von ihren Schultern abfiel.

Ich hatte es ihr gleichgetan und mir mehr als die übliche Pistole und das Messer angelegt. Mein Vater war nie dumm gewesen und falls er irgendetwas ahnte, musste ich vorbereitet sein. Noch einmal kam er sicher nicht dazu, die Hand gegen Selene zu erheben.

Das Casino war kein Treffpunkt, der ungewöhnlicher war als andere, die wir regelmäßig frequentierten. Vermutlich ging er davon aus, dass ich ihm erste Ergebnisse vorlegen würde, was die Kinder und deren Familien anging.

Wut wallte in meinen Eingeweiden auf, als ich daran dachte, dass all diese Kinder ein Teil *meines* Kindes in sich trugen und er, ohne mit der Wimper zu zucken, verlangt hatte, ganze Familien auszulöschen.

Vielleicht konfrontierte ich ihn damit, bevor er seinen letzten Atemzug nahm. Vielleicht warf ich ihm all diese Dinge vor, nur um zu sehen, wie er sich wand und versuchte, eine billige Ausrede zu finden, obwohl ich die Wahrheit kannte und Selene mehr traute als ihm jemals.

Ja, sie hatte mich angelogen und gewisse Details

vor mir verheimlicht und ja, das ärgerte mich zu einem gewissen Maß sogar. Die Gründe dahinter jedoch waren gut und nicht dazu gemacht, dass ich mir selbst, ohne es zu ahnen, Schaden zufügte.

Das alte Casino kam in Sichtweise. Mehrere Stockwerke ragten in den Himmel und auf dem Dach fanden sich die Überreste einer alten Leuchtreklame, nebst einigen Metallgerüsten, die rostend und schief hervorragten. Die Farbe an den Gebäudewänden blätterte in großen Stücken ab, die Fenster waren blind und man erkannte selbst aus großer Entfernung, dass sich zentimeterhohe Staubschichten im Innern sammelten. Der Haupteingang war einst pompös gewesen, Gold in Kombination mit Glas. Inzwischen war die Farbe matt und das Glas hatte man durch Sperrholzplatten ersetzt, auf denen Graffitis ein neues Zuhause fanden.

Spähte man durch die Fenster seitlich am Gebäude, erkannte man die leblosen Spielautomaten, die ihr Leben schon vor etlichen Jahren ausgehaucht hatten. Entweder, weil sie schlichtweg kaputt waren oder aber, weil Jugendliche sie aufgebrochen und die wenigen brauchbaren Münzen herausgeklaubt hatten. Auf dem Boden lagen Chips und Karten, Abfall und ein Teil der Decke, die wegen Wasser und Schimmel heruntergekommen war.

Der Boden war stockfleckig, als ich das Gebäude durch einen Seiteneingang betrat, dessen rostige Metalltür bekannterweise nur angelehnt und nicht vollständig verriegelt war. Wo es keinen

Teppich mehr gab, kamen Fliesen zum Vorschein, die in edler Marmoroptik daherkommen sollten, aber stattdessen schlichtweg billig wirkten.

Alles in allem war das einer der Orte, für die Vegas normalerweise berühmt war – ich wettete, dass die Touristen wieder in Scharen hereinströmten, wenn man das Chaos grob beseitigte, das Licht dimmte und etwas Raumerfrischer verteilte. Solange die Automaten fröhliche Geräusche von sich gaben und mit klimperndem Geld einluden, zu verweilen, gab es keinen Grund, nicht über den ansonsten schäbigen Gesamteindruck hinwegzusehen. So lief das eben in Vegas.

Ich fragte mich, ob die Touristen auch noch kamen, wenn sie wussten, dass in diesem Gebäude ein Mann gestorben war. Vermutlich nicht nur einer, wenn ich es mir recht überlegte und daran dachte, wie viele zwielichtige Typen diesen Ort noch kannten und besuchten.

Es dauerte eine Weile, bis ich mich in den ehemaligen Veranstaltungssaal vorgearbeitet hatte. Der einst rote Vorhang hing schief und in Fetzen von der Decke, aus den meisten Sitzen, die bogenförmig um die Mitte des Raumes angeordnet waren, quoll der gelbliche Inhalt heraus und wenn ich michs nicht versah, würde das Metallgerüst unter der Decke seine Dienste auch nicht mehr lange verrichten.

Wie ironisch wäre es, fiele uns gleich eine alte Theaterlampe auf den Kopf?

Erst als ich einige Stufen nach unten gestiegen

war, erkannte ich die Gestalt, die in der allerersten Reihe auf dem ersten Stuhl saß, das Gesicht nach vorne gerichtet und nicht danach sehend, wer den großen Saal betreten hatte.

Zweifelsohne mein Vater, der mein Auftauchen sicher gehört hatte, aber mal wieder glaubte, dass er über jeder Gefahr stand. Dass dem nicht so war, würde er in kurzer Zeit erkennen.

Gemächlich schritt ich die restlichen Stufen hinab, wich dabei Müll und anderen Hindernissen aus und ließ mich nicht davon beirren, dass er auf mich wartete. Heute würde ich wohl das letzte Mal in seinem Leben eine Enttäuschung für ihn darstellen.

Als ich auf seiner Höhe angekommen war, blieb ich im Gang stehen, die Hände in den Taschen versenkt und absolut ruhig. Ich wusste, dass Selene genug Zeit gehabt hatte, um das Gebäude zu erkunden und sich den besten Ort herauszusuchen, um meinem Vater aufzulauern. Er würde sie nicht kommen sehen.

»Du wolltest dich mit mir treffen, Sohn?« Es wunderte mich, dass er nicht direkt zum Punkt kam und fragte, wie viele Menschen schon gestorben waren. Andererseits erwartete er das vermutlich von mir. Dass ich ihm ungefragt mitteilte, wie meine bisherigen Erfolge aussahen.

»Stimmt«, entgegnete ich. »Aber wohl nicht aus dem Grund, den du erwartet hast.«

Er hob langsam den Kopf in meine Richtung

und sah mich von der Seite an, doch ich starrte weiterhin stur geradeaus aus Angst, dass er in meinen Gesichtszügen ablas, dass ihn heute sein Ende erwartete.

»Aus welchem denn dann? Sag mir nicht, dass du hier bist, um meine Zeit zu verschwenden!«

Nein. Ich war hier, um seine verbliebene Zeit herunterzuzählen.

»Weißt du, ich habe immer ein bisschen Hass dir gegenüber empfunden. Ein kleines bisschen, weil du nie so liebevoll mit mir umgegangen bist wie die anderen Eltern, die ich kannte. Mit den Jahren wurde es schlimmer und erreichte einen Punkt, von dem es beinahe kein Zurück gab. Du kennst den Punkt, oder nicht? Du weißt, was du angerichtet hast, als du damals von mir verlangt hast, Selene als meine Abschlussprüfung umzubringen.« Ich wollte nichts davon aussprechen und dennoch sprudelte es aus mir heraus, ohne, dass ich es aufhalten konnte. »Aber damit nicht genug, oder?«

Bevor ich weitersprechen konnte, hörte ich Schritte. Es dauerte einige Sekunden, dann ging Selene über die Bühne, nur um sich am Rand mit hängenden Beinen niederzulassen. Ihr Blick war auf meinen Vater fixiert, die ganze Zeit über. Ihr Gesicht blieb in undurchdringbare Gleichgültigkeit getaucht, die von einem Zucken ihrer Mundwinkel durchbrochen wurde, als sich der Schock bei meinem Vater abzeichnete.

»Das hast du nicht kommen sehen, was?« Verglichen mit dem Hass, der in Selenes Augen loderte, war ihre Stimme absolut lieblich.

Er sprang auf, doch bevor er auch nur einen Schritt weit kam, lag meine Hand auf seiner Schulter und ich drückte ihn zurück auf seinen Sitz. Mit einem tadelnden Geräusch sah ich ihn an. »Du willst doch nicht etwa abhauen, oder?«

»Was macht *sie* hier? Sie sollte tot sein!«, keifte er und deutete mit der Hand in Selenes Richtung.

War diese Frage nicht eigentlich vollkommen überflüssig? Inzwischen müsste er doch weit genug gedacht haben, um zu wissen, was ihre Anwesenheit bedeutete.

»Zum dritten Mal schon, wenn ich mich nicht verzähle. Ich habe es nicht getan, also wolltest du den Fehler richten. Aber es ist dir nicht gelungen, und als du es vor einigen Tagen dummerweise herausgefunden hast, wolltest du es selbst in die Hand nehmen. Aber auch das ist schiefgegangen. Aber lass mich dir eines sagen: Eine vierte Chance bekommst du nicht.« Ich drückte ihn weiterhin nach unten auf seinen Sitz, während ich sprach. Obwohl ich alles daransetzte, die Emotionen aus meiner Stimme herauszuhalten, gelang es mir nicht.

Sie beherrschten meinen Tonfall und meinen Gesichtsausdruck und mit Sicherheit auch mein Handeln, denn eigentlich hatte ich diese Sache Selene ganz allein überlassen wollen. Nun war sie stumme Zuschauerin, die sich daran ergötzte, wie ich meinem Vater all seine Vergehen vor Augen führte.

Er blieb stumm, doch die Wut verzerrte sein Gesicht.

»Vielleicht kannst du es dir schon denken, aber ich kenne mittlerweile jedes Detail. Du wusstest, dass sie von mir schwanger war, und kanntest die Geschlechter der Babys. Und weil ich sie nicht getötet hatte, glaubtest du, es sei deine Pflicht.« Ich stieß ein abfälliges Geräusch aus. »Und dann wagst du es, zu mir zu kommen und mir zu befehlen, all die Kinder zu töten, die durch das Sterben eines meiner Kinder weiterleben durften. Du hast dir dein eigenes Grab geschaufelt.«

Es wäre ein Leichtes, die Waffe zu ziehen und den Lauf gegen seine Schläfe zu pressen. Abzudrücken. Und den kläglichen Inhalt seines Hirns auf den umliegenden Sitzen zu verteilen. Meine Finger zuckten bereits und wollten dieser Vorstellung Folge leisten, doch ich riss mich zusammen.

»Was du getan hast ... was du tun wolltest, ist schlichtweg pervers. Und warum? Weil es eine Familientradition gibt, die dir sagt, dass es in Ordnung ist, Frauen obsolet zu machen?« Selene sprang von der Bühne herab und landete mit einem lauten Donnern auf dem Boden, wenige Meter vor der ersten Reihe.

Sie verschränkte die Arme und starrte auf den älteren Mann herab, der sich inzwischen sichtlich unwohl fühlte und noch immer eine Wut zur Schau trug, die beachtlich war. Wusste er, dass sie ihn nicht retten würde?

Er ignorierte Selene und blickte stattdessen zu

mir auf, als wäre ich sein Ausweg aus dieser aussichtslosen Situation. »Töte sie«, beschwor er mich. »Töte sie jetzt und ich vergesse, was hier geschehen ist.«

Eine glatte Lüge, und das wusste ich genauso gut wie er. Edmond Alderidge vergaß nicht. Nicht das geringste Detail. Und ganz abgesehen davon, stand es ohnehin nicht zur Debatte. Der lächerliche Versuch eines verzweifelten Mannes, sein erbärmliches Leben zu retten und davonzukommen. Bisher war es ihm immer irgendwie gelungen, seinen Hintern in Sicherheit zu bringen, doch heute war der Tag gekommen, an dem er erfuhr, wie es sich anfühlte, eine Niederlage einzufahren.

Ich sah, wie Selene mit den Augen rollte, als sein Flehen den großen Saal erfüllte. Die Härte, die sie gerade ausstrahlte, war mir nicht unbekannt – aber auch ein Hinweis darauf, dass sie in die Rolle ihrer zweiten Persönlichkeit geschlüpft war. So wie ich es tat, wenn ich Aufträge abarbeitete. Ich wurde zu Charon und grenzte mich automatisch von den Geschehnissen ab. Sie verfolgten mich zwar auch noch, wenn ich wieder zu Nate wurde, doch es fiel mir leichter, damit umzugehen und eine Möglichkeit zu finden, sie zu verarbeiten.

Wir waren uns so ähnlich – ohne einander jemals zuvor in diesen speziellen Rollen gesehen zu haben. Tatsächlich fragte ich mich sogar, ob sie gerade so emotional investiert war wie ich, oder ob sie es ganz nüchtern betrachtete als einen weiteren Mord, den sie ihrer langen Liste hinzufügen würde.

»Das hier wird langweilig«, sagte sie plötzlich, den Blick auf ihre Fingernägel gerichtet. »Ich hab nicht vor, ihm all seine Sünden aufzuzählen und so zu tun, als wäre ich die Richterin darüber. Ich will ihn tot vor meinen Füßen sehen und wissen, dass er den Menschen, die mir etwas bedeuten, nie wieder Schaden zufügen kann.«

Ihre Hand glitt zu der Glock, die sie offenkundig an ihrem Oberschenkel trug, löste sie aus dem Holster. Als sie entsichert war, lag sie locker in ihren Fingern, noch nicht auf ihr eigentliches Ziel gerichtet.

Selenes Blick fand das Gesicht meines Vaters und darauf die ersten Anzeichen für ein fieberhaftes Überlegen. Vermutlich fragte er sich, ob er sich von mir losreißen konnte, um ihr die Pistole zu entwinden. Mit einem festen Zupacken meiner Hand an seiner Schulter erinnerte ich ihn daran, dass ich noch immer da war und Selene nicht allein gegen ihn stand.

»Eigentlich wollte ich dich leiden lassen, bevor du stirbst. Für alles, was du getan hast, ein paar Minuten mehr. Aber ich glaube, ich will mir die Finger an dir gar nicht schmutzig machen. Eine Kugel, als Ziel dein Herz – und das hier ist vorbei, ehe du es merkst.« Selene hob probeweise die Pistole an. Zunächst zielte der Lauf auf seinen Kopf, dann sank er langsam und befand sich in einem perfekten Winkel, sodass die Kugel sein Herz nicht nur durchdringen würde. Nein. Sie würde es zerfetzen und anstatt innerhalb von einer Minute zu verbluten, würde er spüren, wie der Muskel in seiner Brust explodierte und wissen, dass er nichts – rein gar nichts – dagegen tun konnte. Und dann würde er sterben. Einfach so.

»Ihr spinnt doch, alle beide! Lass mich los und wir sehen, wer hier lebend rausläuft!« Mein Vater begann, sich unter meinem eisernen Griff zu winden.

»Für wie lange noch? Zwei Wochen? Sechs? Hättest du nicht von Nate verlangt, diese Familien zu töten, hätte ich mir in Ruhe angesehen, wie der Krebs dich dahinsiecht. Aber so? Nate, komm her.« Selene bedeutete mir mit einem Nicken, dass ich zu ihr kommen sollte, anstatt ihn weiter in seinem Sitz zu halten.

Widerwillig ließ ich ihn los. Wir waren zwar bewaffnet, allerdings kannte ich ihn gut genug, um zu wissen, dass er gewieft genug war, um uns auch daraus einen Strick zu drehen. Als ich zu ihr ging, wagte ich es nicht, ihm auch nur eine Sekunde lang den Rücken zuzudrehen und obwohl er sitzen blieb, erkannte ich in seinen Augen, dass sich langsam ein Plan formte, der ihn aus der Situation befreien sollte.

»Nimm deine Pistole«, wies sie mich an, den Blick weiterhin stur geradeaus gerichtet.

Mein Vater begann zu lachen. »Siehst du? Sie kann nicht mal allein einen Mord begehen und braucht deine Hilfe dafür. Als käme sie nicht mit der Schuld klar, wie ein kleines Kind!«

Je gehässiger er wurde, desto höher loderte

meine eigene Wut. Ich hatte mir geschworen, ruhig und besonnen zu bleiben, aber in diesem Moment wünschte ich mir nichts sehnlicher, als die Waffe zu heben und das ganze Magazin in ihn zu entleeren, damit er endlich schwieg und nicht versuchte, in meine Gedanken einzudringen.

Selene fiel es deutlich einfacher, die Dinge, die er ihr indirekt an den Kopf warf, zu ignorieren. »Nimm deine Waffe, Nate. Und wenn du möchtest, beenden wir es gemeinsam. Ich weiß, wie wütend du bist und auch, dass du dich zurücknimmst, weil es meine Rache ist. Das musst du nicht.«

Wie ferngesteuert griff ich zu dem Holster, um die Pistole herauszunehmen. Mit einem leisen Klicken entsicherte ich sie, hielt sie aber nach unten. »Halt endlich deine Scheißfresse. Nur ein einziges Mal. Versuch dieses eine Mal nicht, mir in eine Entscheidung reinzureden!«

Er tat es, seit ich denken konnte – wann immer ich etwas entschied, kam er daher und erzählte mir, wie grundlegend falsch es war. Dass ich nicht dazu in der Lage war, Dinge zu entscheiden. Er sorgte dafür, dass sich nichts, was ich tat, richtig anfühlte und selbst meine eigenen Gedanken sich gegen mich richteten. Er sprach mir die Validität meiner Gefühle ab und meines Handelns, weil sie nicht seiner Vorstellung entsprachen, und forderte damit heraus, dass ich mich an manchen Tagen konstant wie ein Versager gefühlt hatte. Was sich über Jahre hinweg aufgebaut hatte, suchte sich nun ein Ventil, um endlich an die Oberfläche zu gelangen.

So viele Dinge hatte ich geschluckt und darüber hinweggesehen, vor allem in der Zeit, als ich Selene an meiner Seite gewusst und mich in ihrer Nähe so anders gefühlt hatte.

Ich hob die Waffe, froh darum, dass er die letzten Sekunden tatsächlich geschwiegen hatte. Sollte ich hoffen, dass es mir leichtfiel? Oder eher das Gegenteil, weil es bedeuten würde, dass er mir nicht egal war?

Letztendlich machte er es mir so einfach, wie er konnte. Mit einem entschlossenen Ausdruck auf dem Gesicht sprang er auf, vollkommen auf Selene fixiert und darauf, sie mit einem Hechtsprung von den Füßen zu reißen. Er rechnete fest mit meiner Schwäche. Und lag falsch.

Wir rissen fast zeitgleich die Waffen hoch, der erste Schuss hallte in dem hohen Raum wieder, und dann folgte der nächste, noch einer und noch einer – und sie hörten erst auf, als es keine Kugeln mehr gab, die ihn hätten zerfetzen können.

Meine Ohren dröhnten, ich schluckte hart und die Waffe glitt mir aus den Händen, traf auf den Boden und blieb liegen. Im Nachhinein hätte ich nicht sagen können, wer den ersten Schuss abgegeben hatte und wer den letzten. Die vergangenen Sekunden verschwammen zu einem einzigen Strudel, der aus einem einzigen Bild bestand: wie mein Vater durch den Aufprall der Kugeln zurückgerissen wurde und gegen die Sitze knallte, während das Blut spritzte, aus ihm sickerte und sich im Umkreis von mehreren Metern überall verteilte.

Ich spürte die feinen Tropfen auf meinem Gesicht und meinen Armen.

Und dann hörte ich sie, die Schritte, die sich hastig näherten. Bevor ich einen klaren Gedanken fassen konnte, gellte Selenes empörter Aufschrei durch den verlassenen Saal. Ich fuhr herum, immer noch benommen.

Der Anblick, der sich mir bot, ließ mich sofort wieder in meine zweite Persönlichkeit rutschen. Nate, Charon. Der Wechsel erfolgte seit Jahren so flüssig, mich wunderte gar nichts mehr.

In einer fließenden, längst verinnerlichten Bewegung wechselte ich das Magazin und hob die Pistole in Richtung des anderen Mannes, der Selene noch immer fest umklammert hielt. Die Mündung seiner Waffe ruhte an Selenes Schläfe.

Die Ruhe, die von ihr ausging, übertrug sich nicht auf mich. Hatte sie keine Angst? Ich schon. Mir ging der Arsch ehrlich gesagt auf Grundeis, denn der Gedanke, dieser Tag könnte mit zwei Leichen enden, lähmte mich innerlich fast vollständig.

Ich starrte in die kalten Augen des Leibwächters meines Vaters, der seinen Job ganz klar verfehlt hatte. Wieso war uns seine Anwesenheit entgangen?

Er bleckte die Zähne in meine Richtung. »Auge um Auge, oder nicht? Wie töricht von dir zu glauben, dass ein Mann wie dein Vater ohne Schutz herumläuft.«

Für den Bruchteil einer Sekunde wanderte sein Blick zu dem Leichnam. Ich sah Selene an, deren

Augen nach unten glitten, zu der Hand, die sie ausgestreckt hielt. *Fünf.*

Meine Augenbrauen wanderten nach oben. Mein Herz klopfte heftiger. Er durfte die Macht über die Situation nicht behalten. Noch viel wichtiger: Er durfte nicht die Gelegenheit bekommen, Selene eine Kugel in den Kopf zu jagen.

Vier.

Am liebsten hätte ich auch das komplette Magazin auf ihn abgefeuert, doch ich wusste genau, dass er Selene als menschliches Schutzschild nutzen würde, sobald der erste Schuss fiel.

Meine Gedanken rasten, und Selene ließ sich weiterhin ohne Gegenwehr festhalten. Sie machte nicht einmal den Eindruck, als würde ihr diese Situation zu Kopf steigen, so wie es bei mir der Fall war.

Drei.

Ich atmete tief ein und aus, aus den Augenwinkeln auf ihre Hand schielend. Was wollte sie mir damit überhaupt sagen? Ich suchte in ihrem Blick nach Antworten, doch schaffte es nicht, einen Sinn aus dem zu ziehen, was ich dort entdeckte.

Zwei.

»Er ist tot, daran änderst du nichts mehr. Aber du kannst dich für die richtige Seite entscheiden und dich mir anschließen.« Wie auch immer es mir gelang, meine Stimme so fest klingen zu lassen, ich dankte den Göttern dafür.

Mein Gegenüber jedoch lachte mich aus. »Wechseln? Ich werde erst sie umbringen und dann glaubst du dran. Deine Familie hat eine solche Schande nicht verdient.«

Das Knurren in seiner Stimme zeugte davon, wie sehr er an seiner idealistischen Vorstellung der Alderidges als Institution festhielt. Die Stellung in der Branche der Auftragsmorde, und das seit dem frühen Mittelalter, wurde man offensichtlich nicht so einfach los.

Eins.

»Das ist nicht deine Entscheidung!« Ich verzog das Gesicht zu einer wütenden Fratze, nicht länger dazu in der Lage, meine inneren Gefühlsregungen zurückzuhalten.

Er bedrohte Selene. Er glaubte, sie mir nehmen zu können.

Null.

Selenes Körper erschlaffte mit einem Mal. Sie rutschte zu Boden, weil der Typ nicht damit gerechnet hatte, dass sie die Anspannung in ihrem Körper plötzlich ins Gegenteil verwandelte und ausnutzte.

Ich brauchte kein zweites Signal, um die Waffe wieder zu heben und zu schießen. Dieses Mal zögerte ich nicht, zielte auf das Gesicht des hinterlistigen Kerls und sorgte dafür, dass er meinem Vater auf den Fuß ins Nirwana folgte. Sollte er ihn doch dort beschützen.

Die beiden Schüsse ließen meine Ohren abermals in einem hohen Ton klingeln und sorgten dafür, dass ich von Charon zurück zu Nate wechselte.

Es fühlte sich beinahe wie eine halbe Ewigkeit

an, die ich regungslos nach vorne starrte, doch dann waren da plötzlich Selenes Arme, die sich um meinen starren Körper schlossen, und mich in die andere Richtung und gegen sie drückten. Statt des Leichnams meines Vaters sah ich nur noch die endlose Weite der Bühne. Und das war gut so.

Die Last, die sich auf meinen Schultern befunden hatte, seit Selene mir die gesamte Geschichte offenbart hatte, war mit einem Mal verschwunden. Sie löste sich einfach in Luft auf, weil ich wusste, dass er niemals wieder für irgendein Leid verantwortlich sein würde, das ihr zustieß – nicht, dass ich das noch einmal zulassen würde.

»Ich glaube, ich weiß, was ich tun will, Nate«, flüsterte Selene an meinem Ohr.

Ich registrierte zwar, dass sie mit mir sprach, doch die Worte wollten nicht ganz in mein Gehirn vordringen, um einen ordentlichen Sinn zu ergeben.

»Ich will, dass Männer wie er sterben. Männer, die unschuldigen Kindern Leid zufügen. Männer, die Frauen Leid zufügen. Jemand muss sie beschützen, und das sollten wir sein.« Ihre Stimme verschwamm mit dem Rauschen in meinem Kopf.

»Lass uns nach Hause gehen.« Ohne auf ihre Antwort zu warten, schob ich die Arme unter ihren Hintern und hob sie hoch.

Ich sah nicht zurück, als wir den großen Saal durch eine der Seitentüren passierten. Auch nicht, als wir auf die Ducati stiegen und das verlassene

Casino hinter uns ließen. Nicht einmal, als sie statt ihrem Haus das Hotel ansteuerte und es irgendwie schaffte, uns nach oben in mein Zimmer zu manövrieren, ohne dass jemand die Blutspuren auf unseren Klamotten und in unseren Gesichtern entdeckte.

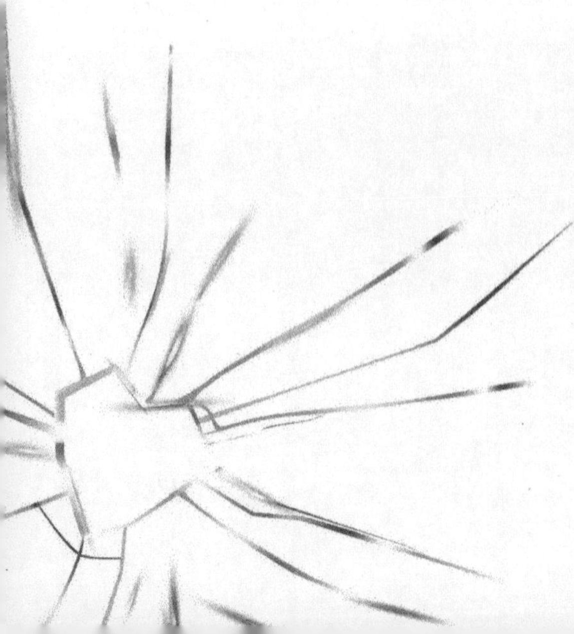

DREIZEHN

SELENE

Manche Menschen starben, ohne einen großen Unterschied zu hinterlassen. Die Bedeutung von Edmond Alderidges Tod jedoch schien so schwerwiegend, dass ich mich die ganze Fahrt über fühlte, als würde ich ersticken. Ich hatte gehofft, ein sofortiges Gefühl der Befreiung zu spüren, doch es war ausgeblieben.

Erst, als ich in Nates Gesicht blickte, als wir im Hotelzimmer ankamen und die Tür hinter uns schlossen, wusste ich, dass alles in Ordnung war. In Zukunft würde ich keine Angst mehr davor haben müssen aufzuwachen, und fremde Männer in meinem Haus zu finden, die gekommen waren, um mich zu töten. Ich würde nicht mehr so leben, dass ich ständig einen Blick über die Schulter warf und mich fragte, ob der Typ, der mich fünf Sekunden zu lange angestarrt hatte, zu seinen Männern gehörte. Keine Albträume mehr, dass er mich fand und zu Ende brachte, was er begonnen hatte. Keine Sorgen mehr, dass er Luna auflauerte und sie leiden ließ, weil er mich nicht in die Finger bekam.

Ich war frei.

Ohne es gewusst zu haben, hatte ich die vergangenen Jahre in einem engen Käfig gelebt, um vor einem einzigen Menschen sicher zu sein. Ich hatte eine Veränderung durchlaufen und mich zu einer Person gemacht, deren Leben komplett darauf ausgelegt war, die Rache durchzuführen, die schon so lange in meinen Adern brodelte.

Und jetzt war er tot – und konnte nicht länger über Nates Leben bestimmen oder mir meines zur Hölle machen, ohne sich überhaupt in unmittelbarer Nähe zu befinden.

Verdammt. Ich hatte es geschafft. *Wir* hatten es geschafft.

Ich stellte mich vor Nate, hob die Hand an und strich einige angetrocknete Blutstropfen aus seinem Gesicht. Er wirkte, als wäre er in den vergangenen Minuten einige Jahre jünger geworden. »Ich weiß nicht, was ich dazu sagen soll, Nate. Ich glaube nicht, dass es Worte gibt, die dem gerecht werden. Aber ich bin froh, dass ich nie aufgegeben habe, egal, wie oft mir der Gedanke kam. Und ich bin noch froher darum, dass ich nicht gekniffen habe, als es darum ging, dich in dieser Bar zu treffen.«

Das war die absolute und gnadenlose Wahrheit. Wenn ich daran dachte, dass ich es in Erwägung gezogen hatte, Nate nicht zu treffen und einfach so zu tun, als wäre ich nie in sein Hotelzimmer eingebrochen, wurde mir im Nachhinein anders.

»Ich hab innerlich eine Weile versucht, dagegen anzukämpfen. Gegen diese Bindung, die wir haben, seit wir uns kennen. Aber ich schätze, das ist so ein ‚Auf Lebenszeit'-Ding.« Amüsiert verzog ich den Mund, immer noch damit beschäftigt, die kleinen Blutflecken fortzuwischen. »Lass uns ein paar Tage nichts tun. Und dann … sehen wir weiter.«

»Klingt nach einer guten Idee, wenn du mich fragst.«

Ich spürte, dass ihm der Schock noch immer in den Gliedern saß und schob ihn ins Bad. Als das Wasser in die Wanne lief, begann ich, ihm die Kleidung Stück für Stück auszuziehen. Schließlich standen wir nackt voreinander und ich konnte nicht damit aufhören, sanft mit den Händen über seinen Körper zu streichen.

»Dein Vater ist gerade gestorben. Es ist okay, wenn du dich nicht wohlfühlst. Sag mir nur, was ich für dich tun kann, Nate?«

»Geh einfach nicht weg, in Ordnung?« Er nahm meine Hand und half mir dabei, in die Wanne zu steigen, nur um mir dann zu folgen. Schließlich schloss er die Arme von hinten um mich, hielt mich fest und hüllte uns in Schweigen, während das Wasser unsere Körper umspülte und das Blut fortwusch, das als Einziges noch daran erinnerte, das wir jemanden umgebracht hatten.

Ich vergaß, welche Tageszeit wir hatten oder was für Ziffern die Uhr anzeigte. Die Sonne ging auf und irgendwann ging sie unter, dafür erschien der Mond und verschwand letztendlich wieder, um erneut Platz für die Sonne zu machen. Eine ganze Weile lang war es, als würde Zeit für uns nicht mehr existieren, zumindest nicht so, wie sie normalerweise gemessen wurde.

Das Bett war unser neuer Rückzugsort geworden und man konnte mit absoluter Sicherheit behaupten, dass wir es nur verließen, um das Essen vom Zimmerservice entgegenzunehmen, zu duschen oder den sonstigen Bedürfnissen nachzugehen. Ansonsten lebten wir komplett im Bett, in einer zerbrechlichen Blase zwischen Realität und Traum, die irgendwie dabei half, über gewisse Dinge hinwegzukommen. Nate hatte Urlaub eingereicht und mein Bruder hinterfragte meine Abwesenheit sowieso nicht.

Allmählich verblasste das Bild des verzerrten Gesichts, das mich angestarrt hatte, als ich Nate im Casino in den Armen gehalten hatte. Ich vergaß, wie die Schüsse in dem hohen Raum geklungen hatten, und ich zwang mich auch, die Worte, die Edmond mir an den Kopf geworfen hatte, ganz tief unten zu vergraben.

Nate in meiner Nähe zu wissen, machte es einfacher. Sehr viel einfacher, denn es bedeutete, dass wir einander auffangen konnten, wenn es zu schlimm wurde. Und das taten wir.

»Willst du sie irgendwann kennenlernen? Als ... keine Ahnung, mein Freund?«, fragte ich in die Stille der Dunkelheit hinein, nachdem Nate einige Minuten gar nichts gesagt hatte und der Werbeblock im TV noch eine halbe Ewigkeit anhielt.

Ich hörte, wie er sich neben mir bewegte und näher an mich heranrutschte, seine Hände auf der Suche nach meinem Körper.

»Weiß nicht. Vielleicht besser nicht. Ich glaube, sie würde bemerken, dass irgendetwas nicht stimmt, wenn ich den Blick nicht von ihr abwenden kann.« Als Nate das sagte, klang es nicht, als ob er eine Entscheidung wie diese bereute. Eher machte es den Anschein, als wäre er vollkommen zufrieden damit. Seine Worte strahlten eine gewisse Akzeptanz aus, wenn ich genauer darüber nachdachte.

»Als die Schwester sie mir das erste Mal in den Arm gelegt hat, habe ich sie locker dreißig Minuten angestarrt. Es fühlte sich an wie zwei Minuten«, erzählte ich. »Wir machen es einfach, wie du willst.«

»Dann will ich, dass du mir alles von ihr erzählst. Ich nehme an ihrem Leben teil, ohne dass sie davon etwas ahnt und irgendwann vielleicht ...« Die Unsicherheit, die in seiner Stimme mitklang, ließ mir das Herz aufgehen.

Nate machte es so einfach, ihn in die ganze Angelegenheit einzubinden, ohne dass es Probleme gab.

Ich suchte im Dunkeln nach seinem Gesicht, zog ihn zu mir heran und küsste ihn, mich ernsthaft fragend, wie er sich unter dem Einfluss seines Vaters zu dem Mann entwickelt hatte, der er war.

Der Schlaf wurde immer feiger, wenn es darum ging, mich zu besuchen, und Nate ging es ähnlich. Manchmal lag ich über Stunden hinweg wach, ohne in einen Traum abzurutschen oder Erholung zu finden.

Ich spürte die Anspannung, die von Nate ausging, ohne dass ich ihn sah oder berührte. Sie waberte zwischen uns umher und machte es noch schwieriger, mich auf das Schlafen zu konzentrieren.

»Ich finde, du solltest dich entspannen«, ließ ich ihn wissen, als ich mich herumdrehte und der Länge nach an seine Seite schmiegte, meine Hand bereits auf seinem Bauch.

»Und du weißt auch schon genau, wie«, sagte er, als ich mit den Fingern unter den Bund seiner Boxershorts fuhr, nur um sie wieder herauszuziehen und mit der Hand stattdessen über dem Stoff an seiner Länge entlangzustreichen.

»Sehr genau«, bestätigte ich, als ich spürte, wie sein Körper auf mich reagierte.

Ich machte noch einige Sekunden weiter, sorgte dafür, dass er in meiner Hand härter wurde.

»Erzähl mir mehr?« Es fiel ihm hörbar schwer, das Stöhnen, das ihm auf der Zunge lag, beim Sprechen zu unterdrücken.

Doch genau das wollte ich hören. Ich wollte spüren, wie er sich unter meinen Berührungen fallen ließ, wie er genoss und sich vollständig darauf einließ, sich von mir verwöhnen zu lassen. Wenigstens dieses eine Mal, wenn er ansonsten schon immer meine Lust vor seine stellte.

»Ich zeige es dir einfach«, flüsterte ich gegen seine Wange, ehe er den Kopf endlich drehte, und zuließ, dass ich ihn küsste.

Zeitgleich glitten meine Finger unter dem Bund seiner Shorts hindurch. Ich umfasste ihn und begann mit festen Bewegungen, an seinem Schaft auf und ab zu gleiten. Mal langsamer und dann wieder schneller, nur um das Tempo wieder zu drosseln.

Nates Küsse wurden mit jeder Minute, die verging, fordernder. Seine Hüften kamen mir mit leichten Stößen entgegen, forderten mehr. Ich gab nach, war nicht dazu in der Lage, ihn so zu quälen, wie er mich gequält hatte.

»Selene. Wenn du nicht sofort aufhörst ...«

Ich hörte nicht auf. »Kannst du mir das später immer noch heimzahlen.«

»*Fuck.*«

Ich zog die Kuscheldecke, die ich auf dem Sofa meines Bruders gefunden hatte, fester um meine Schultern und ließ den Kopf auf der Rückenlehne liegen, den Blick gen Decke gerichtet. Das Licht war gedimmt und der TV lief zwar, aber stumm. Ebenso stumm war auch Colton, der direkt neben mir saß und mich in meiner seltsamen Position beobachtete.

Die letzten Minuten hatte ich damit verbracht, ihn auf den aktuellen Stand zu bringen, auch wenn sein Vorwurf, dass es nicht fair gewesen war, sich einige Tage gar nicht zu melden, noch immer schwer wog.

Im Prinzip hatte er ja recht. Es war nicht fair, ihn unwissend zu lassen, während er glaubte, dass die gesamte Familie noch in Gefahr schwebte. Allerdings waren diese Tage der kompletten Funkstille bitter nötig gewesen, um die Reserven aufzufüllen und damit klarzukommen, was Nate und ich getan hatten. Für ihn war es noch wichtiger gewesen, denn er hatte deutlich mehr, mit dem er sich abfinden musste, als ich.

So sehr ich auch versuchte, ihn dabei zu unterstützen, wusste ich doch auch, dass er nur allein in der Lage war, alles zu bewältigen.

»Ich hätte daran denken müssen, dir wenigstens eine kurze Nachricht zu schicken. Das stimmt.« Zwar lenkte ich nur ungern ein, weil es mir nicht leichtfiel, aber ich tat es dennoch. »Aber er ist tot. Luna ist nicht länger in Gefahr und all die anderen Kinder auch nicht.«

Coltons Begeisterung blieb aus, ich hatte jedoch auch nicht damit gerechnet, dass er anfing zu jubeln und eine kleine Party schmiss. »Bedeutet das, es ist endlich Schluss mit all den illegalen Dingen?«

Ach ja. Diese Sache.

Zögernd schüttelte ich den Kopf.

Nate und ich hatten irgendwann mitten in der Nacht ausführlich über dieses Thema gesprochen, als wir beide nicht dazu in der Lage gewesen waren, einzuschlafen. Er hatte sich nicht genau daran erinnert, was ich gesagt hatte, aber als ich es wiederholte, war auf seinem Gesicht dieses Leuchten aufgetaucht, das ganz deutlich zeigte, wie sehr er diese Idee mochte.

Für mich bot sie eine Aufgabe und für ihn einen Ausweg aus dem Milieu, in dem er sich seit seiner Kindheit zwangsweise hatte aufhalten müssen.

»Nur weil er tot ist, heißt das nicht, dass dieses generelle Elend aufhört. Auf dieser Welt gibt es so viele Männer, die sind, wie er – und ich glaube, dass es auch jemanden braucht, der versucht, dem Einhalt zu gebieten.« Mir war bewusst, dass es Colton nicht gefallen würde, doch das spielte keine Rolle.

Niemals würde ich in einem normalen Leben einen Platz finden oder mich gar wohlfühlen. Ich war einfach nicht dazu gemacht, um den ganzen Tag hinter einer Kasse zu stehen oder Gäste in einem Restaurant zu bedienen.

Coltons Seufzen bestätigte mir seine Meinung. »Warum hättest du dich nicht entscheiden können Anwältin zu werden, oder so was? Oder Cop? Oder meinetwegen könntest du ins Militär gehen. Fast alles ist besser, als diese Dinge selbst in die Hand zu nehmen.«

»Damit der Richter und die Jury sich bestechen lassen und die Typen dann nach zwei Jahren Luxusurlaub im Knast wieder freikommen und weitermachen? Nein.«

»Es ist nicht deine Aufgabe!« Aufgebracht warf er die Hände in die Luft.

»Wessen dann? Meinst du, da draußen gibt es irgendwo Superman oder irgendeine andere Heldenfigur, die sich dem annehmen wird?« Vielleicht brachte es mich ins Grab oder in den Knast oder sonst wo hin, doch der Gedanke, dass es da draußen Mütter gab, die um ihre Kinder fürchteten, ließ mich nachts kaum noch einschlafen.

Colton schnaubte. »Du bist so wahnsinnig stur. Ich hasse es.«

Ich zuckte mit den Schultern. Daran dürfte er sich in den letzten Jahren doch gewöhnt haben, immerhin war es nichts Neues. »Glaubst du, ich würde es lange durchhalten, ein normales Leben zu führen? Oder Nate? Er kennt es gar nicht anders. Es würde ihn zerstören, wenn er neben seiner kleinen Nebenbeschäftigung als Nachrichtensprecher all diese anderen Dinge nicht tun könnte. Und ich? Als Hausfrau? Oder im Büro?«

Mein Bruder hatte keine Ahnung, wie viel Einfluss all die Ereignisse auf mein Leben genommen hatten. Dass ich mit den heftigen Gefühlen, die manchmal in mir hochkochten, nicht anders umgehen konnte, als mir die Haut aufzuschlitzen und diese Emotionen gemeinsam mit meinem Blut in die Freiheit zu entlassen. Er wusste nicht, dass Nate und ich einander guttaten, dass wir aber auch genug Potenzial besaßen, um mehr als uns beide zu zerstören. Ein falscher Schritt und aus der gegenseitigen Rettung wurde der gemeinsame Untergang. Wir liebten einander – aber auf die Art, die so einnehmend war, dass sie jede Form annehmen konnte, die wir ihr vorgaben.

»Ihr könntet es zumindest versuchen, ja.« Colton klang ein wenig anklagend, aber ließ auch bereits durchblicken, dass sein Widerstand bröckelte. Langsam, aber stetig.

»Eines Tages vielleicht. Aber für den Moment glaube ich, dass es besser ist, wenn wir unseren Weg gehen.« Ich hob den Kopf und rutschte ein wenig näher an meinen Bruder heran, um ihn gegen seine Schulter sinken zu lassen.

»Tu mir nur den Gefallen und stirb nicht vor mir. Damit könnte ich nicht leben.«

Ich hob den Blick, eine Augenbraue nach oben gezogen. Wie konnte ich so etwas versprechen, wenn ich nicht wusste, was unsere beiden Leben in Zukunft noch brachten? »Ich werde mein Bestes geben. Versprochen.«

»Dein Bestes?«, wiederholte er. »Du musst schon mindestens zwanzig Prozent mehr als bloß das geben. Um sicherzugehen.«

Lachend schüttelte ich den Kopf. »Wenn es dich glücklich macht, dann auch das.«

»Wunderbar. Und jetzt such irgendeinen verdammten Film aus, bevor ich es mir anders überlege.«

VIERZEHN

NATE

Seit diesem einen Tag, an dem sich mein ganzes Leben auf den Kopf gestellt hatte, waren Wochen ins Land gezogen und den Großteil davon hatte ich damit verbracht, all die verpasste Zeit mit Selene aufzuholen. Es klang kitschig – aber das stellte sich als die beste Variante heraus, um mit all dem fertigzuwerden, was mich belastete.

»Wenn du die Augen nicht geschlossen hältst, Selene …«, sagte ich, als ich gerade einen Blick auf den Beifahrersitz warf und bemerkte, dass sie zwischen den Wimpern hervorlinste.

Das Grinsen, das sich daraufhin auf ihren Lippen ausbreitete, ließ mich den kurzen Ärger, den ich empfunden hatte, beinahe wieder vergessen.

»Du kannst doch nicht von mir verlangen, dass ich zwanzig Minuten lang die Augen geschlossen halte!«

Seufzend setzte ich den Blinker. »Ich hätte dir

doch die Augen verbinden sollen. Und die Hände gleich dazu. Ein hübsches, kleines gefesseltes Paket im Kofferraum, und ich würde mir die Diskussion sparen. Das merke ich mir fürs nächste Mal.«

»Mach es doch einfach nicht so spannend, Nate! Das macht mich nervös.« Und das war nicht mal gelogen, denn mir war durchaus aufgefallen, wie sie die Finger die ganze Zeit miteinander verknotete und immer wieder auf ihrer Lippe kaute.

»Es gibt keinen Grund dafür. Wirklich.« Das versicherte ich ihr während dieser Fahrt nicht zum ersten Mal und irgendetwas sagte mir, dass es auch nicht das letzte Mal sein würde. »Wir sind sowieso gleich da. Und dann hoffe ich, dass du mich nicht schlägst.«

Selene zog scharf die Luft ein. »Dich schlagen? Nate! Was hast du gemacht?«

Ich lachte leise in mich hinein und dachte gar nicht daran, ihr diese Frage zu beantworten. Sie musste es schon mit eigenen Augen sehen.

Den Blick wieder auf die Straße gewandt, die sich durch die Einöde der Wüste rund um Vegas schlängelte, suchte ich nach dem Weg, der uns in die Nähe des Nationalparks führte.

Es war einige Tage her, seit ich das Angebot zufällig im Internet entdeckt hatte, aber es war unschlagbar – zumindest für mich, wenn man bedachte, dass es so viele Anforderungen für ein gemeinsames Haus gegeben hatte. Vermutlich hielt der Verkäufer mich für dumm, dass ich es überhaupt in Betracht zog und kurz darauf tatsächlich erworben hatte, aber das spielte keine Rolle. Für uns war es perfekt, egal ob es für alle anderen ungeeignet schien.

Als ich den Wagen parkte, spürte ich, dass Selenes Aufregung und Unbehagen ins Unermessliche gestiegen waren. Ich nahm ihr nicht übel, dass sie Überraschungen gegenüber so eine Abneigung verspürte. Würde das nicht jeder nach dem, was im Laufe der Zeit geschehen war?

»Bleib kurz sitzen, ja?«

Sie nickte und ich stieg aus, ging um den Wagen herum und öffnete ihre Tür, nur um nach ihrer Hand zu greifen und ihr anschließend dabei zu helfen, auszusteigen. Meine eigene Aufregung stieg, als ich sie in meinen Armen drehte, sodass sie in Richtung des Hauses sah.

Es war nicht sonderlich groß, aber modern und von außen sogar recht schick. Das Grundstück war in gutem Zustand, die Einrichtung vollständig und makellos ... aber das alles zählte nicht, wenn es Selene nicht gefiel.

Ich küsste ihre Schläfe. »Okay. Mach die Augen auf. Und denk dran – lebend bin ich mehr wert als tot.«

Das nervöse Lachen setzte sich in meiner Kehle fest und wurde nicht besser, als ich hörte, wie sie scharf die Luft einzog.

»Nate?«

»Ich fand, es ist an der Zeit, diesen neuen Abschnitt zu beginnen«, brachte ich hervor, unsicher, ob sie nun wütend war oder nicht.

Einen Arm von ihr lösend, streckte ich die Hand aus, in der ich den Schlüssel die ganze Zeit über verborgen hatte.

Sie nahm ihn.

»Wenn du willst, kannst du dir alles ansehen«, schlug ich vor. »Willst du?«

Verdammt. Wieso machte mich die ganze Situation derart nervös?

Mir stockte das Herz, als sie sich plötzlich herumdrehte, mein Gesicht packte und die Lippen gegen meine presste. Perplex starrte ich ihr hinterher, wie sie auf die Tür zusprang, sie öffnete und einfach im Inneren verschwand.

»Auf dem Tisch liegen ein paar Akten für dich«, rief ich, immer noch verwirrt in der Hoffnung, dass sie mich überhaupt noch hörte.

Ich fuhr mir über den Nacken, schloss das Auto ab und ging nach drinnen. Die Tür fiel hinter mir ins Schloss und ich konnte kaum glauben, dass Selene einfach so dazu bereit war, eine Klammer um meinen großen Fehler und den Tag, an dem mein Vater gestorben war, zu setzen und so zu tun, als wäre nie etwas vorgefallen.

Als sie aus dem Schlafzimmer kam, ging sie mir zielstrebig entgegen, legte die Arme um meinen Oberkörper und lächelte so zufrieden, wie ich sie in der ganzen Zeit über noch nie hatte lächeln sehen. »Ich schätze, jetzt wirst du mich wirklich nie wieder los.«

Ich fuhr durch ihre Haare, zog ihr Gesicht an meines heran, um sie sanft zu küssen. »Wollte ich doch nie.«

- THE END -

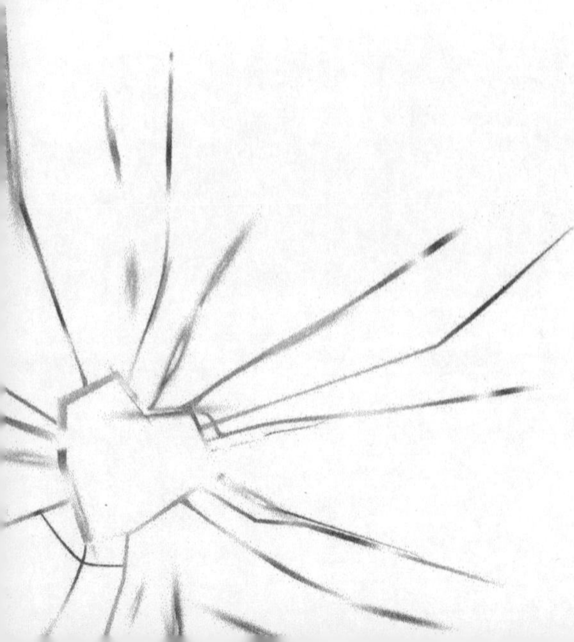

FÜNFZEHN

EPILOG NATE

Fünf Jahre später

Blaulicht erfüllte die ansonsten dunkle Nachbarschaft eines eher ärmeren Viertels in Vegas. Im Sekundentakt wechselten die Lichtverhältnisse. Blau. Rot. Dunkel. Unter die ohnehin schon laute Geräuschkulisse mischte sich das Dröhnen der Sirenen, die seit einer halben Stunde nicht verstummen wollten.

Die Straße war voller Reporter und Polizisten, die die versammelte Menschenmenge zurückdrängte und davon abhielt, die Blockade zu durchbrechen und sich dem Mann zu nähern, der gerade in Handschellen gelegt aus dem unscheinbaren Haus geführt wurde. Irgendwer hatte ihm eine Jacke über den Kopf gezogen, sodass niemand sein Gesicht erkannte, doch allein der schludrige Gang verriet, dass es sich um den Kerl handelte, den wir beinahe ein halbes Jahr auf dem Radar gehabt hatten, bevor wir ihm das erste Mal persönlich gegenüberstanden.

Mein Blick wanderte zu Selene, die auf dem Beifahrersitz ein Stück tiefer gerutscht war, die Augen nicht von der Szenerie ablassend. Normalerweise lief es anders. Normalerweise lebten Männer wie er nicht lange genug, um von der Polizei abgeführt zu werden.

Doch dieser hier? Gerissener als jeder Wolf. Er hatte geahnt, dass wir ihm auf den Fersen waren und sich wie der Feigling, der er war, dazu entschlossen, sich der Justiz selbst zu stellen. In der Hoffnung, dass er uns damit entkam.

Wir beobachteten mit angehaltenem Atem, wie er in einen schwarzen Transporter verladen wurde, gemeinsam mit drei Beamten, die dafür sorgen würden, dass dem Drecksschwein auf dem Weg ins hiesige Gefängnis nichts passieren würde.

Allerdings rechneten sie auch nicht damit, dass es auf dem Spielfeld noch eine Seite gab, die nicht damit einverstanden war, dass er für ein paar Jahre in den Knast wanderte, nur um frühzeitig freizukommen und dort weiterzumachen, wo er aufgehört hatte.

Er war unscheinbar. Fiel unter den Nachbarn kaum auf, führte ein geradezu langweiliges Leben. Zumindest nach außen hin. Denn die Wahrheit sah anders aus. Seine Browserverläufe verrieten seine pädophile Neigung und die Tatsache, dass Kinder spurlos verschwanden, wann auch immer er an einen neuen Ort zog, sprachen nicht gerade dafür, dass wir es mit einem Unschuldslamm zu tun hatten.

Monate der harten Arbeit dafür, dass er ein paar Jahre im Gefängnis verbrachte? Sicher nicht.

Ich nahm einen Stift zur Hand, die Zahlen auf dem Nummernschild notierend. Gedanklich ging ich bereits den Weg durch, den der Transporter nehmen würde. Vermutlich machten sie einen kurzen Abstecher auf dem Revier, bevor er an das Gefängnis übergeben wurde.

»Tu mir den Gefallen und ruf Hiram an, Gems«, meinte ich leise, immer noch nicht dazu in der Lage, den Blick von dem Geschehen auf der Straße abzuwenden.

Wir parkten mit genügend Abstand, um nicht aufzufallen, aber hatten trotzdem freie Sicht. Allmählich kam Bewegung in die Beamten und die Fahrzeugkolonne. Verpassten wir den entscheidenden Moment, war es zu spät, denn Kontakte in das Gefängnis besaßen wir nicht.

»Was hast du vor?«, verlangte sie zu wissen, das Smartphone allerdings bereits in der Hand.

Selene tippte die Nummer ein.

»Er wird einen Unfall auf dem Weg haben. Ein Truck, der von seiner Fahrbahn abkommt und ... leider erreicht er das Gefängnis nie. Ich lasse nicht zu, dass er es sich so einfach macht.« Mir gelang es nicht, die Wut aus meiner Stimme herauszuhalten.

Fünf Jahre war es her, seit wir den ersten zwielichtigen Typen zur Strecke gebracht hatten. In der

Zwischenzeit waren daraus so viele geworden, dass ich den Überblick verloren hatte. Doch eines stand fest: Es wurden nicht weniger. Im Gegenteil. Für jeden Kerl, der Dreck am Stecken hatte, was Kinder und Jugendliche anging, tauchten fünf neue auf der Bildfläche auf. Vegas war mittlerweile nur noch der Stützpunkt für die Operationen, die wir im ganzen Land ausführten.

Ich hörte, wie Selene den Anrufbutton betätigte. Es folgte ein kurzer Wortwechsel, den ich zu großen Teilen ausblendete. Daraufhin herrschte wieder Stille im inneren des Wagens, bei der ich nicht wusste, wie ich sie füllen sollte.

Wie lange würde es dauern, bis Hiram sich meldete und uns mitteilte, dass sich ein tragischer Unfall ereignet hatte? Beruhigte sich mein Gewissen endlich, wenn ich wusste, dass eine weitere verdorbene Seele von dieser Erde verschwunden war, ein weiterer Mensch nicht zum Opfer eben jenes Kerls wurde?

Selenes Hand schob sich in meine, sodass ich unsere Finger automatisch miteinander verschränkte.

»Ich weiß, dass es dich fertig macht, wenn so etwas passiert. Aber er wird die Nacht nicht überleben. Lass uns nach Hause fahren. Ich bestelle uns was zu essen und dann warten wir.« Ihr Vorschlag klang zumindest nicht verkehrt. Womöglich sogar verdammt gut, wenn ich es mir noch einmal durch den Kopf gehen ließ.

»Einverstanden.« Ich beugte mich in ihre Richtung, strich mit der freien Hand über ihre Wange und küsste sie, erleichtert darüber, dass ich sie an meiner Seite und eine gute Verwendung für meine Fähigkeiten gefunden hatte.

»Am Ende zählt das Ergebnis, nicht wahr? Und wir sorgen immer dafür, dass es auf den Tod dieser Schweine hinausläuft«, erinnerte Selene mich.

Und das war gut so, denn manchmal vergaß ich, worum es wirklich ging.

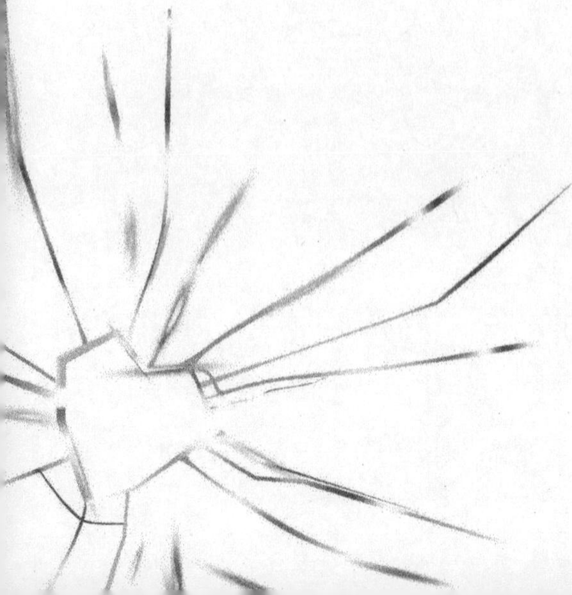

SECHZEHN

EPILOG SELENE

Zehn Jahre später

Ich nahm mir einen Moment Zeit, um Luna und Nate zu beobachten, die gemeinsam auf der Terrasse saßen, ein Kartenspiel zwischen sich. Sie wirkten glücklich. Vor zwei Jahren hätte ich nicht gewagt, zu behaupten, dass es irgendwann einmal so weit sein würde, denn nachdem Luna herausgefunden hatte, mit was für einer Lüge sie ihr gesamtes Leben verbracht hatte, war aus der heilen Welt recht schnell ein Gang durch die Hölle geworden.

Zumindest im übertragenen Sinne, denn Colton hatte es irgendwie geschafft, die Gemüter zu beschwichtigen und eine Familienzusammenführung der anderen Art zu organisieren.

Trotzdem fühlte es sich weiterhin komisch an. Luna ins Gesicht zu blicken und daran zu denken, dass sie unsere Tochter war, hatte ich mir jahrelang verboten. Inzwischen kam ich nicht mehr so einfach davon. Jeder Blinde hätte erkannt, dass sie nicht die leibliche Tochter von Colton und Claire war – und letztendlich hatte der Blick in den Spiegel genau dieses Gefühl bei ihr ausgelöst. Und mein Bruder hatte im Anschluss versagt, zu lügen.

Statt auf ihre Frage mit einem *Nein, natürlich sind wir deine Eltern* zu antworten, hatte er schlichtweg *Ja* gesagt und nun ... saßen Nate und Luna auf unserer Terrasse und verstanden sich besser denn je.

Ein Umstand, der mich wehmütig stimmte. Zehn Jahre waren vergangen, seit wir uns wieder getroffen hatten. Neun Jahre, seit der heimlichen Hochzeit auf dem Strip. Zwei Jahre, seit Luna wusste, wer ihre Eltern waren und ein Jahr, seit sie die gesamte Geschichte kannte.

Ein Jahrzehnt, in dem wir die Justiz selbst in die Hand genommen hatten und Amerika von unzähligen Idioten befreit hatte. Unzählige Monate und Wochen, in denen wir das Wohlergehen anderer vor unser eigenes gestellt hatten.

Doch damit war jetzt endgültig Schluss, wenn ich Nates Worten Glauben schenkte. Es wurde Zeit, sich endlich auf etwas anderes zu konzentrieren: Auf die Familie. Jene, die bereits existierte und jene, die wir noch planten zu haben.

Ich lächelte Nate und Luna durch das Fenster hindurch an, mehr als bereit, diesen neuen Abschnitt willkommen zu heißen.

DANKSAGUNG

Wenn man erst einmal in das Dark Romance-Genre eingetaucht ist, lässt es einen so schnell nicht mehr los. Das ist nun mein viertes im Federherz-Verlag veröffentlichtes Buch – und sicher nicht das letzte.

Doch ohne all die Menschen im Hintergrund wäre das sicher nicht möglich. Dementsprechend geht mein Dank an das gesamte Verlagsteam und Jane, die genug Vertrauen in mich hat, um mich einfach machen zu lassen. Außerdem möchte ich mich bei all den Testlesern bedanken, die sich Selene und Nate angenommen haben – allen voran Enya, Leonie, Irene und Sam, die noch während des Entstehungsprozesses dabei waren. Aber auch dem restlichen Testleserteam bin ich für die wunderbare Zusammenarbeit dankbar.

Des weiteren gehen Kudos an Crystal, die mich täglich aushält und für jeden noch so kranken Scheiß zu haben ist.

Zum Schluss gilt es natürlich noch den Lesern

zu danken: Ohne euch würde es diese Bücher nämlich nicht geben und ich hoffe, dass ihr auch bei den nächsten vier Büchern noch dabei seid!

Sie sind gierig, skrupellos und unglaublich sexy.
Sie sind The Boys, und du kannst dich nicht vor ihnen verstecken, wenn sie dich einmal im Visier haben.
Wirst du ihnen geben, was sie verlangen, oder müssen sie dich erst dazu zwingen?

Jared
Niemand weiß, wer wir wirklich sind. Niemand ahnt, was wir tun.
Am Tag könnte ich dein netter, attraktiver Nachbar sein, doch in der Nacht dein schlimmster Albtraum.
Wenn ich in die Dunkelheit hinausgehe, wenn ich meinen Job erledige, kommt mir keiner zu nah. Aber plötzlich bist du da ... und scherst dich nicht um das Ungeheuer in meiner Tiefe.

Mila
Ich bin vor dem einen Monster geflohen und wollte nie wieder einem begegnen.
Ich habe alles darangesetzt, dass mich keines findet oder mir je wieder zu nahe kommt.
Und wie aus dem Nichts ist da ein neues Monster. Eines mit einem Engelsgesicht, und plötzlich habe ich Angst, dass alles wofür ich gekämpft habe, umsonst gewesen ist.
Bleibe ich standhaft, werde ich seinen Dämonen verfallen oder sind am Ende meine eigenen sogar größer?

Der neue süchtig machende Dark Romance Roman von Briana B. Sinners. Lass dich verführen ...

Wenn alles auf dem Spiel steht, was du liebst, wie weit würdest du gehen?

WILLKOMMEN IM DARK PARADISE

ALOY

Meine Schwester ist spurlos verschwunden.
Die Polizei will mir nicht helfen, also lege ich es darauf an, selbst entführt zu werden. Nur so kann ich ihrer Spur ins Dark Paradise folgen.
Womit ich allerdings nicht gerechnet habe:
Mein Entführer ist heiß. Verführerisch. Unerwartet attraktiv. Und er weckt Gefühle in mir, die mir bei meiner Suche nach Elaine im Weg stehen.

DANTE

Sie taucht hier auf und verhält sich, als wäre das Dark Paradise ihr wahres Zuhause. Sie treibt mich in den Wahnsinn! Nicht nur mit ihrem Körper, nein, sondern auch mit ihrer Intelligenz, die uns beiden noch zum Verhängnis werden kann. Wird sie meine Geheimnisse aufdecken? Und wie werde ich sie wieder los, wenn das geschieht?